파로호의 침묵

파로호의 침묵

2025년 11월 10일 초판 1쇄 인쇄 발행

지은이　　안형식
펴낸이　　박종래
펴낸곳　　도서출판 명성서림

등록번호　301-2014-013
주소　　　04625 서울시 중구 필동로 6 (2, 3층)
대표전화　02)2277-2800
팩스　　　02)2277-8945
이메일　　msprint8944@naver.com

값 20,000원
ISBN 979-11-7439-055-4

본 책의 구성 및 맞춤법, 띄어쓰기는 작가의 의도에 따랐습니다.
이 책의 저작권은 저자와 도서출판 명성서림에 있습니다. 무단 전재 및 복제를 금합니다.
이 책 내용의 일부 또는 전부를 재사용하려면 반드시 저자와 도서출판 명성서림의 동의를 얻어야 합니다.
파본은 구입처에서 바꾸어 드립니다.

파로호의 침묵

어/반/의/기/적

장편소설
안형식

도서출판 명성서림

사례의 말씀

  육이오 60주년 기념작 "파로호의 침묵"이 마침내 빛을 보게 되었습니다. 육이오 75주년 기념작으로 탄생했습니다. 예술위원회 복지재단의 지원과 명성서림 박종래 대표와 편집자들의 노고가 컸습니다.

  고 황금천 목사님과 홍성개 목사님을 비롯하여 어릴 때부터 함께 해 준 서흥회와 홍목회 여러분들의 사랑은 두고 두고 갚아도 모자를 사랑입니다. 격려와 응원으로 힘을 불어 넣어 주신 김영우 목사님, 김홍근 목사님, 방한길 목사님, 김성우 목사님, 장의겸 목사님, 박연묵 목사님, 조성호 목사님, 김중재 목사님, 신준식 목사님의 사랑에 감사 드립니다. 총신신대원 80회 동창들과 총신 문학회 선후배 목사님들께 감사의 말씀을 드립니다.

  거듭 한국전의 영웅이신 이승만 대통령, 백선엽 장군, 장도영 장군께 깊은 예를 올립니다.

  사랑하는 가족들은 언제나 꿈과 소망을 이뤄 나갈 수 있는 원천이었음을 고백합니다. 가족들에게 고마운 마음을 전합니다.

  사랑하는 그대들이 있어 내 생애는 빛이 났으며 그대들을 만난 것이 내 생애 최고의 행운입니다. 고맙습니다.

주후 2025년 10월
지은이 안형식 목사 배상

/ 차례 /

프롤로그　　　　　　08
에필로그　　　　　　347

1부 ✻ 장진호에서 파로호까지의 여정

장진호에서 파로호까지의 여정	16
중공군 개입할 것, 만주 폭격해야	18
인천 상륙작전	20
뼈아픈 후퇴	28
흥남 부두	38
팽덕회의 춘계 대공세	47
용문산 전투와 육군 제6사단	59
화천댐 폭파 작전	78
항모 미드웨이	91
K.L.O의 첩보작전	107
17살 금순이	122
출격의 아침	131

2부 ✳ 파로호의 침묵

고슴도치섬	148
여름이 오는 길목	158
꽃불	162
꼬집기에도 아까운 사람	169
인사 받으세요	173
수연이	182
초야	195
편집부 안 기자	211
비목공원	226
나는 너에게 너는 나에게	232
소양강 처녀	242
달콤한 휴가	259
Top secret	269
스토리텔링	299
우리 신문 편집국	314
파로호의 침묵	322
다큐멘터리 파로호의 침묵	334

프롤로그

　한국지도를 보면 남한과 북한이 경계로 하고 있는 38선이 흉측한 붉은 색으로 그어져 있음이 보인다. 서쪽으로는 이북5도를 지나 툭 떨어지면서 강화도와 임진강을 지나가던 38선이 강원도 지역에 들어서면 급한 커브를 그리며 철원, 고성지역까지 치고 올라간다. U자와 같이 깊게 파여 있는 모양이 이채롭다. 역사와 지리책에는 북위 38도선을 경계로 휴전선이 그어져 있다고 명시되어 있다. 그러나 서쪽의 이북5도와 강원도의 고성지역은 37도선에 근접되어 있다. 백령도는 최북단(동경124도 53분, 북위 37도 52분)지역이다. 강원도의 최북단인 고성 통일전망대(강원도 고성군 현내면 명호리)는 북위 38도 35분에 위치하고 있다.

　적화통일의 야심을 가지고 육이오 사변을 일으킨 김일성은 육이오 사변의 패전으로 인해 자신의 별장까지 남한에 넘겨주어야 하는 수모를 겪어야 했다. 김일성 별장은 고성 화진포에 위치하고 있다. 휴전 이후에 남한의 지역으로 편입된 화진포에 이승만 대통령과 이기붕의 별장이 세워졌다. 패자 김일성의 별장과 승자 이승만 대통령의 별장이 서로 마주 보면서 패자와 승자의 별장 공존이라는 이채로운 역사를 가지게 되었다. 그렇다면 김일성을 위해 충성을 다했던 북괴군이 김일성의 별장을 지키기 위해 어떤 희생과 노력을 했을지 충분히 짐작하고도 남음이 있다.

김일성의 별장을 지켜 내기 위한 북괴군의 노력과 희생에도 불구하고 고성지역이 한국군에 의해 점령당하고 말았다면 피아간에 얼마나 참혹한 전투가 전개되었을까? 6.25 사변이 끝난 이후 58년이 지난 지금에도 파로호 상류 지역에 집중호우나 홍수가 발생하면 육이오 당시에 신고 있었을 중공군이나 북괴군의 군화를 비롯한 유골이 종종 떠내려오곤 한다. 이로써 38도선이 철원과 고성 지역까지 치고 올라가 37도선에 근접한 휴전선을 긋게 된 이유가 설명된다. 그렇다면 북괴군이 목숨같이 아끼는 김일성의 별장을 빼앗기고 고성지역을 포기해야 했던 원인은 어디에 있을까? 여기에는 파로호 전투의 참패라는 요인이 있었다.

파로호에는 일제가 건설한 화천수력발전소가 위치하고 있다. 발전소는 전략상 최고의 우선순위를 가지고 있는 주요시설이기 때문에 피아간에 한 치도 양보할 수 없는 전략적 요충지이다. 실상 양쪽의 전쟁은 어느 쪽에서 발전소를 차지하느냐에 따라 전쟁이 끝날 수도 있다. 이를 증명하듯 한국전은 이 지역의 치열한 전투를 끝으로 휴전되었다.

화천댐은 육이오사변 발발 전까지 북한의 소유였다. 화천댐에서 발전된 전력은 송전선을 따라 3.8선을 넘어 서울에 공급되고 있었다. 이 전력은 전쟁을 앞두고 일방적으로 단전되었다. 전쟁을 염두에 두고 있던 김일성이 일방적으로 단전 조치를 취했기 때문이다. 이로 인해 서울에 거점을 두고 있던 이승만 정부와 미국 군정은 일대 혼란에 빠졌다. 이때의 괴로움과 타격이 얼마나 극심했는지 이승만 대통령은 2차 서울 수복 시에 미8군 사령관인 벤 플리트 장군에게 "반드시 화천댐발전소를 수복해 달라"는 특별지시를 내렸다. 그만큼 이승만 대통령에게 한이 맺혀 있던 화천댐발전소였다.

뿐만 아니라 화천댐발전소 탈환을 위한 파로호 전투는 한국전 최후의 격전지로 손꼽힌다. 파로호 전투에서 중공군은 62,000명이나 되는 팔로군을 잃었다. 주력부대인 팔로군을 잃은 중국 공산당은 장개석 부대의 시민군과 맞설 수 있는 전력마저 소실했다. 장개석 부대의 시민군과 전투를 벌이고 있는 상황에서 한국전까지 동시에 치러낼 여력이 없었다. 당시 팔로군을 잃은 중국공산당은 일거에 몰락 당할 수 있는 극한 상황까지 내몰렸다. 따라서 중공은 서둘러 휴전협정을 맺음으로 한국전을 끝내야 했다. 만약 휴전이 없었거나 늦어졌다면 한미연합군과 유엔군은 중공군을 밀어붙였을 것이며 주력정예부대인 팔로군을 소실한 중공군은 압록강까지 밀려났을 것이 자명하다. 그렇게 되었다면 민족의 숙원인 조국의 통일도 이뤄졌을 일이다.

최후의 격전지가 되었던 화천댐발전소의 가치가 얼마나 되는지 수치

상으로 살펴 보자. 먼저 규모 면에서 보면 댐의 높이는 81.5m이며 길이는 435m이다. 총 저수량은 10억 1800만t이며 유역면적 3,901km^2를 보유하고 있다. 일제 시대인 1939년 착공하여 1944년에 완공한 콘크리트 중력댐이다. 발전용으로 설계되었으며 전기 시설용량은 10만 8000kW이고 유효낙차는 74.5m이다. 일제가 대륙 침략을 위한 에너지원으로 건설하였는데, 화천 수력발전소의 제1, 제2호 발전기는 광복 뒤 북한에 속하였다가 6·25전쟁 때 파괴 되었다. 1957년에는 제3호기, 1968년에는 제4호기를 설치하였다. 화천댐은 춘천댐, 의암댐, 청평댐, 팔당댐 등 하류 발전소로 이어지는 북한강 수원의 발원지이며, 수력발전을 위하여 설치된 댐 가운데 국내 최대 규모를 자랑한다.

파로호는 면적 38.89km^2에 이르는 큰 호수로, 주변 경관이 뛰어나며 잉어, 쏘가리 등의 담수어가 많이 서식한다. 잡히는 담수어 중에는 큰 물고기들이 많이 잡힌다. 일설에 의하면 파로호의 물고기는 중공군의 시체를 뜯어 먹고 자랐기 때문이란다. 이 때문에 사람이 먹어서는 안 되는 물고기로 취급을 받았다. 이런 이유로 6.25 동란 이후 오랫동안 파로호 주변은 기피지역이 되었다. 지역상으로 보면 전방 지역이며 협곡으로 둘러싸인 환경요인으로 교통편도 아주 나빴다. 다행스러운 점은 점차 화천지역이 활성화되고 있으며 지역경제도 탄력을 받아 매년 성장하고 있다는 점이다. 그만큼 국민의 사랑을 받고 있다는 뜻인데 파로호의 역사와 비중으로 볼 때 다소 늦은 감이 있다.

이 책은 파로호의 비하인드 스토리를 팩션화 한 책이다. 파로호 전투의 승리는 남한의 지도를 바꿔 버렸다. 동쪽으로 고성지역 특히 김일성의 별장이 있는 화진포까지 남한의 영토로 편입시킬 수 있었던 원인이 파로호 전투의 승리에 있다. 파로호 전투의 승리에는 놀라운 비화가 담겨 있다. 이 비화는 기네스북에도 등재되어 있는 세계전쟁사의 희귀한 사료이다. 중공군의 최강 부대인 팔로군이 철통같이 방어하며 수공작전을 계획하고 있던 화천발전소는 해발 1000m 의 산으로 둘러싸인 난공불락의 요새였다. 여기에 미 해군의 폭격기를 투입하여 화천발전소의 수문을 어뢰 2발로 파괴하고 난 뒤에야 화천발전소를 탈환할 수 있었다. 화천발전소가 파괴되자 팔로군은 고성이북 지역으로 도주하면서 62,000명의 사망자를 냈다.

어떻게 바다에서 쓰는 어뢰를 산으로 옮겨 사용할 생각을 할 수 있었을까? 대체 누구의 머리에서 이런 기가 막힌 발상이 나왔나. 어뢰 2발로 한국전이 깔끔히 정돈되었다. 2발 중의 한 발은 수문을 격파했고 다른 1발은 수문의 지지대를 타격했다. 수문이 쪼개지면서 물의 압력에 의해 순간적으로 댐이 무너지자 엄청난 굉음과 물보라가 솟구쳐 팔로군은 혼비백산했다. 굉음과 물보라를 목격한 팔로군은 사력을 다해 도주해야 했다. 너무도 쉽게 끝났다. 그래서일까 파로호의 어뢰와 관련된 비하인드 스토리는 주목을 받지 못했다. 만약 원폭이나 미사일 등의 대단한 화력이 동원되었다면 그에 비례하여 비중 있게 다뤄졌을 터이다.

양쪽에 해발 1000 미터나 되는 거대한 산 사이의 협곡에 위치한 화천댐의 수문은 난공불락의 요새였다. 중공군 총사령관인 팽덕회는 난공불락의 요새라는 천혜적인 장점을 활용하여 수공작전을 계획했다. 화천댐의 수문을 막았다가 일시에 수문을 개방하여 서울을 물바다로 만들 작전이었다. 만약 팽덕회가 구상한대로 수공작전이 성공했다면 어떻게 되었을까. 당시 한강다리는 끊겨 있었고 미군이 설치한 부교와 주정으로 전후방에 군수품과 병력을 수송하고 있었다. 부교와 주정이 떠내려가게 되면 전방과 후방의 보급로가 차단되어 상당기간 타격을 받을 수밖에 없었던 상황이었다. 화천댐 수문폭파 작전의 성공은 팽덕회의 수공작전을 무위로 돌렸다. 동시에 아군의 군수품과 병력 수송 작전에도 차질이 없어 한미 연합군과 유엔군은 공격적인 전투 끝에 한국전을 승리로 장식할 수 있었다.

그런데 이토록 중요한 이야기, 즉 한국전 최후의 격전지였던 파로호의 전투 내용과 어뢰에 대한 비화가 널리 알려지지 못한 점은 유감스럽다. 육이오 전쟁이 끝나고 난 뒤에는 한국군의 무용담만 부각될 뿐 미군과 연합군의 앞선 전략과 전투력에 대해서는 약화시키는데 급급했다. 근래에는 한술 더 떠 한미 연합군의 만용이라는 미명하에 민간인 희생과 북한에 충성을 다했던 빨치산을 미화하는 작품들이 쏟아져 나오면서 한국전에서 희생당한 미군과 유엔군의 희생조차 무위로 돌리는 작업에 몰두하고 있다. 그것도 정부의 기관이라는 "과거사 진상조사위원회" 등을 통해서 노골적으로 자행되고 있다. 강정구 등은 맥아더 원수의 동상을 끌어내리자고 선동했으며 송두율은 김일성의 남침을 북침으로 조작하고 있다.

김일성의 남침으로 인해 450만 명의 귀한 생명이 죽었고 1000만 명의 이산가족이 발생했다. 다시는 육이오의 참극이 재발되어서는 안 될 일이다. 우리는 이 비극적인 역사를 잊을 수 없다. 더하여 한국전에 참전하여 귀한 목숨까지 희생하며 대한민국을 자유민주주의 국가로 지켜준 미군과 유엔군에 대한 감사를 잊어서도 안 된다.

이 책을 통해 한국전에 참전해 준 참전용사들과 파병해준 국가들에 대해 감사와 존경심을 표하며 희생당하신 영령께 경의를 표한다. 조국을 위해 산화하신 순국영령께 경의를 표한다.

이 책을 이승만 대통령, 백선엽 장군, 장도영 장군의 영전에 바친다.

2025년 10월 15일
저자 안형식 배상

1부

장진호에서
파로호까지의 여정

장진호에서 파로호까지의 여정

　1950년 6월 27일 유엔 안전보장이사회는 회원국 9개국의 찬성으로 긴급회의를 소집하여 한국전에 유엔군 참전을 결의했다. 유엔 결의 82호에 의거 유엔 사무총장은 유엔군 사령부를 창설하고 맥아더 장군을 사령관으로 임명했다. 이를 토대로 16개국의 UN군이 참전하게 되었다.

　장진호에서 후퇴하여 파로호까지 도달하는 3.8선 이남까지의 철수와 진격 그리고 마침내 탈환한 화천발전소. 여기에 이르기까지 수많은 전투와 그 속에 얽힌 단편적인 이야기들은 한 편으로 압축시킬 수 있는 분량의 것이 아니다.

　근, 현대사 속에 편입되어 있으면서도 현재진행형인 분단의 비극은 생각하는 것조차 버겁다는 이유로 뒤로 던져 버리기 일쑤였다. 그러나

6.25사변은 그렇게 쉽게 처리해 버릴 수 있는 성질의 것이 아니다. 전쟁의 폐허 더미에서 꽃피운 한강의 기적도, 세계 경제 9위 국가라는 위상도 자칫 단 한 순간에 다 날려 버릴 수도 있기 때문이다.

★

중공군 개입할 것, 만주 폭격해야

낙동강을 사이에 두고 형성된 낙동강 전선에서는 하루에도 몇 차례씩 먹느냐 먹히느냐의 결론을 내기 위한 처절한 사투가 연일 전개되고 있었다. 북괴군에게 밀려 낙동강까지 떠밀린 한국군과 유엔군은 사력을 다해 방어할 수밖에 없었다. 하루에도 몇 차례씩 산발적으로 전개되는 지긋지긋한 전투에서 수를 헤아릴 수 없을 정도의 전사자가 발생했다. 포화가 뜸해지면 양쪽은 전사자의 시신과 부상자를 전선에서 빼내 후방으로 운반해야 했고 손실분만큼의 전투병과 탄약을 보충하여 전력을 정비했다. 소나기라도 오는 날이면 물에 빠진 생쥐 꼴이 되었다. 이런 때면 눈앞에 동료가 나타나도 간담이 서늘해지는 것이어서 적의 기습에 더욱 철저히 대비해야 했다.

아니나 다를까. 소나기가 후려치고 있는 낙동강 위로 북괴군 특공대가 목선을 뒤집어 강물에 띄우고 목선 주변으로 총구를 내놓고 살금살금 헤엄쳐 접근하고 있는 광경이 포착되었다. 강 한가운데까지 다가오기를 기다려 사격명령이 떨어졌다. 일제히 총구에서 불이 뿜어지며 집중사격이 시작되었다. 집중사격을 받은 목선은 벌집이 되면서 안쪽에 감추어 두었던 TNT가 굉음을 내며 폭발했다. 강 한 가운데에서 물기둥이 솟아올랐다. 물기둥이 내려앉으며 물보라가 사방으로 튀었다. 사방으로 튀는 물보라 사이로 북괴군의 사체가 둥둥 떠올랐다. 벌집을 건드린 것처럼 북괴 쪽에서 난리를 쳤다. 목선 주변의 강 속까지 벌집을 만들어 놓고 난 뒤에야 사격 중지 명령이 끝났다. 잠시 후 북괴군의 응사도 그쳤다.

낙동강의 수면을 때리는 소나기 소리와 참호의 기둥에서 떨어지는 낙수 소리에 고향생각을 하고 있던 아래쪽의 국군병사들이 화들짝 놀라 낙동강을 응시했다. 잠시 다리를 뻗고 고향생각에 빠져 있던 병사들이 총소리에 후다닥 전투태세를 갖추었다가 목선이 뭉개지는 광경을 보고 긴장을 풀었다. 참 끈질겼다. 매번 똑 같은 방법으로 특공대를 보내고 있는 적의 지휘관이 어떤 놈인지 면상을 확인해 보고 싶다. 목선에 TNT를 가득 싣고 한국군 진지에 최대한 밀착하여 폭파시키려는 적의 시도는 벌써 10차례 이상 반복된 적군의 작전이다. 이번에는 목선을 뒤집어 파선된 목선이 물결에 따라 흘러가는 것으로 위장을 했다는 점이 겨우 달랐다. 양측의 진이 다 빠질 즈음에 인천상륙작전의 성공 소식이 타전되었다. 9월 15일이었다.

인천 상륙작전

　9월 15일, 맥아더 장군의 UN연합군은 월미도를 관통하는 인천상륙작전을 감행했다. 이 작전은 3단계로 진행되었다. 1단계는 월미도 점령으로, 9월 15일 06시 한미해병대는 인천 월미도에 상륙하기 시작하여 작전개시 2시간 만에 점령을 완료했다. 2단계는 인천항 주변의 확보였다. 이 작전에는 상륙 주력 부대인 남한 해병 4개 대대, 미군 제7보병사단과 제1해병사단이 투입되었다. 합동연합작전으로 인천을 탈환하고 김포 비행장과 수원을 확보함으로써 인천항 주변을 완전히 UN군의 수중에 넣었다. 마지막 3단계는 서울 점령이었다. 남한 해병 2개 대대, 미국 제1해병사단은 19일 한강을 도하하여 공격을 개시하고 20일 주력부대가 한강을 건넜다. 마침내 26일 정오 해병 특공대원들이 중앙청에 태극기를 게양하는 것으로 인천상륙작전이 완료되었다.

인천상륙작전의 완벽한 성공으로 인해 낙동강을 중심으로 형성되었던 전선은 지각 변동이 생겼다. 허리가 잘린 북한 공산군은 전의를 상실하여 후퇴의 조짐이 나타났고 국군과 미군은 사기가 충천하여 북괴군을 당장이라도 요절낼 전투력이 되살아났다. 급격한 전선의 변동은 북괴군의 후퇴로 가시화되었다. 북괴군은 허리가 잘린 보급로와 평양에서 내려오는 전령의 통신문마저 끊기자 고립 상태에 빠졌다. 두려움을 견디지 못하고 야음을 틈타 하나 둘 도주하기 시작했다. 북괴군은 낙동강 전선의 끝자락인 태백산맥을 따라 깊은 산 속으로 연기처럼 스며들었다. 국군과 유엔군은 도주하는 북괴군의 뒤를 따라 붙으며 대대적인 공세를 퍼부었다. 전 방위적인 공세에 밀린 북괴군은 도주로를 확보하는 일까지도 어렵게 되었다. 북괴군은 할 수 없이 게릴라전으로 전술을 바꿨다. 낮에는 산중으로 숨어들고 밤이 되면 도로를 따라 후퇴하며 태백산맥을 중심축으로 삼고 북쪽으로 후퇴를 거듭했다. 국군과 연합군은 도주하는 북괴군의 뒤를 공략하며 북진을 시작했다.

　인천상륙작전에 성공한 맥아더 원수는 여세를 몰아 미8군을 주축으로 연합군과 한국군을 양 날개로 전력을 구축하고 공군과 미7함대의 지원을 받으며 3.8선 이북으로 치고 올라갔다. 낙동강 전선에 주력부대의 절반 이상을 투입한 북괴는 연합군의 화력을 막아낼 전력이 되지 못했다. 거침없이 치고 올라오는 맥아더 장군의 공격에 전력을 소실하고 후퇴에 후퇴를 거듭해야 했다. 마침내 평양이 떨어졌다. 원산 상륙작전도 성공했다. 북괴군은 압록강과 두만강 앞까지 내몰렸다. 고삐를 조금만 더 죄면 북괴군은 만주벌판으로 쫓겨 나갈 판국이었다. 통일은 이제 눈앞에 다가와 있었다.

평양이 떨어지자 중공은 위기의식을 느끼며 연합군과 트루먼 정부를 향하여 강력하게 경고했다. 그 동안 중공의 정세와 북괴군 수뇌부의 동향을 면밀히 주시해 왔던 맥아더 장군은 중공의 참전이 임박했음을 깨달았다. 중공의 참전을 원천적으로 봉쇄할 수 있는 전술은 중공군이 밀집해 있는 만주지역에 대한 집중폭격이 해법이었다. 맥아더 사령관은 워싱턴에 만주지역 폭격에 대한 승인을 공식 요청했다.

워싱턴의 결정이 늦어지자 맥아더 장군은 취합된 정보를 바탕으로 만주지역에 대한 핵 폭격을 승인해 달라고 의회에 요청했다. 아군의 피해를 최소화하고 지루한 한국전을 완전히 종식시킬 수 있는 최선의 방법이자 가장 효율적인 방법이라고 호소했다.

원산과 함흥 상륙작전의 성공으로 수많은 병력과 물자가 공수되면서 전선은 북쪽에 새롭게 만들어졌다. 하루가 다르게 새롭게 만들어진 전선은 어느덧 압록강과 두만강 인근까지 도달했다. 맥아더 장군은 라디오 방송을 통해 전황을 보고하면서 미군과 연합군은 금번 크리스마스를 집에서 즐길 수 있을 것이라고 방송했다. 맥아더 장군의 말이 라디오 방송으로 나오자 한미연합군은 진격의 속도를 한껏 높이며 전공을 세우기 위해 박차를 가했다. 드디어 국군 6사단 7연대가 압록강이 있는 초산에 도착했다. 1950년 10월 26일이었다. 압록강변 초산楚山에 도착한 한국군 6사단 7연대원들이 대통령께 올릴 압록강 물을 수통에 담았다. 이 날은 전쟁이 발발한지 꼭 4개월째 되는 날이었다.

11월 21일에는 백두산 아래 혜산진이 미 육군7사단에 의해 점령되었다. 6.25 전쟁이 터진 후 5개월 만에 국군은 압록강 물을 마시며 감격에 떨었다. 통일은 눈앞에 다가와 있었다. 동부전선에서 밀고 올라온 제 10군단과 미 해병1사단은 장진호로 진격했다. 한국군 1사단과 수도 사단은 동해안을 따라 청진의 턱밑인 성진까지 진격했다. 성진 점령군 1군단장 김백일 장군은 성진 앞바다에 태극기를 달고 포진하고 있는 우리 해군함정을 보고 감격하여 함장을 초대해 저녁 식사를 대접했다.

그러나 북한의 김일성 부대를 중국으로 밀어내고 한반도를 통일시키겠다는 계획은, 중공군의 개입으로 인해 불과 한 달 만에 수포로 돌아가고 말았다. 최초 중공군이 개입한 정황은 11월 2일에 확인되었다. 10월 26일 압록강변 초산楚山에 도착한 한국군 6사단 7연대에서 압록강물을 수통에 담았다는 보고를 한 후 얼마 지나지 않아 무전 교신이 불통되고 말았다. 11월 1일과 2일 밤에는 미 제1기갑 사단이 중공 기병대에게 기습을 당해 큰 피해를 입었다. 이 전투에서 사로잡힌 북괴군 포로에는 4명의 중공군이 끼어 있었다. 이로 인해 중공군이 개입한 사실이 사실로 확인되었다.

11월 2일 포로로 잡힌 중공군을 심문한 미 제1 기갑사단은 즉각 중공군의 개입 사실을 맥아더 사령관에게 보고했다. 진격 중이던 서부전선의 한국군과 유엔군은 전진을 멈추고 방어태세로 전환했다. 동부전선도 마찬가지로 방어태세로 전환했다. 이때까지만 해도 유엔군 측은 중공군의 참전이 북괴군의 전멸을 막기 위한 소규모 지원인지, 본격적인 참전인지 판단을 내리지 못했다. 유엔군 사령부가 판단을 내리지 못하고 고민하고 있는 사이에 맥아더 장군은 11월 5일 중공군 참전 사실을 정식으로 유엔에 보고했다. 이틀 뒤 맥아더 장군은 한만 국경 교량을 폭격하라고 명령했다. 폭격하되 북한 쪽의 교량 끝단을 겨냥하여 폭격하라는 지시를 내렸다. 중국을 자극해 본격적인 참전의 빌미를 주지 않으려는 배려였다. 한만 국경 교량을 폭격해야 하는 이유는 중공군 병력과 보급품이 압록강을 넘어 북한으로 들어오는 것을 막기 위함이었다. 그러나 이때는 이미 30만 명의 중공군 병력이 이미 국경을 넘어 와 있었다. 아직 압록강과 두만강에 얼음이 얼지 않아 대규모 병력이 이동할 수 없었기 때문에 이들은 주로 산악에 은거하며 상부로부터의 공격 명령을 기다리고 있었다.

먼저 침투한 중공군 124사단의 임무는 서부전선의 미8군과 동부전선의 10군단이 만나서 연합작전을 펴지 못하도록 교란작전을 펼쳐 연합군이 더 이상 북진을 하지 못하도록 보급로를 끊는 임무였다. 되도록 8군과 10군단 사이를 멀리 떨어지게 하기 위해 미 해병1사단을 주공격 대상으로 삼았다. 중공군 수뇌부는 국군과 UN 연합군이 흥남에서 장진호를 거쳐 압록강 상류지역까지 밀고 올라오면 끝장이라고 판단했다.

최초 공격 명령이 중공군 124사단에 떨어졌다. 미 해병 1사단의 예봉인 7연대를 공격하라는 명령이었다. 숨을 죽이며 공격명령을 기다리고 있던 124 사단이 공격을 개시했다. 함흥에서 북쪽으로 30km 떨어진 진흥리에서 중공군 124 사단과 미 해병 7연대가 처음으로 맞부딪쳐 전투가 시작되었다. 이 전투는 5일간 계속되었다. 5일간 계속된 전투는 미군의 승리로 끝이 났다. 강력한 화력과 공중 지원에 힘입어 중공군의 거점은 쑥대밭이 되었다. 하지만 이 전쟁에서 중공군이 완벽하게 패한 것이 아니었다.

중공군은 야간에 피리와 징 그리고 휘파람을 불어 대면서 인해전술로 다시 공격해 왔다. 중공군과 첫 전투를 경험한 국군과 유엔군은 한겨울 밤에 들려오는 음산한 피리소리와 휘파람 소리에 놀랐다. 멀게 가깝게 울려 퍼지는 꽹과리와 징소리는 공포를 불러 일으켰다. 아군은 밤마다 계속되는 중공군의 공격방식에 두려움을 느꼈다. 이 두려움은 낯선 두려움이었고 전혀 적응이 되지 않는 두려움이었다. 중공군의 인해전술에 놀라고 심리전에 휘말려 공포감을 느끼게 되면서 전선은 교착상태에 빠져들었다.

아군이 전진을 멈추자 묘한 정적이 감돌았다. 묘한 정적 끝에 중공군의 대공세가 시작됐다. 끝없이 밀려오는 중공군의 파도는 쓰나미와 같았다. 중공군의 대공세에 밀리기 시작하면서 다 이겨 놓은 전쟁은 하루만에 상황이 완전히 뒤바뀌고 말았다. 이에 맥아더 장군은 다급하게 워커 8군사령관과 알몬드 10군단장을 도쿄로 불러 도쿄 회담을 진행했다. 11월 28일 도쿄회담 후 맥아더 장군은 이제부터 방어 작전에 들어간다고 합참에 보고했다. 합참에 보고한 보고서의 제목은 "우리는 새로운 전쟁에 직면했다"이다. 역전의 노장인 맥아더 장군조차 중공군의 인해전술과 심리전은 처음으로 경험하는 것이어서 새로운 전쟁이라고 말했다. 상당히 곤혹스러워 하고 있음을 보여주는 대목이다. 맥아더 장군의 보고에서 드러나고 있는 유엔군의 당혹감은 당시의 전황이 얼마나 심각했는지를 단적으로 보여 주었다.

전선이 교착된 상태에서 뒤로 밀리게 된 가장 큰 원인은 북한의 날씨였다. 합참의 수뇌부가 고심하고 있는 동안 전장에 나가 있는 한미 연합군은 혹독한 기온과 악전고투를 벌이며 싸워야 하는 이중고를 당하고 있었다. 특히 영하 20도를 오르내리는 북방의 살인적인 추위는 이를 경험 해보지 못한 미군과 연합군의 전력에 상당한 영향을 끼쳤다. 더구나 1950년의 겨울은 예년에 비해 일찍 시작됐다. 11월인데도 기온이 영하 20도 가까이 떨어져 트럭과 지프의 트랜스미션까지 얼어붙어 구동조차 되지 않았다. 또한 미리 준비하지 못한 방한복과 방한모 등 혹한기용 보급품 지급이 늦어지고 있었다. 이로 인해 동상 피해자가 속출했다. 살을 저미는 것 같은 추위와 북방에서 불어 닥치는 강풍과 눈보라는 아군 장병들의 활력과 사기를 급속히 떨어뜨렸다.

새로운 전쟁이라는 이름을 붙일 만큼 새로운 전선을 구축한 북괴군과 중공군 연합군은 11월 27일을 전후하여 강력한 반격으로 돌아섰다. 강력한 반격으로 인해 주춤주춤하면서 뒤로 밀린 한미연합군의 전선은 급속히 붕괴되기 시작했다. 결단이 필요했다. 사기가 떨어진 장병들에게 방한복 등의 보급품까지 늦어지자 아군의 인명 피해가 속출했다. 후퇴

밖에 길이 없었다. 알몬드 장군은 전황 상 더 지체할 수 없다는 판단 하에 철수 명령을 내렸다. 미 해병1사단은 흥남으로, 미 육군7사단은 함흥으로, 미 육군3사단은 원산으로, 한국군 3사단과 수도 사단은 성진으로 각각 철수할 것을 지시했다. 함흥 철수작전은 추위와 적군의 반격이라는 최악의 조건에서 시작됐다.

뼈아픈 후퇴

　철수 명령이 떨어졌으나 중공군에 의해 포위된 미 해병 1사단은 개마고원의 협곡에 갇혀 고전을 면치 못하고 있었다. 출구는 황초령을 통해 협곡을 벗어나는 길 밖에 없었다. 그러나 황초령은 10만 명의 중공군에 포위되어 퇴로가 막힌 상태였다. 중공군은 야음을 틈타 파상적으로 공격해왔다. 소규모 선발부대를 앞세워 피리와 휘파람을 불며 공격해 왔다. 선발부대가 무너지면 또 다른 부대가 나오고, 그 부대가 괴멸당하면 또 다른 부대가 나타났다. 이들의 후미에는 징과 꽹과리를 쳐대며 고래고래 함성을 지르며 인해전술로 공격해 오는 주력이 붙어 있었다. 마치 나방 한 마리에 수천마리의 개미떼가 에워싸 물고 뜯고 하면서 나방을 끌고 가는 개미떼의 형국이었다. 국군과 연합군은 징그럽고 끈질긴 중공군의 인해전술에 오만정이 다 떨어졌다. 이런 전쟁은 처음이었다.

알몬드 장군이 내린 철수 작전은 장진호 일대에 포진하고 있던 미군 단위부대들에게 빠짐없이 전달되었다. 철수는 최초 하갈우리로 집결하는 것을 시작으로 단계별로 이뤄졌다. 단위부대가 하갈우리에 모여 전열이 정비되면 부대를 형성하여 황초령을 넘어 흥남으로 철군하는 계획이었다. 그때까지 황초령을 막고 있던 중공군은 퇴로를 막는 데는 성공했지만 철군작전을 위한 미군의 포격이 집중되자 감당하지 못하고 서서히 붕괴되기 시작했다.

철군작전을 위해 미 해군의 주력 전투기인 콜세어기와 스카이레이더기가 본격 투입되었다. 항모 미드웨이호 호의 함장인 스트러블 제독은 처음에는 10군단에서 요청한 항공지원에 주력했다. 그러나 미 해병 1사단으로부터 다급한 지원 요청을 받고 77기동부대 소속 항모들의 항공기 할당을 해병1사단 위주로 변경하고 적극 지원했다.

항모에서 발진한 콜세어기와 스카이레이더기는 저공비행을 하면서 지상군이 원하는 좌표를 찾아 정확하게 타격했다. 좌표는 철수군의 통제장교가 무전으로 불러주었고 전투기는 저공비행으로 확인 사살하는 방식으로 타격했다. 철수군의 통제장교는 시야에 보이는 해군 전투기에 무전으로 타격목표를 지시했다.

"나는 앞에 있는 지프에 타고 있다. 나는 모자에 형광색 패널을 붙이고 있다. 나를 발견했으면 날개를 흔들어라."

무전을 받은 편대장 에페 중령이 날개를 흔들었다. 180도 방향 전면의 중공군 중화기부대를 먼저 타격해 달라는 요청이 들어왔다. 요청을 받은 에페 중령 편대는 중공군 집결지 한가운데 폭탄을 투하했고 중화기 부대에 맹렬한 기총소사를 퍼부었다. 탄피가 미 해병대원의 철모 위로 어지러이 흩어져 떨어져 내렸다. 폭격을 마치고 함대로 귀대하는 에페 중령에게 지상군 통제장교의 목소리가 들려왔다. "네이팜탄을 싣고 와서 폭격해 주시오"라는 요청이었다. 돌아 온 콜세어기는 네이팜탄을 중공군의 진지에 투하했다. 네이팜탄은 중공군의 머리 위에서 꽃처럼 퍼지며 수많은 파편을 쏟아냈다. 하지만 퇴로를 열어주지 않기 위해 개미떼처럼 도로 양 편에 달라붙어 나무 뒤에 숨어 사격하고 있는 중공군 전위부대까지는 타격을 주지 못했다. 네이팜탄의 효과가 기대에 미치지 못하자 통제장교는 큰 소리로 아군 가까이 네이팜탄을 투하 하라고 지시했다. 콜세어기는 회전한 후에 피아의 경계선 지역에 네이팜탄을 쏟아 부었다. 엄청난 불꽃이 일었다.

에페 중령은 편대기들을 격려하면서 "이번 투하는 성공적이었다. 영하 25도의 혹한에서 해병들은 네이팜탄의 열기 때문에 잠시 몸을 녹였을 것"이라고 말했다.

철군 작전을 마친 후, 스미스 미 해병1사단장은 철수 보고서를 통해 해군의 근접 공중 지원을 극찬했다. 마치 가려운 데를 골라서 긁어 주듯이, 해군 항공기들은 지상군이 요청하는 곳에 정확히 폭격을 가해 주었기 때문에 철수작전이 성공할 수 있었다는 보고서였다.

이 작전의 성공과 함께 미 해군 항공대의 토머스 허드너 중위가 트루먼 대통령으로부터 최고의 명예훈장을 받았다. 명예훈장은 최고의 군사 훈장이다. 훈장추서에 기록되어 있는 내용은 미군 역사에 길이 남을 전우애를 칭송하는 내용으로 다음과 같이 기록되어 있었다.

　12월 4일 브라운 소위가 조종하던 콜세어기가 중공군의 포격에 당하여 장진호 북서쪽 산악지대에 불시착했다. 브라운 소위는 미 해군 역사상 첫 흑인 조종사였다. 눈 덮인 땅에 떨어져 불이 붙은 브라운 소위의 전투기를 보고 편대원들은 가망이 없다고 생각하고 포기했다. 하지만 토머스 허드너 중위는 잠시 고민 한 후에 브라운 소위를 구출하기로 마음먹었고 눈이 덮여 있는 평지를 찾아 동체 착륙을 감행했다. 랜딩 기어를 내리지 않은 채 감행한 동체 착륙은 눈 위를 미끄러져 갔기 때문에 마찰에 의한 화재의 위험은 없을 것이라는 판단 때문에 동체착륙을 감행했다. 착륙에 성공한 허드너 중위는 즉시 브라운 소위의 전투기로 달려갔다. 브라운 소위는 조종간을 잡은 채로 반쯤 의식을 잃은 상태였으나 살아 있었다. 허드너 중위는 다급히 조종실 문을 열었으나 열리지 않았다. 허드너 중위는 급히 불타는 비행기 동체에 눈을 퍼부어 폭발을 막고, 자기 비행기로 돌아가 무전으로 절단기를 요청했다. 곧 나타난 헬기에서 투하된 절단기를 이용해 조종석 문을 여는 데 성공했다. 동료를 밖으로 끌어낸 그는 혹한 속에서 비통하게 울부짖었다. 애석하게도 브라운 소위의 심장은 멈춰 있었다. 그러나 자신의 생명을 걸고 브라운 소위를 구출해낸 허드너 중위의 전우애는 극찬을 받았다. 허드슨 중위는 세계의 전쟁사에 영웅으로 기록되어 있다.

해군의 지원 작전에도 불구하고 후퇴작전은 더디기만 했다. 하갈우리에서 고토리까지 15km를 가는데 무려 22시간이나 걸렸다. 흥남까지는 50여km를 더 가야 했다. 난관은 또 있었다. 고토리를 떠나 진흥리로 철수하는 길에서 교량이 파괴되어 있어 이동마저 불가능해졌다. 전투병은 얼어붙은 개울을 건너갈 수 있었으나 전투 장비가 문제였다. 전투 장비를 버리고 갈 수는 없었다. 작전회의 끝에 공군에 지원요청을 하기로 했다. 지원 요청을 받은 공군은 수송기 편대를 보내 2톤이나 되는 밧줄과 목재 등의 자재를 투하했다. 미 해병대원들은 빗발 같이 쏟아지는 적군의 사격과 맞서 싸우며 두 개의 구름다리를 만들어 냈다. 이 동안 해군의 근접 공중 지원은 계속됐다. 흥남 철수작전에 지원된 해군 항공기는 고속항모전단 소속 128기, 호송항모전단 34기, 연포기지 해병 항공기 77기 등 모두 239기였다. 이는 흥남 앞바다를 해군이 장악하고 있었기에 가능했다.

중공군의 개입으로 한미연합군이 북한지역에서 철수하는 등으로 전황이 급박하게 돌아가자 트루먼 대통령은 1950년 11월 30일의 기자회견에서 "보유한 무기를 모두 사용하겠다."고 선언했다. 기자들의 핵무기도 포함되느냐는 질문에 트루먼은 "어린이에게 사용할 수는 없다"는 말로 우회 표현했다. 사용할 수 있다는 이야기였다.

이에 놀란 영국 애틀리 수상이 12월 4일 워싱턴에 날아와 진의를 확인했다. 트루먼은 "전혀 그런 생각은 없다"고 잘라 대답했다. 제3차 세계대전으로의 확전은 막아야 한다는 애틀리의 명분은 훌륭했다. 하지만 그 속내에는 영국의 식민지인 홍콩의 생사에 대한 절박함이 숨겨 있었다. 만약 미국이 일본에 투하했던 원폭을 중국에도 사용한다면 전쟁에서는 승리할 수 있으나 영국은 홍콩에서 철수할 수밖에 없다. 홍콩을 통해 벌어들이는 돈이 얼마인가. 애틀리 수상은 애가 탈 수밖에 없었다. 만사를 젖히고 워싱턴으로 날아와 트루먼을 만나 확인을 하고 난 뒤에야 안심할 수 있었다. 하지만 그냥 갈 수는 없었다. 애틀리 수상은 결국 영국군 전투 병력과 지원물품을 늘리기로 트루먼과 약속을 하고 영국으로 돌아갈 수 있었다. 그만큼 절박했다.

트루먼 대통령의 기자회견 이후 미국 합동참모본부는 만일의 경우 발생할지도 모르는 우발사태에 대비해 경계를 철저히 하라는 명령을 세계 각지 미군 수뇌부에 하달했다. 중국이 이미 한국전에 개입했고 소련도 개입할 개연성이 있다는 대통령의 전통문에 가장 먼저 반응한 부대는 극동해군사령부였다.

극동해군사령부는 중공의 대만 침공에 대비하는 경계 근무에 돌입했고, 한국 전선에 투입된 해군 95기동부대에는 대공 방어 경고가 떨어졌다. 해군 95기동부대에는 대잠對潛 초계부대도 편성되었다. 블라디보스토크에 근거지를 둔 70여 척의 소련 잠수함을 의식한 조치였다. 미국은 소련의 한국전 개입을 크게 우려하고 있었다. 소련이 개입하게 되면 세계 3차 대전으로 확전 되는 것은 시간 문제였다. 때문에 유엔군을 파병한 연합국들도 이 점을 우려했다. 트루먼 대통령의 기자회견 후 미 해군참모총장 셔먼 제독은 90기동부대 소속 모든 함정을 6시간 안에 동원할 수 있도록 항공모함들을 즉시 한국 해역으로 집결하도록 명령했다. 소련이 개입하게 되면 즉각 방어할 수 있도록 방어체제를 구축했다.

다시 중공군이 한국전에 개입했다는 소식이 전 세계에 알려지자 세계의 이목은 소련의 개입 여부에 집중되었다. 중공군이 개입한 한국전에서 소련까지 합세하게 되면 어쩔 수 없이 세계대전으로 확전 될 수밖에 없다. 자연히 소련의 태도에 촉각을 곤두세울 수밖에 없었다.

이러한 분위기 속에서 철수가 결정되자 미국·영국·프랑스 등 유엔군측 기자들이 사실 확인을 위해 몰려들었다. 기자들은 수송기 편에 편승하여 해병1사단장인 스미스 장군에게 기자회견을 요청했다. 기자들은 "지금 해병대의 작전이 후퇴인가, 철수인가"를 물었다. 스미스 장군은 "철수는 적의 강요에 의해 후방지역을 향해 이동하는 것이지만, 본 작전에서는 후방도 적이 장악하고 있다. 적을 격파하는 것도 우리 목적의 하나다. 따라서 우리는 철수하는 것이 아니라, 다만 다른 방향으로 공격을 가하려는 것일 뿐이다."라고 대답했다. 스미스 장군의 답변에는 미 해병대의 정신이 고스란히 담겨 있었다. 이 명언은 미 해병대 역사에 수록되었다.

스미스 장군이 함흥으로의 철수 명령을 내렸을 때, 합참전략회의에서 터너 전투수송사령관(공군 소장)은 하갈우리에 집결하여 수송기로 철수할 것을 제의했다. 그러나 스미스 장군은 한 마디로 일축했다. 물론 막강한 항공력을 가진 미 공군으로서는 1개 사단의 수송쯤은 아무 일도 아니었다. 하지만 수송 도중 적의 공격을 당하면 많은 인명 피해가 발생할 수 있고, 1개 중대 병력은 마지막까지 비행장에 남아서 엄호를 해야 한다. 결국 1개 중대 병력을 희생시킬 수밖에 없다. 그것은 단 한 명의 해병대원이라고 해도 포기하기 않겠다는 해병대의 정신에 위배되었다. 뿐만 아니다. 수송기를 통해 철군하게 되면 엄청난 많은 전투 장비와 보급품을 남겨 놓고 떠날 수밖에 없다. 이는 엄연한 해국행위이다. 단 한 명의 해병대원이라도 포기하지 않겠다는 해병대 정신과 전투장비와 보급품을 적군의 수중에 넘겨 줄 수 없다는 군인 정신에 의한 스미스 장군의 강력한 발언은 좌중을 압도하여 결국 스미스 장군의 전략대로의 철군작전이 채택되었다.

스미스 장군은 함흥 철군작전에 대해 세 가지로 압축된 전략을 역설했다. 첫째, 함흥에 있는 10군단사령부와 가장 가까운 항구라는 점이었다. 북한 동북 방면 공격군사령부의 신경조직을 무사히 철수시키려면 무엇보다 가까운 항구를 택하는 것이 중요했다. 둘째, 항만 시설이 좋기 때문이었다. 원산상륙작전 이후 소해 작전이 잘 수행돼 흥남부두는 대형 선박 7척이 동시에 접안해 인원과 장비를 탑재할 수 있는 항만 시설이 돼 있었다. LST가 계류할 수 있는 해안도 있었다. 셋째, 연포비행장이 가까이 있어 철수작전을 위한 항공통제센터로 활용할 수 있는 적지였다. 육해공의 합동작전을 펼치려면 비행장이 멀어서는 안 되는데, 흥남은 이런 조건을 충족시킬 적지였다. 뿐만 아니라 무엇보다 함흥까지 철도가 부설돼 있어 병력과 물자 수송이 용이했다.

미 극동해군사령관 조이 제독은 스미스 장군의 철군전략을 채택하고 함흥철군작전의 총책임자로 90기동부대사령관 도일 제독을 임명했다. 도일 제독은 공중통제권과 해군 화력통제권을 부여받아 미 육군의 10군단장 알몬드 장군과 협조 체계를 갖추고 철수작전을 지휘하게 되었다.

함흥 철수작전은 12월 10일부터 상륙 돌격작전의 역순으로 실시한다는 기본전략의 틀을 세웠다. 이어 구체적인 작전 계획을 세부 디자인했다. 세부 디자인의 가장 중요한 개념은 공중방패(aeril canopy)와 철의 장막(steel curtain)의 개념이다.

철의 장막 개념은 15척의 군함에 의한 함포 사격으로 함흥 주변으로 적군이 발을 디디지 못하도록 차단하는 공격 개념이다. 공중방패 개념은 철의 장막을 뚫고 침투한 적의 공격력을 7척의 항공모함에서 함재기들을 띄워 흥남 하늘에 방패를 치듯 적을 찾아내 섬멸시키는 개념이다. 이 디자인대로 작전이 수행된다면 흥남 철수 작전은 100% 성공을 자신할 수 있다. 사실 북괴군과 중공군의 화력은 상대적으로 열악했고 2차 세계대전이라는 실전을 경험하지 못한 군대이다. 반면 한미연합군과 유엔군은 엄청난 화력을 보유하고 있었으며 세계2차 대전의 승리군이었다. 따라서 함흥 지역 하나 정도는 충분히 방어할 수 있는 능력을 보유하고 있었다.

철의 장막 개념이 적용된 함흥 철수작전이 시작되자, 12월 7일부터 24일까지 함포 사격에 사용된 포탄은 16인치 162발, 8인치 2932발, 5인치 1만8637발, 3인치 71발, 40㎜ 185발, 로켓 1462발이 사용되었다. 북괴군을 목표한 인천상륙작전과 비교하면 1만 3600발이 더 사용되었다. 이는 그만큼 중공군의 수가 많았음을 의미한다. 작전의 마지막 날인 1950년 12월 24일 흥남 항에서 3000야드 떨어진 바다 위에 횡대로 정렬한 함포 지원함의 길이는 무려 2만 5000야드에 달했다. 흥남 앞바다는 한미연합군의 함정으로 새까맣게 둘러싸였다.

공중방패 개념으로 출동된 함재기의 출동은 12월 15일부터 흥남지역 내에서만 1700회를 기록했다. 여기에 사용된 폭탄과 기총탄은 통계로 잡힌 것조차 없다. 다만 미드웨이 항모의 함재기인 콜세어기의 조종사인 마크 대위는 "모든 것이 불타고 있었다. 바다 전체가 불타고 있는 것 같았다"고 증언했다. 이 증언을 토대로 볼 때 철의 장막 개념에 사용된 화력만큼은 아닐지라도 적어도 근접되었을 것이라는 점은 확실하다. 마크 대위는 폭격을 마치고 미드웨이 항모로 돌아가면서 기함인 마운트 맥킨리 항모에 연락을 취해 통신장교와 인사를 나누는 중에 이처럼 증언했다. 그날은 성탄 전야였다.

미 해병1사단에 배속된 한국 해병대는 10일부터 원산의 1대대와 3대대가, 함흥에서는 2대대와 5대대가 각각 진해로 철수해 재편성됐다. 1군단은 12월 17일에 떠나 18일에 삼척 항에 상륙했다.

흥남 부두

    10여 일의 흥남 철수작전은 가히 한 도시를 옮길만한 규모였다. 미군과 한국군이 10만5000명, 차량 17만5000대, 화물 35만 톤이 움직였다. 여기에 피란민 9만1000명이 섞여 내려왔다. 동원된 함정은 LST 81척, LSD 11척, MSTS(해상 수송부대) 함선 76척을 비롯해 모두 200척이 넘었다. 함정에 승선하지 못한 피란민들은 민간 어선을 동원하여 피난했다. 그 수가 얼마나 되는지 아무도 몰랐다. 50만 혹은 100만 명의 피란민이 해상으로 탈출했을 것이라는 소문도 들렸다. 해군은 몰려드는 피난민을 위해 운행이 가능한 모든 배를 총동원했다.

    흥남부두가 피란민들로 꽉 메워지다시피 하자 한국 정부와 유엔군 당국은 수송 능력이 허용하는 한도 내에서 최대한 많이 싣고 내려간다는 방침을 세웠다. 처음에는 흥남과 함흥 지역 주민 가운데 국군 입성 때 열렬히 환영했거나 협조한 사람들, 그리고 공산주의 체제 아래서 핍박 받던 기독교 관계자 등 2만5000명 정도를 수송할 예정이었다. 그러나 철수군을 따라온 피란민들이 섞이면서부터 사정이 달라졌다. 미 해병대를 공격하기 위해 장진호 지역에 내려온 중공군들에게 집과 양식을 빼앗긴 주민들은 엄동설한에 길에 나앉게 됐다. 대다수 주민이 그런 형편이어서 그들은 해병대를 따라 나설 수밖에 도리가 없었다. 마침내 한, 미 연합군과 UN군에 합참본부의 명령이 떨어졌다. 흥남 부두에 집결하여 LST를 통해 3.8선 이남인 속초, 부산항으로 소개하라는 명령이었다. 맥아더 사령관은 라디오 방송을 통해 이같이 방송했다. 개성과 평양지역의 피난민들은 맥아더 사령관의 방송내용을 듣고 피난민의 대열에 합류했다. 후퇴하는 국군과 유엔군의 뒤를 따라 거대한 피난민 무리가 꼬리를 물었다. 시간이 지날수록 꼬리의 길이는 더욱 길어졌다.

"모두 다 떠나기를 원했다. 우리가 떠날 때 손에 보따리를 든 사람들이 남쪽으로 가는 배를 타기 위해 밀려오고 있었다. 흥남은 난장판이었다. 피란민들은 있을 곳이 없어 추위에 떨었다. 나는 요리할 수 있는 모든 배들에게 최대한 빵과 밥을 만들라고 지시했다. 피란민들을 살리기 위해 우리는 모든 배에 쌀을 보급했다."

도일 제독은 당시를 회상하며 어마어마한 인파의 피난민의 규모에 충격을 받았다고 증언했다.

"미군들이 흥남 부두에서 LST로 후방으로 철수를 한다."

"남한으로 피난할 수 있는 길은 배 밖에 없다."

"흥남 부두에 가면 피난 갈 수 있다."

소문에 소문이 꼬리를 이으며 피난민의 행렬도 비례했다. 흥남 부두에는 벌써 수많은 피난민들과 연합군들이 모여 있었고 그 뒤로 끝없는 피란민의 행렬이 줄을 이었다. 부두에 터를 잡은 피난민들은 모닥불 주변으로 삼삼오오 짝을 이루어 쪼그리고 앉아 웅성대며 추위에 떨고 있었다. 모진 추위와 살을 찢는 바다 바람은 칼바람이 되어 피난민들의 뼛속까지 저미며 파고들었다. 그 위로 세찬 눈보라까지 휘몰아쳤다. 눈발이 고향을 떠나는 피난민들의 심란한 마음을 더욱 삭막하게 만들어 놓았다. 국군헌병과 미군헌병은 상부의 지시대로 LST에 승선할 피난민들을 줄지어 앉혔다. 허기에 지친 피난민들은 보따리에서 꺼낸 생쌀을 씹었다. 피난길에 지친 피난민들의 탈진을 우려한 미군은 분유를 넣어 끓인 우유물을 배급했다.

12월 14일부터 24일 사이에 동부 전선에서 철수한 유엔군 12만 명과 피란민 10만 명이 흥남 부두를 개미 떼처럼 덮었다. 흥남 부두에 이르는 길과 선착장 그리고 모래사장까지 발 디딜 틈도 없었다. 마침내 LST가 해상에 모습을 보였다. 총 15척이었다. 15척의 LST 중에 피난민 수송에 5척의 LST가 배정되었다. 드디어 LST의 갑문이 열리며 승선이 시작되었다. 질서를 지키고 있던 앞줄의 피난민들이 속속 배 안으로 빨려 들어갔다. 잠시 후 뒤쪽에서 소동이 일어났다. 소동은 금방 아비규환으로 바뀌었다. 앞줄에 있는 사람을 뒤로 밀쳐내고 자신이 앞줄로 밀고 들어왔다. 바다에 빠지는 자들이 속출했다. 헌병들은 곤봉으로 내리치며 질서를 잡기 위해 혼신의 노력을 다했으나 수십 명의 헌병이 십만이 넘는 피난민들을 당해 낼 수는 없었다. 중과부적이었다. 승선한 피난민들은 이 꼴을 보며 안도의 한숨을 내쉬었으나 계속해서 밀려드는 바람에 빈자리에 놓아두었던 보따리를 가슴에 끌어안고 비슬비슬 떼밀려 안쪽으로 밀려들어갔다. 물속에 빠진 피난민들이 울부짖으며 배와 갑문을 고정한 쇠사슬에 기를 쓰며 아등바등 매달렸다.

　아비규환 속에서 가족과 떨어진 피난민들이 속출했다. 어린 것을 업고 안고 손에 끌고 있던 어머니는 자신은 이쪽으로 밀리고 자식은 저쪽으로 밀리면서 손을 놓쳤다. 뻔히 눈을 뜨고 있는 눈앞에서 자식과 생이별을 해야 했다. 무려 3일 밤낮을 가리지 않고 흥남 부두에 모여 있던 피난민들이 LST에 올라탔으나 아직도 피난민의 행렬은 꼬리를 물고 있었다. 흥남의 상황은 나날이 나빠졌다. 흥남 외곽을 점령한 중공군이 드문드문 포격을 가하는 가운데 피란민의 수는 기하급수적으로 늘어났다. 일가나 친지가 없는 사람들은 남의 집 헛간이나 부엌 같은 곳에서 이불을 둘러쓰고 뜬눈으로 밤을 새우다시피 했다. 그런 곳이라도 얻지 못한 사람들은 도리 없이 노숙을 해야 했다. 길바닥에 거적을 깔고 그 위에 이부자리를 겹으로 깐 잠자리는 한겨울 추위를 막아 주지 못했다. 그래도 잠시 눈을 붙이고 아침이면 솥단지를 걸고 취사를 했다. 피란민을 도우라는 정부 방침에 따라 나는 가용 선박을 최대한 동원해 흥남으로 보내는 일에 매달렸다. 병력이 모자라 해군사관학교 생도들까지 동원됐다. 부두에는 흥남의 인구보다 많은 수의 피란민이 들끓고, 바다에 수많은 함정이 드나드는 와중에서 철수작전은 별무리 없이 진행되었다. 그러나 협소한 항구에 수많은 함정이 드나들다 보니 함정 사고가 잇따랐다.

가장 큰 사고는 우리 해군 LST 삼랑진호의 좌초였다. 7400여 명의 피란민을 태우고 출항하려고 시동을 걸었지만 기관이 가동되지 않았다. 스크류 축이 로프에 얽혀 있었다. 구조함 컨서버 호 요원들이 잠수를 하여 로프를 풀고 두 번째 출항을 시도했으나 그래도 움직이지 않았다. 이번에는 양쪽 추진축에 이상이 생겼다. 엔진과 자이로(나침판)에도 이상이 발견됐다. 어떻게 손써 볼 도리가 없는 상황이었지만, 피란민들을 내리라고 할 수는 없었다. 어떻게 잡아탄 피난선인데, 고장이라고 내리라 하면 순순히 내리겠는가. 꼼짝달싹 할 수 없는 상황에서도 먹고 자고 마셔야 한다. 그 많은 사람이 배 안에서 취사를 할 수도 없고, 당장 목마른 고통을 호소하는 사람들을 어쩔 것인가. 육상의 육군부대와 인근 철수 선에 긴급 지원을 요청한 끝에, 아스카라 함으로부터 2만6000갤런의 물을 지원받았다. 다른 함선들에서도 빵과 밥을 지원하겠다는 보고가 들어왔다. 해안에 주둔하고 있던 육군부대로부터는 8톤의 식량을 공급할 수 있다고 보고되었다. 이럭저럭 먹을 것과 마실 것은 해결됐으나 항해가 문제였다. 이럴 수도 저럴 수도 없는 진퇴유곡의 상황을 타개하기 위한 구수회의 끝에 예인이 결정되었다. LST가 접안 할 수 있는 삼척 항까지 예인하기로 결정했다. 하지만 7400명이 타고 있는 LST를 예인하는 문제는 대단히 큰 문제였다. 예인을 위해 유엔군이 지원해 준

다이아첸코 함으로는 예인이 어려워 우리 해군 LST 한 척이 더 동원되어야 했다. 그렇게 두 척의 배에 끌려 삼랑진호가 삼척 항에 도착한 것은 12월 19일이었다.

　철수작전이 시행되자 흥남과 원산, 진남포 등의 항구에는 북한지역에서 철수하는 병력과 피란민, 화물과 장비의 양이 너무 많아 부산항에 비상이 걸렸다. 부산항의 부두 시설과 하역 능력으로는 도저히 그 많은 물자를 처리할 수 없었다. 또 선박 도착 일정이 부산항에 사전 통보되지 않아 미리 대비하지 못한 것도 문제였다. 이 문제를 해결하기 위해 한국 정부와 해군, 그리고 유엔군 측이 긴밀히 협의한 결과 분산수용으로 결론이 내려졌다. 전쟁에 꼭 필요한 병력과 전투 장비는 삼척·묵호 등 동해안 항만과 부산항에 분산 상륙시키고, 피란민은 거제도에 상륙시킨다는 세부방침이 수립되었다. 불요불급한 장비와 물자는 부득이 모지門司 등의 일본 항만으로 돌리기로 했다. 하지만 일부 장비가 일본으로 수송되는 것을 알게 된 조이 제독은 일본으로 배를 보내지 말고 부산항에서 24시간 하역 작업을 하도록 명령을 내려 줄 것을 합참에 정식 요청했다. 이 요청이 받아들여져 일본으로 보내는 군수물자 수송은 중단되었다.

　흥남 철수작전에는 일본 선박과 일본인 인부들도 동원되었다. 일본은 당시 미군정 치하에 있었기 때문에 맥아더 사령부는 흥남 철수작전에 일본 LST들과 인부를 1200명이나 동원할 수 있었다. 일본 인부들은 자기들의 용선인 시나노마루信農丸에서 기거하며 주로 물자와 장비를 배에

싣는 작업을 맡았다. 일본의 용선인 센잔마루가 좌초되기도 했다. 이 배는 밀가루 5만 포대를 싣고 입항하다가 기뢰에 접촉돼 선체에 큰 손상을 입었다. 선체가 앞으로 기울고 함수가 8피트 정도 가라앉아 다른 배들의 항해에도 방해가 됐다. 밀가루를 모두 꺼내고 빈 드럼통을 창고에 채워 부력을 유지시켜 겨우 예인할 수 있었다.

흥남 부두에서 한국군의 철수작전을 지휘하던 1군단장 김백일金白一 장군은 난처한 상황에 처하게 되었다. 철수작전 지휘차 흥남 부두로 달려 온 김 장군이 지프에서 내리자, 60여명의 여고생들이 김 장군을 에워싸고 남한으로 데려가 달라고 눈물로 호소했기 때문이다. 소녀들은 별판이 달린 지프에서 내리는 김백일 장군을 보고 눈물로 "살려 달라"고 애원했다. 김 장군을 마중 나온 남상휘 중령(원산기지 해군사령관)은 보고하기를 소녀들이 벌써 3일째 부두에 모여 십자가를 손에 들고 찬송가를 부르고 있는데 괴로울 지경이라고 보고했다.

"우리를 남한으로 데려다 주세요. 우리는 공산주의가 싫습니다."

결연한 태도로 고백하듯 호소하는 여학생들의 애원은 뿌리칠 수 있는 성질이 아니었다. 학교에서 공부를 하고 있는 동안에 어쩔 수 없는 지경에서 가족들이 피난을 했기 때문에 따라가야 하는 처지일 수도 있다. 아니면 공산주의에 항거하여 집과 가족을 버려두고 떠나는 것일 수도 있다. 사연이야 어떻든 공산주의 치하에서 살 수 없어 남한으로 피난을 하겠다는 데 마땅히 도와 줄 수 있는 방법이 없다는 것이 문제였다. 눈물로 호소하며 애원하는 피난민도 많았으나 여고생 60명이 손에 십자가를 들고 눈물로 찬송가를 부르는 장면은 김 백일 장군에게 충격이었다. 고향에 두고 온 자신의 누이동생들의 모습과 겹쳐지면서 김 장군은 번뇌에 휩싸였다. 만주 군관학교 출신인 김 장군은 중공군을 잘 알고 있었다. 자신마저 소녀들을 버리고 철수하면 소녀들은 필경 중공군의 노리개가 될 것이다. 그 이후에는 인민군이 되어 국군에게 총부리를 들이댈 것이 자명했다. 어떤 수단을 동원하던지 소녀들을 데려와야 했다.

사령부로 돌아온 김 장군은 여고생들을 군 관계 요원으로 꾸며 철수시키는 방법 밖에 없다고 판단했다. 즉시 군복 60벌을 보내 군복으로 갈아입도록 조치하고 정규 부대원의 철수선에 승선시켰다. 선내에서 임시 군무원 임명장을 발급해 주고 기록에도 남겼다. 남한으로 내려온 소녀들은 김 백일 장군이 발급해준 임명장의 덕을 톡톡히 볼 수 있었다. 임명장을 근거로 전원이 이승만 정부의 공무원으로 채용되었다. 이중 김 백일 장군에게 자신들의 처지를 호소하여 김 장군을 감동시켰던 당찬 소녀는 이승만 대통령의 비서가 되었고 김 장군 앞에서 무릎을 조아리며 호소했던 5명의 소녀는 여군 창설의 멤버가 되었다.

하지만 애석하게도 김 장군은 이 소녀들의 활약상을 볼 수 없었다. 이듬해 3월 전사하고 말았기 때문이다. 김 장군은 만주 북간도 출신으로, 서울 보성중학과 만주 군관학교를 나왔으며 대한민국 국군을 창설한 창설 맴버이다. 6·25전쟁 발발 전 육사 교장을 지낸 김백일 중장은

38선을 가장 먼저 넘은 지휘관이다. 하지만 혁혁한 전공을 세웠음에도 그 동안 변변한 기념비 하나 없었다. 겨우 2002년 6월에 와서야 육군철벽부대가 그의 이름을 딴 백일교(강릉시 연곡면 방내리)옆에 기념비를 세워 전공을 기리고 있다.

팽덕회의 춘계 대공세

　평양을 빼앗긴 김일성과 북괴군이 중국 접경지역인 두만강까지 후퇴하게 되자 중국이 치고 나왔다. 중공군의 개입은 추수기에 맞춰 산악지형을 따라 은밀하게 진행되었다. 중공군과 한국군의 첫 번째 전투는 운산지역에서 발생했다. 평양을 탈환하고 북진을 거듭하고 있던 한국군 제6사단이 청천강 상류의 운산지역에서 중공군에게 포위되고 말았다. 제6사단의 급전을 받은 미군 제1기병 사단이 신속히 구출작전에 돌입했으나 어찌 된 영문인지 구원군 마저 포위되고 말았다. 1950년 10월 26일이었다. 한국군 제6사단과 미군 제1기병 사단이 운산에서 중공군에게 포위되어 고립되고 말았다.

　중공군은 4개 군단으로 편성된 50만 병력으로 고원지대를 타고 몰려 내려와 배후에서 한국군과 미군을 완전 포위했다. 무지막지한 인해전술이었다. 앞 사람이 죽으면 뒷사람이 앞 사람의 시체를 밟고 밀려오는 인해전술에는 도무지 당해낼 수가 없었다. 중공군의 인해전술에 밀린 국군 6사단과 미 1기병 사단은 청천강 전투에서 패배하고 후퇴했다. 후퇴하는 국군의 뒤로 수만 명의 피난민들이 꼬리를 물었다. 인천상륙작전 성공 후 불과 1개월 만에 벌어진 패전이었다.

운산 전선이 붕괴되자 그 해 11월 24일 맥아더 사령관이 직접 지휘에 나서 총공격을 시도하며 방어했으나 실패하면서 방어선은 완전히 뚫리고 말았다. 서부전선의 유엔군은 29일까지 청천강 이남으로 후퇴하였고 12월 1일부터는 동부전선도 밀리며 후퇴를 거듭했다. 12월 4일 맥아더 사령관은 방송을 통해 중국군 100만이 북한에 투입되었으며, 새로운 전쟁이 시작되었다고 발표하였다. 12월 5일, 유엔군과 한국군은 눈물을 머금고 평양을 포기하고 철수했다.

중국군의 개입으로 전세는 역전되고 장기화될 조짐까지 나타났다. 중국군의 원군에 힘입은 북괴군은 전열을 재정비하여 26일을 기점으로 재차 38선을 넘어 남진해 왔다. 맥아더는 워싱턴과 합동참모부에 지상 증원군 지원을 요청하면서 속전속결을 위해 B-29를 동원한 원폭 사용 허가를 재차 청원했다.

그러나 전면전의 위험을 경계하던 트루먼 대통령은 이를 맥아더 장군의 도전으로 받아 들였다. 트루먼의 관심은 한반도의 통일 보다는 휴전 쪽으로 기울어져 있었다. 그 이유는 한반도를 통일시키면 중국과 러

시아를 자극할 수밖에 없게 되고 자칫하면 전쟁의 늪에 빠져 들 수 있었기 때문이다.

　워싱턴과 합동참모본부에서 맥아더 사령관이 요청한 지상 증원군 증파 요청을 놓고 갈등하는 사이에 북괴군과 중공군은 유엔군을 압박하며 남진을 계속하였다. 또 다시 서울이 북괴군의 수중에 떨어졌다. 1951년 1월 4일, 맥아더 사령관과 미국에 의존하고 있던 정부와 서울시민들은 다시 파란만장한 피난길에 오를 수밖에 없었다. 다행히도 한강은 꽁꽁 얼어 붙어 있었다. 천만다행이었다. 한강의 얼음 위를 수백만의 피난민이 아비규환을 연출하며 건넜다. 수 미터의 두께로 얼어붙은 한강은 수백만 명이나 되는 피난민들의 무게를 견뎌냈다. 맥아더 장군의 인천상륙작전으로 탈환되었던 대한민국의 수도 서울이 불과 4개월 만에 또 다시 적의 수중으로 넘어갔다.

　팽덕회의 수공작전은 가장 현명한 전술이었고 이를 막아 낸 미군의 지공작전은 기적이었다. 실력이라고 말하기에는 설득력이 부족했다. 거기에는 오묘한 타이밍과 기가 막힌 비행술 그리고 절묘하고도 찰나적인 시간대가 숨겨 있었기 때문이다. 실상 이 면에 반했기 때문에 건우는 작품을 쓰기로 결정했다. 작품을 구성하는 동안 내 뇌리에는 눈에 보이지 않는 신의 손길이 대한민국과 한국인을 더듬어 찾고 있었다는 확신을 지울 수가 없었다.

　이승만 대통령은 1.4 후퇴로 인해 서울을 빼앗기고 다시 남으로 내려

갈 때 하지 중장을 불렀다. 하지 중장은 미3군 참모장이었다.

"하지 중장. 대체 워싱턴과 합동참모본부에서는 뭐하고 있는 겁니까? 맥아더 사령관과 내가 트루먼 대통령에게 주청한 만주의 원폭투하 건이 왜 원점으로 돌아갔는지 당신이 설명해 봐."

"각하, 송구스럽습니다. 워싱턴의 사정이 복잡하게 돌아가고 있습니다. 영국의 에틀리 총리가 원폭투하를 강력히 반대하면서 트루먼 대통령을 설득하고 있기 때문입니다. 영국의 에틀리 총리는 트루먼이 원폭투하를 감행한다면 즉각 연합군을 철수하겠다고 압박하고 있으며 다른 연합군들도 마찬가지 입장을 보이고 있기 때문입니다."

"영국의 에틀리 총리는 무슨 이유로 원폭투하를 반대하는 것이오?"

"각하도 아시는 대로 영국은 중국과 홍콩 문제가 걸려 있습니다. 만약 맥아더 사령관이 주청한 대로 만주일대에 원폭을 사용하고 장개석 총통의 국민군을 연합군으로 받아들이게 되면 홍콩은 날아갑니다. 이런 이유 때문에 워싱턴과 합참은 결단을 내리지 못하고 있습니다. 하지만 각하 걱정 마십시오. 곧 서울을 탈환하게 될 것입니다"

"어쨋든 고맙소. 귀국의 젊은이들이 우리 한국의 자유민주주의를 찾아 주기 위해 목숨을 바쳐 싸워주고 있는 것과 많은 구호물자를 보내주고 있는 점에 대해 나를 비롯해 우리 국민들은 진심으로 감사하고 있소. 부탁하건데 공산당을 몰아내고 우리나라가 통일될 수 있도록 귀하들이 애써 주시오. 당부 드립네다."

"네, 알겠습니다. 각하"

이승만 대통령은 하지 중장을 보낸 후에 깊은 시름에 빠졌다. 지금이라도 워싱턴으로 날아가 트루먼과 담판을 짓고 싶은 마음이 굴뚝같았으나 시시각각으로 변하고 있는 전황과 대통령의 작전 지휘권을 방기한 채 워싱턴으로 날아갈 수도 없는 처지이다. 중국이 개입되자 연합군으로 참전하고 있는 영국도 난감한 처지에 놓이게 되었다. 만약 맥아더의 작전요청에 따라 트루먼이 원폭투하와 장개석 부대를 연합군으로 편입하게 되면 홍콩 뿐 아니라 자신의 목과 자신이 속해 있는 정당도 날아갈 판이다. 영국의 총리인 에틀리의 입장도 충분히 이해가 되었다. 그러나 워싱턴이 영국의 입장을 그대로 수용할 경우, 압록강과 두만강에 태극기를 휘날리게 되는 영광의 날도 사라지고 만다. 어떻게 해야 하는가. 중국이 개입된 이상 확전되게 되면 중국본토와의 전쟁으로도 이어질 수밖에 없다. 결국 3.8선을 경계로 휴전에 들어가게 될 공산이 컸다. 이미 분위기는 3.8선을 경계로 한 휴전 쪽으로 기울어지고 있었다. 그렇다면 어떻게 해서라도 3.8 선 이북으로 휴전선을 쳐올려야 한다. 우선 당장은 서울을 재탈환하는 것이 목표이다.

대통령은 비상전화를 통해 트루먼과 통화를 시도했으나 연결이 되지 않아 포기하고 대신 연합군 사령부를 비롯하여 미군 사령부와 한국군

사령부에 각각 전화를 넣어 전통을 통해 치하하고 격려하는 것으로 자신의 심정을 알렸다.

51년 3월 13일 UN군은 마침내 서울을 재탈환하는데 성공했다. 시청에 걸려 있던 중국의 오성기와 북한기가 즉시 철거되어 불태워 지고 유엔기와 태극기가 계양 되었다. 라디오 방송국은 미군과 연합군의 도움을 받아 방송기기를 복구하는 일에 전력을 다했다. 미국발로 보내진 단파 방송은 유엔군의 서울 탈환소식으로 가득 찼다. 전 국민은 환호하며 감격에 겨워 서로가 끌어안고 덩실덩실 춤을 추었다. 일부는 즉시 짐을 꾸려 서울로 올라갈 채비를 서둘렀다.

서울 전역에 호외가 뿌려 지고 피난했던 피난민들이 속속 돌아왔다. 탄력을 받은 유엔군은 중공군을 3.8선 이북으로 몰아붙였다. 격전지에서 속속 전투의 승리 소식이 들어오면서 전세는 UN군 쪽으로 기울었다. 전세가 유리해지자 UN 참전국들은 일제히 휴전을 요구했다. 휴전 압력에 밀린 워싱턴은 중공과의 협상을 통해 휴전하기로 내부적인 결정을 내렸다. 내부 결정 소식은 합동참모본부로 전달되었고 이 소식을 들은 맥아더 장군은 큰 충격을 받았다. 3월 20일 맥아더 장군은 본국과의 협의도 거치지 않고 이승만 대통령을 만나 한국 정부의 환도 보류를 요청했다.

맥아더 장군과 만난 이승만 대통령은 맥아더 장군이 제시한 작전 계획에 전적으로 찬동했다. 맥아더 장군의 구상은 중국 본토에 대한 폭격

위협으로 중공군 총사령관의 휴전협상을 유리하게 이끌겠다는 전략이었다. 먼저 중공군은 조건 없이 압록강과 두만강 이후 지역으로 소개할 것과 중국은 북한의 김일성에게 한인자치구인 길림성과 만주 지역의 통치권자로 임명해 줄 것을 요구한다는 내용이었다. 맥아더 장군의 전략을 들은 이승만 대통령은 맥아더 장군의 손을 잡고 "그대는 한국인의 구원자"라는 찬사를 아끼지 않았다.

3월 23일 맥아더 장군은 방송을 통해 중공군 최고 사령관에게 휴전 협상을 제의하는 동시에 중국 본토 폭격을 시사했다. 이어 트루먼 정부가 우유부단한 결정을 통해 한국의 통일과 한국전의 성공을 가로 막고 있다고 비판하는 연설을 했다. 트루먼 정부는 불법으로 참전하여 수많은 사상자를 발생시키고 있는 중국에 책임을 묻고 지금 곧 중국 본토를 폭격하는 것으로 응징해야 한다고 강조했다. 이에 휴전 회담을 위해 중국과 접촉 중이던 워싱턴과 중국 정부는 크게 당황했다.

중국은 중국대로 휴전을 제의해 놓고 본토를 폭격하겠다는 맥아더 장군의 발언이 워싱턴의 이중적인 태도에서 비롯된 것이 아니냐고 따져 물으며 미국에 대해 선전포고하는 것을 검토하겠다고 나왔다. 중국은 휴전 회담에 앞서 맥아더 장군을 해임시키는 것으로 워싱턴의 진실성을 입증하라고 몰아붙였다. 중국과의 전면전을 고민해야 하는 처지에 놓인 트루먼 대통령은 고민 끝에 합참의 반대를 무릅쓰고 4월 11일 맥아더 장군을 해임시켰다. 후임에는 리지웨이 중장이 임명되었고 미 8군사령관으로는 밴 플리트 중장을 각각 대장으로 승진 발령했다.

해임된 더글러스 맥아더 원수는 퇴임 보고를 위해 미국으로 돌아가야 했다. 미국 의회가 맥아더 장군의 퇴임보고를 의회에서 받기로 가결했기 때문이다. 의회의 초청을 받은 맥아더 장군은 4월 19일 퇴임보고를 겸한 고별연설을 통해 "노병은 죽지 않고 다만 사라질 뿐이다"라는 유명한 어록을 남겼다. 맥아더 장군의 퇴임으로 한국의 운명은 미국과 중국의 뜻대로 결정 되고 말았다. 세계 전쟁의 역사 중에 총사령관이 교체된 경우는 맥아더 장군이 유일하며 현재까지 맥아더 장군의 사례는 유일무이한 전쟁기록사로 남아 있다. 이로써 남북이 통일될 수 있는 유효한 기회를 잃고 남북간 군사대립이라는 불행한 역사가 시작되었다.

1951년 4월22일 서울에서 쫓겨났던 중공군 총사령관 팽덕회는 맥아더 장군의 퇴임으로 인한 연합군 총사령관 교체라는 호재를 전략적으로 이용했다. 팽덕회는 전력을 가다듬고 이내 30만 대군을 동원하여 총공세를 감행했다. 미군과 한국군을 서울 지역에서 쫓아내기 위한 1차 춘계공세였다. 목표는 뚜렷했다. 미군과 한국군을 한강 이남으로 철수시키고 한강을 경계선으로 휴전선을 긋기 위한 중국 정부의 전략이었다. 본국 공산당 총서기장으로부터 전통을 받은 팽덕회는 승리를 장담했다. 이미 청천강 전투에서 인해전술로 미군과 한국군을 격퇴시키고 대승한 전력이 있기 때문에 팽덕회는 자신의 전술이 성공할 것으로 확신했다. 중공군의 탱크와 야포가 속속 도착하면서 전선에 투입되었다.

그러나 막상 춘계 대공세를 펼쳐보니 전혀 다른 양상으로 나타났다. 평지에서는 연합군 전투기의 무차별적인 공격으로 인해 사상자의 수는 자꾸 늘어났다. 연합군 전투기의 파상적이며 대규모적인 기총소사와 두들기듯 쏟아내는 방망이 폭탄에는 당해낼 재주가 없었다. 이것 때문에 낮에는 산악지역으로 피신을 해야 했고 밤이 되면 공세를 감행해야 하는 난관에 부딪쳤다.

도처에서 문제가 발생하고 있었다. 팽덕회는 전투현황을 날카롭게 분석해 봐야 할 필요성을 느꼈다. 이미 전선은 인해전술로 해결할 수 있는 문제의 범위를 넘어서고 있다. 전선은 폭넓게 퍼져 있었고 교전 중인 전투지역마다 문제점이 노출되고 있었다. 가장 시급한 문제는 보급품과 증원 문제였다.

팽덕회는 보도된 긴급보고서들을 읽어 보았다. 제180보병사단장이 보내온 보고서이다. 서울에 입성했던 중공군 180보병사단은 산악전투에 강한 보병사단으로 팽덕회가 가장 신임하는 부대였다. 이들은 청천강 전투에서 패배하고 평양을 비우고 후퇴하는 미군과 연합군의 뒤를 쳤다. 인해전술로 맹렬한 공세를 퍼부으며 서울을 점령하고 한강 이남까지 미군과 연합군을 몰아낸 공로를 세웠다. 그럼에도 불구하고 사단장의 보고에 의하면 전멸 직전까지 몰렸던 병력을 추스려 화천댐 주변에 방어선을 구축하고 있으니 신속히 물자와 증원을 요청한다는 보고이다.

팽덕회는 현재까지의 전투에서 드러난 문제점을 노트에 메모 형태로 적어 나갔다. 참모회의에서 대책을 논의하기 위한 분석을 하기 위함이었다.

하나, 보급품 문제

미군은 질서 있게 퇴각하면서 중공군에 화력을 퍼부어 막대한 손실을 입히고 있다. 미군은 중공군과의 전투를 통해 중공군이 가지고 있는 치명적인 약점을 꿰뚫고 있다. 그것은 보급수송의 약점이었으며 이는 치명적인 약점이다. 중국군은 병참시스템이 무척 빈약해서 개인 병사들이 총탄과 식량을 가지고 전투에 투입되는데 5,6일이면 다 떨어져 보급품을 받을 때까지 후퇴해야 한다. 현재 미군은 닷새간은 사거리 밖에서 질서 있게 후퇴하다가 중공군의 탄약이 떨어질 때가 되면 뒤 돌아서서 무섭게 몰아붙인다.

팽덕회는 시가에 불을 붙여 물었다. 미군에게서 노획된 전리품이었다. 담배연기는 하얀 포물선을 그리며 천장을 향해 올라가다가 흩어졌다.

보급품 문제는 총체적인 문제가 얽혀 있었다. 물자와 인력을 징발하는데도 한계가 있다. 더구나 내부적으로는 장개석의 국민군과 전투를 벌이고 있는 마당에서 한국전까지 신경을 써야 하는 당국으로서는 한국전에 심각한 문제의식을 가지고 있다. 또 물자가 모아진다고 해도 단둥을 통해 압록강을 건너 북한지역으로 건너오는 방법 밖에 없었다. 좁아터진 길을 오고 가는데도 문제가 큰데 시도 때도 없이 폭격해 대는 연합군의 전투기 폭격은 그야 말로 가장 큰 공포였다.

둘, 해상장악력 문제

현재 중국군과 북괴군은 해군력이 없기 때문에 해상 장악력이 없다. 이로 인해 해안지역은 미군이 장악하고 있으며 한국군이 방어하고 있다. 실상 중국군은 이들과의 교전을 피하기 위해 산악과 시가지로 한정되는 약점이 있다. 또 이것으로 인해 본토에서 선박으로 물자나 병력을 운반할 수도 없거니와 적의 후방을 교란시킬 게릴라를 침투시킬 전략도 구사할 수 없다.

셋, 적의 게릴라 작전

미군과 연합군은 수송선을 통해 해병대를 비롯하여 전투군과 각종 보급품을 신속하게 투입할 수 있다. 적의 합동참모본부는 취합된 정보를 바탕으로 전투지역 곳곳마다 연합군의 특수부대를 투입하여 적의 보급로를 기습 공격하여 제압하는 게릴라 작전을 병행하고 있다. 바츄카포로 무장한 중화기 소대를 급파하여 탱크부대를 기습하여 무력화시키고 있다. 포병사단도 예외가 아니다. 이들은 전선에 투입되는 인력과 무기를 중도에 차단시키고 있다. 이로 인해 후방과 전방의 연결고리가 끊어졌다. 연결고리가 끊겨 공세와 수세가 원활치 못함으로 타격을 입고 인적, 물적 자원에 대한 손해가 극심했다.

팽덕회는 시가를 신경질적으로 뻑뻑 빨아댔다. 방법이 없다. 사면초가에 빠져 있음에도 어떤 전략도 세워 볼 수 없는 환경이다. 팽덕회는 불안감에 휩싸였다. 패배하고 돌아가게 되면 인민재판이 자신을 기다리고 있을 뿐이다. 그렇다면 어떻게 해서라도 춘계공세를 통해 한강을 장악하고 휴전회담에서 유리한 고지를 점령해 두는 방법 밖에 없다. 그러나 이미 전세는 기울었고 패색이 짙었다. 심히 우울했다.

미군은 세계 2차 대전을 승리로 이끈 전력과 일본의 무조건 항복을 받아낼 만큼의 의 엄청난 전투력을 보유하고 있다. 그렇다면 상대적으로 약한 한국군을 일거에 섬멸할 수 있는 작전을 짜는 것이 승산이 있어 보였다. 허허실실이라고 했다. 약한 쪽을 치고 난 뒤에 강한 쪽을 치는 것이 기본전략이다. 그렇다면 다음 공격은 어디를 집중 공략하여 치명타를 날릴까. 속전속결로 끝내야 했다. 중국당국은 휴전을 염두에 두고 있었다. 휴전 시에 그어질 휴전선은 최대한 남한 쪽으로 밀어내야 했다. 동부전선으로는 현재 장악하고 있는 고성, 철원 지역을 축선으로 중부전선인 의정부까지는 밀어내야 했다. 그러나 중부전선은 막강한 미8군이 방어하고 있는 지역이기 때문에 여기에서는 승산이 없다. 그렇다면 동부전선이다. 동부전선은 미군의 직접적인 후방지원을 받지 않으면서 중공군에 유리한 산악지형이 많은 곳이 아닌가. 한국군쯤이야 몇 개의 군단과 맞붙는다고 해도 충분히 승산이 있다. 여기까지 생각한 팽덕회는 회심의 미소를 지었다.

용문산 전투와 육군 제6사단

 5월에 들어서면서 중공군은 4월 공세에서 실패 후 이를 만회하기 위한 대규모 공세를 준비하고 있었다. 유엔군과 국군은 4월 공세 시 중공군의 공세방식의 특징을 분류하고 수정된 중공군의 전략을 치밀하게 분석했다. 정밀 분석한 결과에 따르면 중공군은 대규모의 공세를 준비하고 있음이 분명했다. 이에 따라 미8군사령관 벤프리트 사령관은 분석 결과를 토대로 하여 수도 방어선을 구축했다. 중부전선의 의정부와 서울 축선, 북한강을 이용한 서울 동부 축선, 그리고 춘천과 홍천 축선을 수도방위권의 핵심 축선으로 판단하고 미8군의 주력부대를 배치했다.

 동부지역은 국군 3군단의 6개 사단이 장악하고 있었다. 한국지리에 밝은 국군이 산악지형의 지리적 여건을 잘 활용하여 방어선인 광정면을 방어해 줄 것으로 믿었다. 그러나 5월 13일 정보원과 피난민들의 첩보에 의해 대규모의 중공군이 동부지역으로 이동 중이라는 사실이 확인되었다. 불안했다. 이를 확인하기 위해 공중정찰을 시행했으나 14, 15일 양일간의 비와 안개로 인하여 항공 및 지상정찰에 실패하고 말았다. 중공군의 동부지역이동상황을 구체적으로 확인하지 못한 미연합군의 수뇌부는 잠시 혼란스러웠으나 먼저는 수도방위에 우선순위를 두었다. 패색이 짙은 중공군이 설마 이틀 동안에 산악지대에서 얼마나 대단한 전투를 벌일 수 있겠느냐는 방심도 한몫을 했다.

하지만 팽덕회는 전투력이 비교적 약한 한국군이 담당하고 있는 산악지형인 동부 축선의 광정면 전선이, 서부 전선이나 중부전선에 비하여 북쪽으로 상당히 돌출되어있는 점을 중시했다. 면밀히 검토한 결과 팽덕회는 튀어 나와 있는 부분의 허리를 끊어 버리면 독안의 쥐를 잡듯 완벽하게 섬멸할 수 있다는 확신을 가지게 되었다. 성공하기만 하면 4월 공세에 대한 실패의 책임을 단번에 만회할 수 있다. 뿐만 아니라 유엔군을 고립시켜 섬멸시킬 수 있는 최선의 작전이기도 했다. 더구나 현재 중국정부와 미국정부는 한국전을 종료하기 위해 3.8선을 경계로 한 휴전회담을 염두에 두고 물밑 접촉을 시도하고 있는 중이다. 따라서 3.8선 이북까지 침범하고 있는 국군 3군단을 침몰시키고 후퇴시켜야 할 이유는 충분하다. 적어도 자신이 이끌고 있는 중국군이 참전하여 다 잃어버린 영토를 이전의 상태로 복원해 주었다는 업적이 생긴다면 더 말 할 나위조차 없다. 당장에 중국공산당 중앙위에 보고했다.

중국공산당은 고심 끝에 팽덕회가 보고한 전략보고를 그대로 시행하기로 결정했다. 이에 따라 팽덕회는 작전계획을 수립했다. 주력부대로는 국군 3군단의 종심을 정면 돌파하고, 후방에 있는 부대를 지원군으로 투입시켜 양동작전을 구사하기로 했다. 산악지대의 지형을 이용하여 은밀히 이동한 후 국군의 후면을 공략하여 그물망 속으로 몰아넣고 타격하면 일거에 몰살시킬 수 있다는 계산이었다.

팽덕회는 즉시 주력 부대 10만 대군을 투입시켜 일제공세를 폈다. 동시에 5만 명의 병력을 보유하고 있는 후방부대에게 현리전투를 지원토록 명령했다. 국군 3군단은 정면으로 치고 들어오는 팽덕회의 주군에 맞서서 필사적으로 항전했으나 야간에 후방을 치고 들어오는 5만 대군에게 뒤통수를 맞으며 혼란 속에 빠져 들어갔다. 누가 적군이고 누가 아군인지 분간을 할 수 조차 없었다. 눈에 보이는 것들은 전부 중공군이었다. 3군단은 좌우조차 구분할 수 없는 상태에서 퇴로의 방향까지 상실하고 무참히 패배하고 말았다. 현리전투는 한국전쟁사에서 가장 참혹한 패배사로 기록되었다.

그러나 이것이 전화위복이 될지는 누구도 몰랐다. 현리에서 아군이 몰살을 당하고 있을 때 중공군의 후방부대는 현리전투를 지원하기 위해 반드시 해야 할 일이 있었다. 먼저 가평도로를 사수하고 있는 국군 6사단을 공격하여 궤멸시켜야 했다. 국군 6사단은 유엔군의 보급수송로를 담당하고 있었다. 때문에 현리 전투에 유엔군의 지원군이 증파되는 것을 막기 위해서라도 국군 6사단을 궤멸시켜야 했다. 국군 6사단의 병력은 1만 명 정도로 파악되었기 때문에 3만 명의 공격부대로 공격한다면 궤멸시킬 수 있을 것으로 판단했다. 팽덕회는 중공군 63군단장인 정유산 군장에게 공격 명령을 내렸다.

정유산 군장은 공격부대를 양분했다. 북한강의 지형을 이용한 북한강 침투부대와 국군 6사단을 공격할 육상부대로 병력을 나눴다. 북한강에 투입된 병사는 팔로군으로서 특수부대원들이었다. 이들은 육상부대가 6사단을 공격하는 동안 북한강을 끼고 북한강 지류인 현리를 통해 현리전투의 지원군으로 합류할 예정이었다.

사창리 전투에서 패배한 국군 6사단은 후퇴하여 겨우 방어선을 구축했다. 방어선은 용문산을 거점으로 북한강까지 횡으로 그어진 방어선에 토치카를 설치하는 방식으로 구축되었다. 가평국도는 동부지역의 대동맥으로서, 춘천과 가평을 연결하는 국도였다. 한국군 6사단은 총병력이 9000명에 불과했다. 반면 중공군 63군단은 중화기로 무장한 정예 35000명의 대부대였다. 팽덕회를 비롯한 중공군 수뇌부에서는 중공군 63군단의 화력 정도이면 국군 6사단 정도는 공격개시와 더불어 격파될 것으로 예상했다.

새로 부임한 사단장 장도영 장군은 사창리 전투의 패배를 거울로 삼아 강도 높은 훈련을 실시하여 전투력을 증강시켰다. 한편, 전투력의 근본은 정신력에 있음을 확인하고 정신교육을 통해 국가관과 민족관에 대해 교육시켰다. 추후에 있을 대공세를 예견하고 사방의 경계임무에 철저를 기했다. 사단장은 참모들을 이끌고 시도 때도 없이 경계지역을 순시했다. 혹시 중공군 특수부대의 게릴라들이 위장하여 침투할 것을 대비하여 경계심을 자극시키며 방어능력을 강화시켰다.

"각하, 미 8군 벤 플리트 사령관이 곧 도착한다는 무전입니다."

참모장의 보고에 장도영 사단장은 급히 철모를 썼다. 벤 플리트 사령관은 부관을 통해 일체의 환영이나 기타 등등의 예식은 없어야 할 것이며 작전상황실에만 들렸다가 갈 것이라고 전달했다. 벤 플리트 사령관이 장도영 사단장의 안내를 받아 작전상황실로 들어 왔다. 일행은 부관과 헌병중대장과 통역이 전부였다.

"장 장군, 그대는 전투를 아시오?"

"예쓰"

"정찰기의 공중정찰과 정보원들의 정보를 취합한 결과에 의하면 곧 중공군의 대공세가 예상됩니다. 6사단에서 지원 요청한 중화기와 병력 충원 문제는 며칠 내로 해결될 것입니다. 이번 전투에서 반드시 승리해 주시오. 장 장군."

세계 2차 대전에서 혁혁한 전과를 올린 이력이 있는 벤 플리트 사령관은 젊은 나이에 장군을 달고 사단장으로 부임한 장도영 사단장이 걱정스럽다는 어투로 질문했다. 장 장군은 벤 플리트의 질문이 의도하는 바를 알아차리고 얼굴이 붉어진 채로 예스라고 대답했다. 벤 플리트 사령관은 사창리 전투에서 패배하고 후퇴하여 겨우 방어선을 구축하고는 중공군의 공격에 대비하고 있는 6사단의 병력과 화력에 회의를 품고 있었다. 그렇다고 해서 미8군의 병력이나 화력을 이곳으로 몽땅 돌릴 수는 없었다. 6사단에서 청구한 토치카용 기관총과 박격포 등 중화기를 상당량 지원했다. 그래도 규모 면이나 화력 면에서나 중공군의 대공세를 막아낸다는 것은 생각도 할 수 없었다. 벤 플리트 사령관은 6사단을 떠나면서 장도영 장군에게 단 3일, 3일만 저지해 달라는 당부를 하고 떠났다. 오키나와에서 증원되는 병력이 도착할 때까지 버텨달라고 부탁했다.

장도영 사단장은 용문산 산봉우리 전역을 요새화시켰다. 주저항선인 용문산으로부터 12-17km 반경에 있는 홍천강 일대까지 참호를 파고 토치카식의 방어진지를 구축했다. 산 중턱에는 야포와 박격포대를 위장하여 숨겨 놓았다. 병사들은 낮에는 토치카 진지구축에 힘을 쏟았고 밤에는 교대로 경계임무에 고달팠으나 패배의 설욕을 위해 있는 힘을 다했다. 토치카와 방어선이 완벽히 구축되자 이제는 오히려 중공군과 한 판 붙었으면 하는 마음까지 생기며 사기가 충천했다. 병력도 보충되었다. 장도영 사단장은 보충대의 편입을 받는 자리에서 다음과 같이 연설했다.

"우리 민족은 고래古來로부터 왜 문약하고 이민족의 침략을 당하고만 있었는가. 2000년을 두고 모두 900여 회의 크고 작은 피침굴욕의 비극을 겪으면서도 단 한번 능동적으로 적국 적진 유린은 고사하고, 우리를 노략질해가는 기지인 바로 눈앞의 대마도 한번 쳐들어 가본 역사조차 없다. 주변의 오랑캐들은 우리 민족의 유약하고 문약한 허점을 알고 우리의 생활터전을 짓밟아 왔다. 참으로 한스러운 일이다. 이제 며칠 후 우리는 조국과 민족 1000년의 원수 오랑캐와 조국의 사활을 건 일대 혈전을 벌일 것이다. 이번 싸움에서만은 여러분이나 나 사단장이나 필승의 싸움, 조국을 지키자는, 기필코 이기는 싸움을 하여야 한다. 이번 싸움에서 우리는 반드시 그리고 크게 이겨야 우리가 살고 조국을 구해 낼 수 있다. 총 한방이라도 적병의 가슴을 향해 정확하게 쏘아야 하며 단 한방이라도 더 많이 퍼부어야 한다. 일만여 병사가 단 일발의 소총 사격을 제대로 쏘고 못 쏘고, 잘 쏘고 못 쏘고에 따라서 전선이 수백리 북상하기도 하고 역으로 내려오기도 한다는 것을 깊이 명심하라.

나는 지난번 사창리 패전 이후 고심 끝에 필승의 새로운 전술을 개발하였다. 나는 이 전술로 우리가 크게 이기고 위대한 승리의 선물을 조국에 안기게 될 것을 확신한다. 앞에 도열한 제군들의 불타는 결의와 적개심의 표출로 보아 이번 싸움의 승리는 우리의 것임을 굳게 믿는다. 자! 나아가 싸우자! 그리고 승리의 기쁨을 후방 가족과 이 조국에 바치자!"(6사단 2연대 S -3보좌관 겸 戰史장교였던 원시찬元時燦 씨 수기 인용)

최전방에 나가 있는 2연대는 용문산 전방 약 10 키로 미터 떨어진 가평군 설악면 통방산(650고지) 밑에 교두보를 쌓고 지휘부를 설치했다.

멀리 남쪽으로는 용문산 연봉이 보이고 북쪽으로는 청평 호수의 일부 수면이 아롱거리는 통방산 고지에 연대 OP를 설치하였다. 연대 OP에서 다시 북방 5~6 키로 미터 거리인 화야산(755고지)과 동쪽으로 나산(628고지)을 잇는 3개의 고지에 1개 대대씩 총 3개 대대를 배치하여 사주방어개념에 의거 진지를 편성하고 적의 침공을 기다려 왔었다. 적이 주저항선으로 착각하도록 불을 피우고 연기를 올리고 차량이동을 시키는 등의 연막작전을 끈기 있게 펼치면서 결전의 날을 기다렸다.

운명의 5월17일 밤이 되었다. 중공군이 야음을 틈타 공격할 것은 당연한 일이었다. 하지만 야간 공격에서 만큼은 국군도 유엔군에 뒤지지 않았다. 야간 전투는 정신력이 좌우한다. 이미 죽기를 각오하고 용문산에 뼈를 묻을 각오로 후방의 가족들에게 유서까지 써서 붙였다. 그동안 중공군의 야간기습에 대비하여 야간사격훈련과 야간전투훈련을 철저히 하며 대비해왔다. 그러나 중공군은 공격해 오지 않았다.

밤을 꼬박 새워 눈에 파란 독기가 피어 오르기 시작한 새벽 5시 무렵, 중공군 63군단은 포격을 시작으로 엄청난 화력을 쏟아 부으며 쳐들어왔다. 그것은 포탄이 아니라 우박이었다. 포격이 끝나자 드디어 중공군은 2연대가 대기하고 있던 고지를 포위하고 새까맣게 올라오기 시작했다.

전투는 시간이 갈수록 치열해졌다. 사단장의 전략은 2연대가 어느 정도 방어하다가 치고 빠지면서 3연대와 합쳐 방어하면 그 동안에 주력부대인 7연대를 투입하여 격파시킨다는 전략을 세웠었다. 그러나 중공군에 의해 완전 포위된 2연대는 사단장의 작전명령을 수행할 수 없었다. 고지에서 빠져 나갈 길이 없었다. 퇴로는 없었다. 2연대 장병들은 옥쇄를 각오해야 했다. 옥쇄하기로 각오하고 죽기 살기로 방어하는 2연대의 방어력과 전투력에 중공군 63군단은 2연대를 6사단의 주력부대로 착각하고 더욱 거세게 몰아붙였다. 18일 새벽에 시작된 전투는 꼬박 하루를 지나 다음 날이 밝을 때까지 계속되었고 곳곳에서는 백병전까지 벌어졌다.

19일이 되자 사단장은 긴급명령을 통해 2연대에 철수명령을 내렸다. 연합군의 총공격 명령이 떨어졌으니 걱정하지 말고 일단 철수부터 하라는 명령이었다. 연대장은 1대대를 나산에 배치하고 화야산(755고지)을 방어하고 있던 2대대를 427고지로 후퇴시켜 연대OP와 삼각편대를 이루어 방어하며 지연전을 펼쳤다. 저녁이 되자 중공군은 2연대의 방어지역을 전면 공격해왔다. 중공군은 예비사단인 189사단까지 동원하여 2연대의 측방과 후방을 완전히 고립시키며 사방팔방에서 새까맣게 밀고 올라왔다.

2연대와 7연대와 19연대 사이의 통신선은 중공군에 의해 1km 나 절단되었다. 통신마저 불통된 2연대는 적의 포위망에 완전히 갇혀 고립되고 말았다. 그러나 대원들은 누구 하나 꽁무니를 빼거나 항복하지 않았다. 당시의 전황에 대해 참전했던 참전용사는 다음과 같이 증언했다.

"오른손이 총을 맞으면 왼손으로 방아쇠를 당기고 왼손이 맞으면 입으로 수류탄의 안전핀을 뽑아 발로 차서 굴렸습니다."

"솔직히 말해 전투 직전에는 두려웠습니다. 하지만 같은 참호 속에서 바로 옆에 죽어있는 전우를 보니 두려움 따위는 사라지고 오직 죽여야 한다는 증오심만이 불타올랐습니다."

전투는 꼬박 밤을 새우며 계속 되었다. 2연대는 목숨을 다해 진지를 사수했다. 그러나 사면에 보이는 인간들은 몽땅 중공군이었다. 대원들은 적탄에 맞아 죽어 가면서도 방아쇠를 놓지 않았다. 그래야 한 명의 전우라도 더 살릴 수 있기 때문이다.

이제 날이 밝아 20일이 되었다. 사단장은 옥쇄하겠다는 각오로 전투 중인 2연대를 구출하기 위해 사단 주력 부대인 7연대와 19연대를 급파했다. 1대대와 3대대는 병력을 수습하여 2대대가 방어하고 있는 427고지로 모여 고지의 삼면을 각각 맡아 처절하게 방어했다.

중공군은 2연대의 엄청난 전투력을 보고 6사단 전체가 427고지에서 방어하는 줄로 착각했다. 중공군은 이에 전부대의 병력과 화력을 다 쏟아 부었다. 후에 현충일 기념식에 참석했던 당시의 참전용사는 이렇게 증언했다.

"더 이상 물러날 곳도 없었습니다. 본부에서는 용문산까지 퇴각하라고 했지만 연대장은 죽을지 언정 후퇴는 없다고 명령했습니다. 다른 전우들도 후퇴할 생각은 하나도 없었습니다. 연대장님이 427고지에서 후퇴하고 싶은 대원은 용문산으로 후퇴하라고 말했지만 단 한 명의 연대원도 후퇴하지 않았습니다."

"중공군의 총과 칼에 쓰러지는 전우들을 보고 내 목숨 따위는 생각도 안 났습니다. 이왕 죽을 거 몇 놈이라도 더 죽여서 본전치기라도 하자는 생각이었습니다."

장장 60여 시간을 쉬지 않고 몰아치는 중공군 1개 군단 병력 3만 5천명의 대군을 단지 2천 900 명에 불과한 일개 연대가 맞붙어 생사의 대결을 펼쳤으나 밀리지 않았다. 이 사실을 전해들은 벤 플리트 미8군 사령관은 크게 감동했다. 중공군이 국군 2연대에 총공세를 감행하고 있는 사이, 중공군의 후방에 미8군의 지원 포격이 작열했다. 미8군의 포격과 동시에 사단 주력인 7연대와 19연대가 주저항선을 박차고 노도와 같이 진격하며 미8군의 포격에 놀라 우왕좌왕하는 중공군을 덮쳤다.

2연대에 집중하고 있던 중공군 63군단과 예비 189사단의 주력부대는 배후에서 천지를 진동시키는 포격과 노도와 같이 진격해 들어오는 국군 6사단 주력부대인 7연대와 19연대의 합공 작전에 추풍낙엽같이 쓰러져갔다. 얼마의 시간이 지나자 중공군은 전의를 상실했다. 이미 승기를 잡은 6사단의 주력부대인 7연대와 19연대에 2연대까지 합친 6사단의 주력부대는 고삐를 바짝 틀어쥐고는 질풍노도와 같이 밀어붙였다.

견디지 못한 중공군은 마침내 퇴각하기 시작했다. 하지만 퇴각로는 유엔군의 공중지원에 막히고 말았다. 중공군은 퇴로도 확보하지 못한 채 우왕좌왕하며 쓰러져 갔다.

밤이 되자 수많은 조명탄이 하늘을 붉게 수놓으며 연합군의 일제 토벌작전이 시행되었다. 퇴로가 막힌 중공군은 북한강으로 몰려들었다. 앞을 가로막는 강줄기에 멈춰 섰으나 뒤쪽에서 밀고 들어오는 같은 중공군들에 떠밀려 앞쪽에 있던 중공군은 어쩔 수 없이 북한강물에 빠지고 말았다. 이튿날 아침이 되자 수많은 중공군의 사체가 북한강 물 위를 덮었다.

중공군에 의해 1km나 절단 되었던 통신선이 마침내 복구되었다. 전투 당시 최전방인 제2연대와 본대인 제7연대와 제19연대 사이의 통신은 두절되어 2연대는 완전히 고립된 상태였다. 이 통신선을 복구하지 않는다면 2연대는 그대로 옥쇄할 수밖에 없다. 2연대 제1대대는 미사리에서 철수하여 본대와 합류했고 제2대대는 선촌리에서 427고지로 철수 완료했다. 그러나 제3대대는 전방에 노출된 323고지에서 적 1개 사단 병력의 포위망 속에 들어가게 되었다. 20일 새벽 4시쯤에는 중공군에 의해 모든 통신망이 단절되고 말았다. 제3대대가 완전 고립상태에 놓이게 되자 연대장 송대후 대령은 통신대장을 불러 제3대대까지의 보선補繕을 명령했다. 제3대대까지의 거리는 약 7km였다. 통신대장은 이천길 하사와 노승호 상병에게 임무를 맡겼다.

명령을 받은 두 용사는 전화선을 찾아 은밀히 이동해야 했다. 위용리에 이르렀을 때 아군 제2대대와 적간에 교차되는 치열한 사격선의 중간에 들어섰다는 것을 깨달았다. 진퇴유곡의 상황에 빠진 그들은 전화로 연대 지휘소와 연락한 후 약 1시간을 대기했다. 제3대대는 적의 포위망 속에서 밤새도록 수류탄전과 육탄전으로 악전고투하면서도 진지를 사수하고 있었다. 두 용사는 목숨을 하늘에 맡기고 빗발치는 총탄 속을 뚫고 나가 지면이 무참히 파헤쳐진 한가운데에서 1,000m나 끊어진 전화선을 발견했다. 결사적으로 선을 연결하고서 시험신호를 보냈다. 애타게 통신선 복구를 기다리고 있던 연대 지휘소와 제3대대가 동시에 나왔다. 마침내 부대의 운명이 걸린 통신선이 복구되었다.

통신선이 복구되자 고지에서 관찰된 중공군의 정황은 정확한 좌표와 함께 후방 포대에 보고되었다. 포대는 정확한 보고내용대로 좌표를 작성하고 타격점에 대해 일제포격을 가함으로 중공군을 정확히 타격할 수 있었다. 정확한 포격으로 중공군이 타격을 입자 예상대로 활로가 열렸다. 46시간 동안 적의 중첩된 포위망 속에서 악전고투하던 2연대는 진지를 고수하면서도 사단 주력 부대와 합류할 수 있었다. 제6사단의 공격에 중공군은 결정적 타격을 받고 격퇴되었다. 통신선 복구로 찾아낸 승리였다. 지휘관의 명령에 목숨을 걸고 임무를 수행한 두 용사의 희생적인 책임 완수가 전멸 위기에 놓인 전우들을 살리고 용문산 전투에 기념비적인 승리를 안겨 주었다.

용문산 전투의 국군 6사단의 승리는 미 8군이 수도 방어에 치중하고 있던 전략을 공세로 전환하는 중요한 계기가 되었을 뿐 아니라, 연합군 전체가 총공세로 전환하는 절대 계기가 되었다. 원래 벤 플리트 사령관이 지휘하는 미 8군은, 동부전선에 집중된 중공군의 병력을 분산시킬 목적. 서부전선에 구축되어 있는 중공군의 철의 삼각지대를 연결하는 보급로를 차단할 목적. 이 두 가지 목적으로 2개 사단 규모의 공격작전을 계획하고 있었다. 그러나 다음날 유엔군 총사령관 리지웨이 장군이 직접 공중 정찰을 한 결과 중공군은 북한강을 따라 긴 자루모양으로 결집되어 있음을 확인했다. 포천 현리 전투에서 승리한 중공군은 용문산 전투를 지원하기 위해 급히 이동 중이었다. 이들은 포천과 철원 축선을 형성했다. 다음으로 한강상류의 전투에서 밀린 중공군 보병 110 군단은 춘천과 김화 지역에 축선을 형성하고 있었다. 따라서 긴 자루 모양의 목 부분에 해당되는 포천과 철원 축선의 양평일대와 춘천과 김화 축선의 화천일대를 조기에 점령하여 중공군의 목을 조르면 중공군을 섬멸할 수 있을 것으로 판단되었다.

이에 따라 리지웨이 사령관은 연합군과 미 8군에 양평과 화천을 점령하라는 공격명령을 내렸다. 5월 19일 마침내 국군과 미8군을 포함한 연합군 전체에 공격명령이 하달되었다.

연합군이 총공격에 돌입하자 용문산 전투에서 이미 치명상을 입은 중공군은 전의를 상실하고 말았다. 이미 경강국도 축선으로 투입된 중공군 20, 27군과 북괴군 2군단 마저 유엔군의 총공격으로 고립될 처지에 놓여 제 몸 챙기기에도 어렵게 되었다. 더구나 유엔군의 밤낮 없는 항공폭격과 포병화력으로 증원은 고사하고 머리를 들기마저 어렵게 되자 중공군은 5월 21일 마침내 철수명령을 내렸다.

중공군은 화천저수지 북방으로 철수하면서 주요목을 선정하여 철수하는 부대를 엄호하는 한편, 지연작전을 계획했다. 중공군의 戰史에는 이때의 상황에 대해 다음과 같이 기록했다. "아군은 1개월 내에 연속해서 두 차례의 대규모 작전을 실시하여 부대가 상당히 지친 상태였다. 뿐만 아니라 보급로가 차단되어 탄약과 식량이 소진되고, 장마철이 다가와 강과 호수가 아군의 후방에 위치하여 상황이 급전되면 교통의 두절로 보급에 차질을 빚어 피해가 클 것이 예상되었다. 이외에도 금번 공세작전에서 미군의 연대 단위급 이상의 부대를 격멸하지 못하여 적의 반격도 우려되었다. 이런 상황에서 아군의 공격은 적을 섬멸할 수 없을 뿐만 아니라 아군에게 불리한 요인만 증가할 것이므로 철수하는 것보다 못하였다. 따라서 아군은 주력부대를 휴식 및 재정비 하여 차후기회에 적을 격멸하기로 하고 5월 21일 공격작전을 중지하였다."

파로호 전투는 이 시점부터 카운트다운 되는 것이다. 파로호의 화천댐발전소는 어느 쪽이 차지하느냐에 따라 향후 10년의 발전을 보장하는 보증수표이다. 북쪽에서 화천댐을 차지하면 최소 10년간은 남한보다 앞설 수 있는 동시에 남한은 10년 이상 뒤처지게 된다. 남쪽에서 차지하게 되면 남한은 10년 이상을 북한보다 앞서서 발전할 수 있으며 상대적으로 북한은 뒤처지게 된다. 따라서 화천댐발전소는 어떤 대가를 치르더라도 탈환해야 했다. 뿐만 아니다. 화천댐 발전소를 차지하게 되면 고성 이북지방까지 북괴군을 몰아낼 수 있어 휴전 협정시 휴전선은 고성 이북지방까지 남한의 영토가 된다. 고성에는 김일성 별장이 있고 조금 더 올라가면 금강산이다. 조금 더 밀어붙이면 금강산도 차지할 수 있다. 동부 전선의 아군은 이왕에 휴전해야 한다면 금강산을 탈환하여 남한의 영토로 만들겠다는 굳은 각오로 전투에 임했다.

동측을 맡은 미 9군단은 지연작전을 펼치고 있는 중공군의 본진을 강타하며 후퇴하는 중공군의 뒤를 추격한 끝에 가평과 춘천을 연결하는 동측 축선을 점령했다. 서측에서는 미 2사단, 국군 2사단, 국군 6사단, 미 7사단이 연합하여 연합작전을 펼쳤다. 이미 국군 6사단은 용문산 전투의 대승으로 사기가 충천해 있었고 여세를 몰아 북한강을 끼고 춘천북방의 화악산 남측자락인 지암리까지 공격해 들어갔다. 용문산 전투의 후유증으로 전의를 상실한 중공군은 무질서하게 철수하면서 춘천과 화천을 잇는 도로와 계곡으로 산개하여 도주했다. 유엔군은 드러난 적들을 향해 쉴 새 없이 기총소사와 포격을 퍼부었다.

마침내 미24사단의 21연대, 미7사단의 17연대, 국군 6사단의 19연대는 화천과 춘천을 연결하는 춘천 축선과 가평과 지암리를 연결하는 가평 축선을 완전히 장악했다. 양평 축선을 장악하고 포위망을 좁혀 오는 남쪽의 아군 진출선과 함께 삼각형의 포위망이 형성되었다. 이 포위망 속에 갇힌 대규모의 중공군은 필사의 탈출을 시도하였으나 워낙 촘촘히 짜인 포위망이라 포위망을 뚫지 못하고 섬멸되었다.

6사단 5연대는 5월25일 하루 동안 중공군 포로 3만 8천명을 획득하는 대전과를 올렸다. 당시 사단장 장도영 장군은 "후퇴하는 중공군을 추격하여 길가에 늘어진 중공군을 쓰레기 줍듯이 트럭에 실어 담았으며 아군소대 병력이 적 대대병력을 무더기로 생포하는 진풍경이 연출되었다."라고 회상했다. 그러나 이 작전에서 화천 지역 점령이 지체되어 중공군을 완전히 포위하여 섬멸하려고 했던 전투계획은 차질을 빚었다. 만약 이 전투에서 화천을 조기에 점령하고 파로호 이남에서 중공군을 완전 섬멸하였더라면, 이후 진행된 휴전협상은 충분히 달라질 수 있었다. 뿐만 아니라 중공의 존립에까지 치명적인 영향을 끼쳤을 것이 확실하다.

벤 플리트 장군은 그의 회고록에서 국군 6사단에 대해 평가하기를 "한국군은 세계적으로 가장 우수한 부대"라고 평가하며 다음과 같이 회고했다.

"한국군은 가장 우수한 부대이다. 1951년 중공군이 춘계 대공세를 취했을 때에 한국군 제6사단은 최전선지역의 양미군 중대 사이에서 적과 대치하고 있었다. 동 한국군 사단병력은 험악한 산악지대를 조심스럽게 진군하여 적군의 진용을 살피고자 했었다. 그러나 동 한국군은 돌연히 공산군의 대병력과 마주치게 되었다. 압도적인 대병력과 마주친 한국군 제6사단은 한국전선에 있어서 가장 극렬한 악전고투를 거듭한 나머지 결국 최전선부대는 치명적인 타격을 입었다. 이리하여 중공군은 아군의 저항이 없는 진격을 계속하게 되었다. 공산군은 동 진격에서 2개 미군

부대를 완전 포위함에 성공하였다. 그리하여 동 미군부대는 전멸의 비운에 직면하게 되었다. 이때에 동 한국군 사단의 패전은 전미군의 운명을 위험하게 한 책임이 있다 하여 한국군에 대한 원성이 자못 높았다. 그러나 이 같은 몰이해한 원성의 배후에는 어떠한 사실이 잠재하고 있었던가?

한국군 제6사단은 당시 일만 명으로 구성되어 있었고 우리가 그들에게 제공한 장비는 소총과 경기관총에 불과한 것이었다. 그들은 중기관총은 고사하고 수류탄 한 개도 휴대하지 못했었다. 몇 개의 대포는 가졌으나 그들이 전투하던 지형으로 보아 그것은 사용할 수가 없게 된 곳이었다. 이와 같이 빈약한 장비로서 동한국군은 전속력으로 진격하는 중공군 4개 군단의 병력과 충돌하게 되었던 것이다. 한국군 제6사단은 당연히 참패할 만큼 장비가 약했던 것이다. 그러나 동한국군 제6사단은 잘 싸웠었다. 설사 패전을 했을망정 결코 불명예스러운 것은 없었다. (1944년 12월 안데네스 전투에서 미군 제106사단은 독일군에게 유사한 참패를 당한 일도 있었다) 전선이 정리된 후 즉시 우리는 동6사단을 재편하는 동시에 좀 나은 장비를 제공하였다.

이때에 6사단장 장도영 장군은 동 패전에 대한 설욕전에 앞서 부하 장교들과 '황호'라는 비밀결사까지 조직하고 특별한 상부의 명령이 없는 한, 한발자국도 후퇴하지 아니할 것을 맹서까지 하였다.

아군의 5월 공세가 시작될 무렵에는 장 장군 휘하의 6사단은 전선에 복귀하여 미군 제7사단과 제24사단 사이의 전선지역을 담당하게 되었다. 이들은 중앙전선을 담당한 어떠한 부대보다도 곤란한 조건하에서 또한 험악한 지형 하에서 용맹스러운 위훈을 세웠던 것이다. 동 한국군 사단은 12개월에 달한 전투에서 가장 중대하고 수비하기 곤란한 지점을 하등의 지원도 없이 확보했던 것이다." ("우남 이승만"의 홈페이지 인용)

화천댐 폭파 작전

서울 점령의 눈부신 전과를 올렸던 중공군 180 보병 사단은 인천과 한강으로 투입되는 미 해병대와 연합군의 공격을 견디지 못하고 한강 상류지역으로 퇴각해야 했다. 사단장 이화력은 총사령관 팽덕회 앞으로 보낸 긴급 전통문을 통해 지원군을 요청했으나 지원군인 중공군 제 63군단은 용문산 전투에 투입되어 있었기 때문에 지원군을 빼낼 수 없었다. 지원용인 예비사단인 189사단의 병력 역시 마찬가지였다. 결국 지원군을 통해 퇴로를 확보하려고 했던 180 보병 사단장 이화력의 전략구상은 무용지물이 되고 말았다. 지휘부에서 우왕좌왕하는 사이 중공군은 앞에서는 한국군이 공격해오고 뒤에서는 미군에 의해 퇴로를 차단당하여 전투력은 고사하고 저항력마저 상실했다. 다만 포격을 피해 우왕좌왕하며 이리저리 몰리는 사이에 하늘에서는 미연합군의 전투기가 일제히 기총소사를 쏟아 부었다. 다시 허둥대며 숲 속으로 들어

가면 국군의 총이 불을 뿜었다. 이로 인해 전력의 대부분이 소실되고 말았다. 남은 병력은 스스로 지형지물을 이용하여 후퇴하는 방법 밖에 없었다.

이화력의 부대는 겨우 구만리 저수지인 화천댐에 다다랐다. 이화력은 화천댐을 방어하고 있던 전력과 자신의 부대를 정비하여 파로호에 방어선을 구축했다. 화천댐은 중공군 63군단에서 관리하고 있었으나 주력부대가 용문산 전투에서 처절하게 패배하여 남은 병력은 포병부대와 화천발전소를 방어하는 연대급 병력이 전부였다. 사단장 이화력은 이를 접수했다. 화천댐 수력 발전소 내에 있는 사무실을 지휘본부로 사용하기로 하고 군병력을 재정비했다. 재차 전통으로 평양에 있는 팽덕회에게 전황을 보고했다. 보고 받은 팽덕회는 화천 발전소를 끝까지 사수할 것과 댐의 수문을 닫고 수공작전을 펼치라고 명령했다. 총사령관의 명령에 따라 사단장 이화력은 즉각 부관을 통해 총사령관의 명령을 하달했다. 장마철로 접어들기 전에 수문을 열어 수위를 조절하려고 했던 화천댐의 수문이 닫히자 호리병과 같은 형태의 파로호에 상류에서 쏟아져 들어오고 있는 검붉은 흙탕물이 가둬지기 시작했다. 아직 상류 쪽에는 소나기가 내리고 있었다.

중공군 180 보병 사단이 화천 댐을 접수하여 수문을 닫고 있는 중이라는 급전이 연합군 총사령부에 보고되었다. 연합군 총사령관 리지웨이 대장은 중공군이 수공작전을 펼칠 것이라는 보고가 들어오자 고민에 빠졌다. 한강을 건너 북방에 보급품을 올려 보내야 하는 미군의 입장에서 힘들게 설치한 부교가 떠내려 가 버리거나 주정들의 유실이 생기면 막대한 전력차질이 발생할 수 있기 때문이다. 만약 보급이 지연되면 북쪽 전선에서 전투 중에 있는 미군들이 철수를 해야 하는 최악의 경우도 발생할 수 있는 내용이다. 즉각 공중정찰로 중공군의 진의가 수공작전을 염두에 두고 있는 것인지를 확인하도록 명령했다. 이틀 동안의 공중정찰을 마친 공군은 중공군이 댐의 수문을 막고 수공작전에 돌입했다고 보고했다.

리지웨이 사령관은 자신의 집무실로 참모회의를 소집하여 대책을 숙의했다. 방법은 폭격밖에 없었다. 워낙 험악한 산악지형인데다 접근로도 없는 오지에 건설되어 있는 댐의 수문을 효과적으로 폭파할 수 있는 방법은 폭격이 가장 좋은 전략이었고 그 다음이 특공대를 투입하여 폭파시키는 전략이 있는데 이 경우 수많은 인명피해를 낼 수 있다는 점에서 차선의 방책일 뿐이다. 어쨌든 시간은 그리 많지 않았다. 만약 중공군이 장마철을 이용하여 만수위까지 채워서 수공작전을 펼치게 된다면 남은 시간은 짧으면 1개월 길어봐야 2개월 남짓이었다. 참모회의에서 수립한 전략은 이랬다. 총 4차로 계획된 전략은 각 3일 단위로 수립되었다. 1차 B29를 동원한 폭격, 2차 전투기와 일제 포격, 3차 특공대 투입, 4차 총공격으로 승부를 낸다는 전략이다. 즉각 전략을 실행에 옮겼다.

총사령관 리지웨이 대장은 성남 전투비행장에서 대기 중인 B-29 전폭기의 출격을 명령했다. B-29 전폭기는 2000파운드의 대형 폭탄 6기를 탑재하고 호위기의 호위를 받으며 요란한 굉음소리와 함께 출격했다. 그러나 불행히도 30분에 걸쳐 도달한 화천댐 상공에서 폭격지점인 댐에는 접근조차 하지 못했다. 댐의 양쪽에 높이 솟은 산의 울창한 수림에 가려 댐은 확인할 수도 없었거니와 양쪽 산봉우리에서 필사적으로 쏘아대는 중공군의 대공포는 거대한 B-29 몸체 바로 아래까지 도달하며 작렬했기 때문이었다. 만약 기수를 내려 댐을 확인하려고 시도한다면 대공포화에 걸릴 수밖에 없다. 그렇다고 목표물이 정확하지도 않은데 2000 파운드짜리 폭탄을 투하해 봐야 손실만 생길 것이 뻔했다. 참모본부의 재촉에 따라 기장은 두 발을 투하했으나 파로호에 커다란 파고만 만들었을 뿐 폭탄은 터지지도 않고 수장되고 말았다. 날씨도 우중충하여 가시거리도 확보하지 못했다. 자칫하면 투하한 폭탄이 아군의 머리 위에 떨어질 판국이다. 기장은 번민 끝에 선회하여 성남 전투비행장으로 되돌아오고 말았다. 이 작전에서 애꿎은 호위기만 한 대 손실당하고 말았다. 기장은 참모회의에 불려 나가서 보고를 하며 질책을 받았으나 좋지 않은 날씨와 지형적인 조건에 의한 어쩔 수 없는 작전 실패라는 점에서 처벌은 면했으나 실패라는 불명예를 안았다.

리지웨이 사령관이 집무실에서 나와 지하 벙커에 설치된 작전상황실로 내려갔다. 상황실 안은 쉴 새 없이 울려대는 핫라인의 벨소리와 작전을 지시하는 지휘관들의 목소리로 시끄러웠다. 지휘관들은 굳은 표정을 짓고 있었다. 전황이 썩 좋지 못하다는 증거였다. 리지웨이 사령관이 시가를 꺼내 물었다. 부관이 재빨리 라이터로 불을 붙여 준다. 작전을 지휘하고 있던 미8군 사령관인 벤 플리트 중장이 리지웨이를 발견하고 다가왔다.

"벤 장군, 동부 전선의 동향은 어떻소?"

"동부전선은 치고 올라가고 있는 중이라 특이한 전황은 없습니다. 장군 그보다 화천댐 폭파 작전이 계획대로 안 되는 것이 문제요"

"벤 장군, 그대는 그 문제를 어떻게 보고 있소? 특별한 계획이 있으면 내 놔 보시오."

벤 플리트 장군은 주위를 경계하는 눈치를 보이며 이 자리에서는 이야기할 수 있는 내용들이 아니라는 태도를 보였다. 리지웨이 장군은 벤 플리트 장군의 태도를 보고 총사령관실로 이끌었다.

"아무래도 양동작전이 필요할 듯 싶습니다. 장군"

"양동작전이라면 공군의 폭격과 육군의 특공대 작전을 말하는 것입니까?"

총사령관실 소파에 앉아 부관이 타다 준 커피를 마시며 벤 플리트는 지상 특공대와 공군의 폭격을 동시에 실시하자는 제안을 내놓았다. 공군의 지원사격이 없는 상태에서 육군의 특공대에 의한 폭파작전은 아무래도 무리수라는 이야기이다. 그러나 이 경우 아군기에 의해 아군 특공대가 사살 당할 수도 있는 중대 사안이기 때문에 양동작전은 기피하고 있던 중이다. 벤 플리트는 아군의 희생이 없이는 화천댐을 파괴할 수 없다는 결론을 가지고 있었다. 목적달성을 위한 어쩔 수 없는 희생은 안고 가야 한다는 의견을 제시하는 벤 플리트에 반해, 리지웨이는 아군에 의한 아군의 희생은 있어서도 안 되고 있을 수도 없다는 입장을 견지하고 있었다. 그러나 상황은 점점 불리한 쪽으로 기울어지고 있어서 일정 부분의 희생은 불가피해 보였다. 필사적으로 저항하는 중공군의 저항력을 무위로 돌리고 효율적인 전투성과를 내기 위해서는 어쩔 수 없는 선택도 필요하다는 판단이었다. 벤 플리트 중장은 야전군 출신답게 희생도 두려워하지 않는 전형적인 군인의 모습을 반추하고 있다. 리지웨이 장군은 잠시 동안 더글라스 맥아더 장군을 떠올렸다. 장군 같으면 이 위기에서 어떤 전략을 세울 것인가?

"참모장, 맥아더 장군과 통화할 수 있는지 알아 봐 주게."

"예 알겠습니다."

벤 플리트 장군이 고개를 끄덕였다. 벤 플리트도 작전이 여의치 않거나 막힐 때면 맥아더 장군이 생각났다. 그의 거침이 없는 전투력과 전후 상황을 정확히 예언하듯 파악하는 분석력은 가히 타의 추종을 불허하는 군 지휘관의 표상이었다.

"각하, 맥아더 장군과 연결이 안 됩니다. 연락이 닿으면 각하께 전화해 달라고 요청해 두었습니다."

"그래, 그 분이 머리를 비우고 휴가라도 가신 모양이구만. 벤 장군 한 대 피우시겠소?"

"고맙소. 장군"

리지웨이 장군이 시거함에서 한 개를 꺼내 벤 플리트 장군에게 주고 자신도 하나를 꺼내 입에 물었다.

"태평양 전쟁 때가 생각나는구먼, 벤 장군. 중공군과 일본군의 차이점은 뭐라고 생각하시오?"

"일본군은 지휘체제가 완벽할 정도이지요. 중공군이야 일본군에게 패배하고 점령까지 당했던 과거가 있으니 비교하기에는 무리가 아니겠소."

"그럴 수도 있겠지요. 하지만 중공군이 인해전술로 나오는 것이나 특수부대가 적군에게서 빼앗은 무기로 적을 섬멸하도록 훈련 받은 것은 전략상 일본군 보다 앞 선다는 생각이 들어. 벤 장군 우리가 사관학교 동기인데 격식 차리지 말고 허심탄회하게 이야기를 해보자구. 그래 이번 작전에 대한 묘안이 있으면 이야기 해보게"

"그러세. 내 생각에는 공군과 육군만 포함할 것이 아니라 해군도 이 작전에 포함을 시켰으면 어떨까 하는 생각을 하고 있네. 해군 Seal 팀과 해병대도 포함된다면 더 나은 전술이 나오지 않을까 하는 생각이 들어."

"Seal 팀? UDT 대원과 해병대원을 투입시켜 보자는 거야? 흐으음, 상당히 매력이 있는 발상이구먼, 계속해 보게"

"공군은 대공 포대를 맡고 육군 특공대는 폭약수송을 맡고 UDT는 댐 폭파임무를 맡고 지상군은 엄호임무를 수행하면 가능성이 있겠다는 생각이 드네"

"그렇다면 7함대에서 인원을 차출해서 임무를 맡겨야 하는데 그 친구들은 지리적 여건을 숙지하는데 시간이 꽤 걸릴 텐데 자칫하면 1만 파운드의 폭약이 적의 수중에 떨어질 수도 있네. 그 점에 대해서는 어떤 보호 장치가 있나?"

"보호 장치 문제가 걸려서 고민하고 있는 중이야. 자네가 지적했듯 나도 그 문제에서 진도가 못 나가고 있네."

"문제는 적들의 위치가 높은 곳에 있기 때문에 우리의 동선이 빤히 드러난다는 것이 문제인데, 공군의 폭격으로도 그 문제가 해결되지 않는단 말이지."

말을 마친 리지웨이 장군이 소파의 의자에 목을 깊이 기대며 시가를 재떨이에 올려놓았다. 말은 안 해도 중공군의 수공 문제로 인해 피가 마를 정도로 고민하고 있다는 사실은 누구든지 알 수 있었다. 벤 플리트 장군도 얼굴을 감싸고 두 눈을 비볐다. 하도 신경을 많이 쓰다 보니 눈이 붉게 충혈 되곤 했다. 하루에도 몇 번씩 심장이 철렁한 일이 반복되고 있었는데, 이런 일은 도무지 면역이 되지 않아 가끔씩 정신 줄을 놓친 것 같이 머리가 텅 비곤 했다. 역전의 노장이라는 별명을 듣고 있어도 가끔씩 전해지는 지인들의 전사 소식은 면역이 되지 않았다.

"리지, 그래 다음 작전은 어떻게 할 작정인가?"

"음, 이번 작전에는 공군에서 무스탕으로 댐 주변의 적들을 교란시켜 주의를 돌리고 특공대를 투입해서 폭파시키는 작전을 펼칠 걸세. 자네가 올린 작전제안서에는 파로호에 낙하산 부대를 투입해서 U보트로 적군의 주의를 혼란시키는 교란작전이 제안되어 있더군. 망설이고 있는 중이네. 그렇게 하면 사상자가 많이 발생한다는 약점이 있어서 말이야."

"하지만 30분간 정도는 시간을 벌어 줄 수 있을 걸세. 그 때에 폭약을 장착하고 폭파하게 되면 의외로 빨리 끝날 수 있다는 판단이 서네."

노크 소리가 나며 부관이 헐레벌떡 뛰어 들어 왔다. 스미스 중령이었다. 스미스 중령은 방금 뽑은 사진 몇 장과 보고서를 결제파일과 함께 리지웨이 총사령관에게 건넸다.

"이 사진은 뭔가?"

"넷. 중공군이 댐 위에 거대한 바위를 올려 댐을 보강하는 동시에 위장막을 치고 있는 사진입니다."

"그래? 이 사진을 가지고 공군 사령관에게 보여주고 조종사가 육안으로 식별이 가능한지를 물어봐 주게"

"넷, 각하"

"위장막까지? 으으음"

벤 플리트 장군은 중공군이 대형 바위들을 댐 위에 올려놓고 보강한 것과 돌 사이에 생나무를 잘라 흩뿌려 놓은 위장막을 보고 중공군에 대해 정나미가 떨어졌다는 표정을 지으며 신음소리를 냈다. 아마도 항공사진으로 촬영하면 계곡에 나무들이 심어져 있는 것처럼 오해될 수 있을 소지가 농후했다. 만약 3만 피트 상공에서 식별해야 한다면 도무지 분간을 할 수 없을 정도였다. 그렇다고 해서 1만 피트 이하로 하강하게 되면 적들의 대공포화에 걸리게 되어 있고 저공비행을 하게 되면 협곡이 좁아 양쪽 산에서 쏘아대는 기관총에 당하게 되어 있다. 일본군의 가미가제 특공대와 같이 자살 폭파를 명령할 수도 없는 것이어서 지휘관의 근심은 더욱 깊어갔다.

만약 댐의 양쪽에 버티고 있는 산이 해발 400~500m 정도로 낮았다면 벌써 끝이 났을 전투였다. 그러나 무려 1000m 가까운 양쪽 산의 높이는 전투기나 폭격기로는 작전을 수행할 수 없을 정도로 난공불락의 요새였다. 시간은 흘러 어느 덧 3차 작전으로 넘어가 있었다. 전투기 편대의 폭격과 포병부대의 포격으로 쏟아 부을 폭탄만 3만 파운드를 예상했다. 만약 3차 작전까지 실패한다면 동부 전선에 투입되어 있는 3사단의 예비 병력을 빼내서 작전에 투입시켜야 할 판이다. 중공군이 화천댐을 사수하기 위해 인해전술로 나온다면 이쪽에서도 그와 맞서서 인해전술이라도 사용해서 반드시 화천발전소 댐을 수중에 넣어야 했다.

"두 개의 산이 문제야"

리지웨이는 벤 플리트를 배웅하고 난 뒤에 나지막이 읊조렸다. 벤 플리트 8군 사령관은 연합사령부를 나와 8군 사령부로 향했다. 8군 사령부 벙커 작전상황실에 들어서서 전황을 보고 받고 팽덕회가 화천댐 수공작전에 사활을 걸고 있음을 재확인했다. 리지웨이 사령관의 작전과는 별도로 자신이 수립해야 할 전략에 대해 궁구했다. B-29로 안 되면 속도는 빠르고 양쪽에 2000파운드 이상의 폭탄을 장착하고 목표물을 정확히 강타할 수 있는 전폭기가 필요했다. 하지만 공군이 보유하고 있는 전폭기는 B-29가 유일하며 그 외에는 전투기였다. 전투기들은 폭격의 임무보다는 제공권 장악을 위해 빠른 기동성을 요구하기 때문에 500파운드의 폭탄을 양쪽 날개 밑에 장착하는 것으로도 힘겨워 했다. 만약 500파운드의 폭탄을 양쪽에 장착하고 중공의 미그기라도 만나게 되면 기동력이 떨어져서 격추 당하기 십상이다.

"전폭기라, 전폭기....... 부관, 참모장을 급히 오라고 하게."

"옛써."

부관은 작전상황실에 있는 참모장에게 연락했다. 참모장은 급히 달려왔다.

"참모장, 전폭기에 대해 아는 바 있소?"

"전폭기라면 공군이 보유하고 있는 B-29 말입니까?"

"아니, B-29 말고 다른 전폭기는 없느냐는 뜻이오."

"각하 그렇다면 해군에서 보유하고 있는 스카이레이더기가 있잖습니까."

"맞아, 그거야. 내가 왜 스카이레이더기를 생각 못했을까. 참모장 미 7함대가 어디에 있는지와 스카이레이더기를 띄울 수 있는지 알아봐 주게."

"넷 각하."

참모장은 급히 작전상황실로 달려갔다. 작전상황실에 달려갔던 참모장은 10분도 되지 않아 달려왔다.

"각하 미 7함대에 항모 미드웨이호 호가 동해에서 작전 중이며 스카이레이더기 8기와 콜세어기 5기를 지원해 줄 수 있다고 합니다."

"그래? 작전상황실로 가세."

작전상황실에 도착한 벤 플리트 사령관은 즉시 무선으로 함대 사령관을 호출했다.

"제독, 화천댐 폭파작전에 전폭기의 지원이 필요하오. 사태가 급하니 스카이레이더기의 폭격으로 좌표 00, 00 지점에 있는 화천댐 폭파가 가능한지 알아봐 주시오."

"옛써, 사령관 각하"

벤 플리트 장군은 작전지도의 좌표를 뚫어져라 응시했다. 장군의 눈썹이 꿈틀하고 치켜 올라갔다. 반드시 성공해야 한다. 입 속이 바짝 타 들어가는 것을 어금니를 힘주어 깨물며 진정시켰다.

항모 미드웨이

5월 23일, 14:20분 미8군 사령관으로부터 함대사령관에게 우선순위 주루(Z)의 전문이 하달되었다. 내용은 화천댐 폭격에 따른 출격요청이었다. 미 7함대 소속 해군 77 기동 부대는 동해에서 작전 중이었다. 함대 사령관은 77기동 부대의 지휘함인 항모 미드웨이호의 스트러블 제독을 호출했다.

"제독, 미 8군 사령관으로부터 화천댐 폭격지원요청을 받았소. 귀 항모에 있는 폭격기들을 출격시키시오."

"옛서, 사령관 각하, 즉시 출격시키겠습니다."

함장 스트러블 제독은 즉각 전투태세를 명하고 폭격기의 출격을 명했다. 16:00에 출격준비를 마친 폭격기의 발진을 위해 항공모함 미드위이호는 바람머리로 함수를 돌렸다. 2,000파운드의 대형 폭탄 두 개를 양쪽 날개 아래에 장착한 스카이레이더기 편대 6기와 100파운드와 500파운드 폭탄들을 장착한 콜세어기 5기가 굉음을 내며 발진했다. 호위기인 콜세어기 5기는 전폭기인 스카이레이더기를 호위 대형으로 넓게 퍼져 경계하며 날았다.

스카이레이더기 편대장 해럴드 구스타프 칼슨 중령이 콜세어기 편대장 E.A. 파커 소령을 호출했다.

"파커, 이 좌표가 어디인지 아나?"

"중령님, 저도 처음이라 도무지 모르겠습니다. 죄송합니다."

"아닐세, 우리 둘 다 처음이니 경계를 더욱 철저히 해야 하겠네. 각 편대 들으라. 사방의 경계를 확고히 하고 목표물에 접근하면 콜세어기는 엄호하고 댐 폭파의 선두는 나와 2호기가 맡고 2차는 3호기와 4호기가 맡는다. 3차 공격은 5호기와 6호기 순으로 폭격한다. 이상"

편대기는 강원도의 높은 산악지대에 한 줄기 하얀 선으로 보이는 북한강에 도착했다. 좌표에 명시된 공격목표는 화천댐이었다. 화천댐 상공에 도착하여 선회하며 폭격지점을 육안으로 확인했다. 이내 중공군의 반응이 쏟아졌다. 좌우 1000미터에 달하는 양쪽 산의 고지에 대공포를 비치한 중공군은 십자포화로 두툼한 탄막을 형성했다. 탄막을 뚫고 하강하여 폭격을 할 수 있는 가능성은 아예 없었다. 편대장 파커 소령의 명령에 따라 콜세어기 5대가 선두기와 지원기로 나눠 양쪽 산의 고지에 설치되어 있는 대공 포대를 융단폭격하고 파커 소령은 가운데 댐 위에서 기관총으로 응사하는 중공군들 위에 폭격과 함께 기총소사로 제압했다. 융단폭격에 이어 엄청난 기총 소사를 받은 중공군 포대는 쑥대밭이 되었다. 적의 대공포대가 잠잠해 지기를 기다린 스카이레이더기의 폭격이 시작되었다. 선두기인 편대장 칼슨 중령의 1호기와 2호기가 급히 하강하며 댐 위에 2000파운드 짜리 폭탄 두 발씩을 발사했다. 그러나 타이밍이 맞지 않아 폭탄은 댐 앞의 강물 속에서 터지고 말았다. 실패였다. 뒤를 이어 3호기와 4호기가 발사한 폭탄이 댐의 중앙을 강타했다. 그러나 목표물인 수문에는 미치지 못하고 댐 중앙에 커다란 구멍을 만들어 놓았을 뿐이다. 5호기와 6호기가 급강하하여 때렸으나 이 또한 목표물에서 빗나가며 강물 속에 떨어져 폭발하며 커다란 물기둥을 만들어냈다. 폭격을 위해 급강하 하여 폭탄을 투척하고 급상승할 때 중공군은 기관총과 소총으로 무차별 사격해왔다. 격추 당할 위험이 대단히 컸다. 결국 댐의 한 복판에 커다란 구덩이를 한 개 만들어놨을 뿐, 수문은 건재했다.

실상 수문은 댐의 좌측부분에 설치되어 있어서 시야에 겨우 잡힐 뿐 공격은 불가능한 위치에 자리 잡고 있었다. 시야에 수문이 보이기도 전에 급상승을 해야 댐과 충돌을 면할 수 있는 아주 복잡한 위치에 수문이 위치하고 있었다. 단 1초만 아차 하면 댐과 충돌할 수밖에 없는 위치였다. 뿐만 아니다. 급강하 했다가 급상승 할 때 중공군이 끈질기게 쏘아대는 기관총과 소총도 상당한 위협이었다.

칼슨 중령은 이마에 식은땀을 흘렸다. 이 작전은 실상 불가능한 작전이다. 목표물조차 확보하지 못하고 급상승을 해야 하는 이런 까다로운 작전은 지금까지 경험해 본 적이 없다. 파커 소령으로부터 무전이 들어왔다.

"편대장님 콜세어 2, 3, 5호기가 적탄에 맞았습니다."

"상황은 어떠한가?"

"날개 부분에 맞았는데 이상은 없습니다."

"다행이다. 사진 자료는 찍었는가?"

"옛써 2호기 사진 촬영 완료했습니다."

"수고했다. 전원 귀대한다. 각 편대기는 귀대 대형으로 귀대하라"

스카이레이더기의 편대장 칼슨 중령과 콜세어기의 편대장 파커 소령은 비행기가 격납고에 무사히 안착되는 모습을 확인하고 함장실로 급히 올라갔다. 스카이레이더기 6대, 콜세어기 5대 모두 총탄이 스쳤거나 관통 당한 흔적이 확인되었다. 그래도 무서운 십자포화로 공격을 받고도 격추 당한 공격기가 없다는 것은 천운이었다. 함장 스트러블 제독은 작전상황실에서 기다리고 있었다. 부관이 칼슨 중령과 파커 소령을 작전상황실로 안내했다.

스트러블 제독은 편대장들의 보고와 설명을 듣고 난 뒤에야 육군과 공군이 화천댐을 폭파하지 못하고 전전긍긍하고 있는 원인이 어디에 있는지를 알게 되었다. 더구나 연이은 폭격에 중공군은 커다란 바위를 댐 위에 올려 이중으로 벽을 쌓고 폭격에 대비하고 있었다. 방법을 찾아내야 했다. 아군이 중공군의 전략대로 수공에 당하게 된다면 그 결과는 어떤 끔찍한 결과를 초래할지 모른다. 더구나 미 8군 사령관이 직접 해군에 요청한 내용이기 때문에 어떤 방법을 동원해서라도 화천댐을 파괴시켜야만 했다. 미 해군의 명예가 달려 있다. 이런 기회는 쉽게 오는 기회가 아니다. 미 해군 전사에 길이 남을 전공을 세울 수 있는 절호의 기회이다. 함장은 전체 지휘관들을 소집하여 작전상황실로 집합시켰다.

칼슨 중령이 작전 개요와 작전 상황 그리고 결과에 대해 브리핑했다. 지휘관 연석회의에서 댐의 파괴를 위한 열 띈 토론이 오갔다. 해군 SEAL TEAM을 투입하자는 의견도 나왔다. 그러나 미 8군에도 폭파 전문가들이 있고 미 해병대 특수부대원들도 투입되어 있는 실정이다. 이들이 투입되려면 아군의 지원을 받아야 했다. 이럴 경우 아군의 사상자가 상상외로 많이 나올 수도 있다. 이 때문에 미 8군에서 해군 항공대에 전폭기를 요청한 것이었다. 묘책이 필요했다. 그러나 폭격 전문가인 전투기 조종사들이 난색을 표하고 있는 판국에 해군 지휘관들에게서 묘책이 나올 수는 없었다. 무거운 침묵이 감돌았다. 함장은 이 모습을 보고 10분간 침묵을 명했다. 아무 말도 하지 말고 묘책을 강구하라는 명령이다.

10분이 지났다. 함장이 지휘관 한 명 한 명을 눈으로 체크했다. 그러나 모두 고개를 설레설레 저었다. 포술장에게 시선이 갔다. 포술장은 무엇을 구상하는지 눈을 감고 골똘히 생각하고 있는 눈치이다. 좌중을 훑어보고 난 뒤에 함장은 다시 포술장에게 시선을 주었다. 그 때였다. 포술장의 눈이 번쩍 떠졌다. 그 눈빛은 굳 아이디어가 떠올랐을 때에 볼 수 있는 그런 눈빛이었다. 하지만 폭뢰나 어뢰 그리고 포를 다루는 포술장에게서 전투기의 폭격에 대한 비책을 기대한다는 것은 그리 자연스럽지 못한 기대였다. 제독은 반색을 하던 표정에서 한 발 물러난 다소 어정쩡한 표정을 지었다.

"포술장 혹시 좋은 아이디어가 있소?"

"네, 제독님 저는 어뢰를 사용하면 승산이 있다고 생각했습니다."

"어뢰? 구축함에서 사용하는 어뢰 말이오?"

"네, 그렇습니다. 어뢰입니다."

"어허 이보시오. 포술장 우리 항모에서는 어뢰를 사용하지 않잖소. 어뢰가 없는데 어디 가서 어뢰를 구해 온다는 말이오. 편대장, 전투기에 어뢰를 달고 대함훈련을 해 본 적 있소?"

제독의 뜻밖의 질문에 칼슨 중령은 당황하면서 급히 대답했다.

"죄송합니다. 저는 어뢰 훈련을 받아 보지 못했습니다."

"그래요. 그러면 대함훈련과 관련하여 어뢰 훈련을 받아 본 조종사는 누구요?"

"네, 제독님, 저희 3명의 대원이 대함 어뢰 훈련을 받았습니다."

함장은 베닛 중위에게 시선을 주었다. 전형적인 영국청년과 같이 머리 색깔은 브라운 색이었고 이목구비가 수려하며 푸른 눈이 인상적이었다. 콜로라도에 살고 있는 막내아들을 연상케 했다.

"포술장 어뢰로 수문을 폭파할 수 있다는 의견을 냈는데, 본 함장의 개인적인 의견으로도 상당히 타당성이 있다는 생각이 드는데 앞에 나가서 브리핑해 보시오."

"네, 각하"

포술장 제임스 하윗 소령은 브리핑을 시작했다.

"이 부분에서 정확하게 어뢰를 떨어뜨리면 어뢰는 항적을 끌고 곧장 수문으로 직행합니다. 어뢰는 아시다시피 자체 스크류로 추진하기 때문에 방향만 제대로 잡고 투하한다면 어뢰 스스로가 목표물을 향해 달려가게 되고 목표에 맞으면 함정을 격침시키듯 수문도 격파시킬 것입니다."

편대장 칼슨 중령의 눈이 번쩍 떠졌다. 생각 같아서는 포술장의 뺨에 키쓰라도 해 주고 싶은 심정이다.

"하윗 소령. 참 기발한 아이디어입니다. 그렇다면 전투기에서 투하할 때의 각도와 속도를 어떻게 잡으면 좋을 것인지 말씀해 주시오."

함장 스트러블 제독은 이제야 브리핑다운 브리핑이 되어간다는 생각에 자못 흥미까지 유발되었다.

"어뢰의 각도는 수평을 유지하는 것이 가장 중요합니다. 폭격기가 수면에 가장 가깝게 떠있는 자세에서 발사해야 어뢰가 물속으로 들어가지 않고 물 위에 떠서 수문을 폭파시킬 수 있습니다."

"편대장 가능하오?"

"네, 각하 가능하기는 합니다만, 엘자와 가까운 협곡이기 때문에 대단히 위험한 작전이 될 것입니다."

"작전도를 놓고 시뮬레이션 해 보시오."

"네, 각하"

편대장 칼슨 중령은 화천댐의 작전도를 놓고 스카이 레이더기가 어뢰 폭격을 위해 급강하 했을 때 가장 유효한 거리를 표시하며 설명하기 시작했다. 표시되는 좌표는 약간씩 수정되었다. 폭격을 하고 난 뒤에 즉각 급상승해야 하는데 단 3초만 늦어도 댐에 충돌할 수 있다는 결론이 나왔다. 그렇다면 5초로 늘릴 수 있는 좌표를 설정하는 것이 문제였다. 하지만 비행기의 날개길이가 있기 때문에 안전운항을 위한 절대값으로 추정하면 3초 이내에 급상승하는 것이 가장 이상적이라는 결론으로 돌아왔다. 어뢰 투하 후 3초가 조종사의 생사를 결정한다. 너무 가혹한 조건이었다. 스트러블 제독이 3초라는 시간에 생사가 달라질 수 있다는 편대장의 보고에 두 눈을 질끈 감았다. 뿐만 아니다. 항모의 전폭기는 특성상 장착한 폭탄은 떨어뜨리고 와야 착륙할 수가 있다. 만약 폭탄을 장착한 채로 착륙하다가 실패하게 되면 자폭할 수도 있기 때문이며 워낙 갑판에 달려 있는 활주로가 짧고 착륙 고리에 걸려야만 착륙할 수 있기 때문이기도 했다.

"편대장, 어뢰 폭격이 성공하면 그 즉시 다른 전폭기에 장착되어 있는 어뢰는 댐에 투하하고 귀대하도록 하시오."

"네, 각하"

"포술장 문제는 어뢰인데 혹시 우리 항모에 비치되어 있는 어뢰가 있소?"

"네 각하, 8기가 있습니다. 푸젯 사운드의 해군 공창에서 MK-13 어뢰 여덟 발을 넘겨받아 적재해 둔 것이 무기고 안에 있습니다."

"그래? 아하 그랬구만. 이차대전 때에 쓰고 남은 재고품 말이지요? 핫 핫 그게 여기에서 약으로 쓰이는구먼. 하하하하하"

함장은 통쾌하게 웃었다. 턱이 재껴지도록 통쾌하게 웃었다. MK-13은 처치 곤란한 재고어뢰로 과거 이차대전 때에 일본 구축함을 격파하기 위해 제조창에서 만든 고물이었다. 적군인 북한이나 중공군은 해군이 없다고 해도 무방할 정도로 해군력이 열악했고 구축함은 없었다. 하지만 유비무환이라고 없는 것 보다는 있는 것이 낫다는 공창 탄약관의 권고에도 한사코 탑재를 거절했던 그 어뢰가 결국은 포술장을 꼬드겨 탑재한 모양이다. 포술장이야 함장이 결재한 것인 줄로 알고 받고 인수증에 싸인을 했을 것이었다. 생각할수록 웃음을 참을 수 없었다. 똥인 줄 알고 버리려 했던 고물 어뢰가 나를 살리고 미8군을 살리고 더 나아가 한국을 살리는 일에 사용될 줄이야. 함장은 이 놀라운 사실을 급히 아내에게 알려 주고 싶었다. 함장은 어뢰를 사용하여 화천댐을 폭파하는데 만전을 기하도록 명령하고 함장실로 돌아왔다. 작전상황실에는 전투기 조종사 전원이 호출되어 집합했다.

"어뢰의 각도는 어뢰의 머리가 들려질 수 있도록 수평으로 잡아야 합니다. 어뢰를 수평으로 떨어뜨리려면 전투기의 속도는 최대한 늦춰야 합니다. 어뢰를 투하할 때 전투기의 속도가 어뢰가 발진하는 속도보다 더 빠르면 어뢰는 물속에 처박히고 맙니다. 따라서 어뢰의 발진 속도에 맞춰 저속 운행해야 합니다."

포술장의 설명에 해군 항공대 전투기 조종사들은 귀를 기울이며 듣고 있었다. 당장에 전투기의 속도를 얼마로 잡아야 하는지 어디쯤에서 발사를 해야 하는지 등등이 계산되어 나왔다. 포술장과 함께 조종사들이 가상의 상황을 만들어 계산된 바를 적용시키며 이론상으로 몇 개의 상황을 만들어가며 시뮬레이션에 들어갔다. 항공사진으로 촬영된 사진을 인하하여 사진을 보면서 최적의 상황을 구체적으로 만들었다. 다행히 촬영된 사진은 측량용 항공사진이기 때문에 비율이 나와 있었다. 포술장은 사진의 비율에 따라 어뢰의 투하 각도와 방향을 계산하여 구체적으로 비교해 주었다. 사진을 슬라이드 필름으로 제작하여 환등기를 켜 놓고 방향과 시기 그리고 속도를 제시하며 비교했다. 여러 각도에서 시뮬레이션한 결과, 어뢰가 수문을 폭파시킬 수 있는 각도와 방향 그리고 비행기 속도와 투하 시각이 정해졌다.

"포술장 어뢰를 사용하여 댐을 폭파시킨 역사가 있습니까?"

파커 소령이 질문했다. 포술장은 1943년 영국 공군이 독일 루르 공업지대의 전력을 공급하던 저수지 댐들을 랭카스터 폭격기 19기를 동원해서 폭파시킨 전사를 기억했다.

"1943년 영국 공군이 독일 루르 공업지대의 전력을 공급하던 저수지 댐들을 랭카스터 폭격기 19기를 동원해서 폭파시킨 전례가 있습니다. 대형폭탄을 마치 돌 수제비를 뜨듯 꼬리부분부터 살짝 닿게 하는 수법으로 수면 위를 날아서 댐을 폭파시킨 전례가 있습니다. 그 기사를 보았을 때 만약에 어뢰를 사용한다면 더욱 효과적일 것이라는 생각을 했었는데 오늘 브리핑에서 그 때의 기억이 새삼스럽게 떠올라 제안했던 것입니다."

포술장의 설명을 듣고 일동은 박장대소를 했다. 무언가가 가물가물 생각이 날듯 말듯 했던 내용이 바로 그것이라고 무릎을 치며 통쾌하게 웃어댔다. 고민했던 걱정거리가 풀리니 그만큼 비례해서 즐거움도 커지는 것이다.

이날 항모의 함상 정비 근무자들은 밤을 새우며 스카이레이더기와 콜세어기들을 수리하고 정비했다. 적의 대공 포화로 파괴된 부분은 심각하지는 않았지만 작전수행에는 큰 문제가 되었다. 특히 항모는 전적으로 탑재하고 있는 전투기의 공격력에 의존하고 있기 때문에 언제라도 전투기가 이착륙할 수 있도록 스텐바이 되어 있어야 했다. 수리가 끝난 스카이레이더기에 무기고의 구석에서 먼지를 뒤집어쓰고 있던 여덟 발의 MK-13 어뢰가 장착되었다.

그 시각 함장은 잠을 이루지 못하고 있었다. 콜로라도 스프링스에 있는 공군사관학교에서 훈련 중인 막내아들 데이빗 생각이 가슴을 적신다. 함정 근무의 특성 상 막내아들은 20살이 될 때까지 날짜로 따지면 고작 3년 정도나 함께 살았을까. 해주고 싶은 것이 많았던 막내아들. 데이빗을 생각할 때마다 스트러블 제독은 울컥하고 가슴에서 뜨거운 것이 치밀어 올라왔다. 휴가를 받아 집에 가면 언제나 데이빗은 키가 한 뼘씩이나 자라 있었다. 선물로 준비한 장난감이 부끄러워 지도록 훌쩍 커 버린 아들. 아들을 생각할 때마다 가슴이 싸해지면서 애잔한 아픔이 밀려왔다. 살펴보아 주어야 할 때 살펴 보아주지 못한 마음의 빛이 켜켜이 쌓여 어느덧 방풍림과 같이 구멍이 숭숭 뚫린 벽이 되어 있다.

"베닛 중위라고 했던가. 데이빗과 똑같이 생겼어. 데이빗을 보는 느낌이 들어"

아들이 공군사관학교에서 훈련을 받고 있다 보니 공군 조종사들에게 새삼스러운 관심이 가기 시작했다. 아내의 따뜻한 품이 그립다. 안느는 자신을 보면 뛰어 나와 목을 끌어안고 키스를 퍼부어 대는 정열적인 여인이었다. 안느는 스트러블의 목에 팔을 감고는 왼쪽 허벅지로 스트러블의 허벅지를 비비는 것으로 애정을 표현하곤 했다.

"허허허, 해군 사관학교에 면회를 와서도 그랬지. 그래서 부러움의 대상이 되기도 했었지. 아내 때문에 내가 동기들에게 시샘을 많이 받았지"

"이번 출동이 마지막 출동인데 유종의 미를 거두었으면 좋겠어. 안느 이번 일이 잘 되도록 기도해 줘요. 이제 우리 모두 함께 살 수 있을거야."

아내 안느의 얼굴이 가깝게 보인다. 밤이 늦었다. 스트러블은 가죽 자킷을 꺼내 입고 모자를 썼다. 갑판에 나가서 달이라도 봐야 잠이 들 것 같다. 내일 있을 항공대의 출격 상황도 점검해 보아야 했다.

스트러블 함장은 한국전은 미국과 중국이 진행하고 있는 38선을 경계로 하여 양분된 형태로 휴전될 것으로 예단하고 있었다. 워싱턴은 워싱턴대로 중국은 중국대로 남의 전쟁에 끼어들어 자국의 병력과 재원을 소진하는 영양가 없는 한국전에 넌덜머리를 내고 있었다. 한국 정부의 고민은 깊어갔고 한국 정부의 고민은 미국과 중국의 고민과는 차원이 다른 자국과 자국민에 대한 고민이었다. 미국의 고민은 휴전이 되고 나면 전쟁의 책임을 물어 전쟁비용을 청구할 수도 없다는 것과 그 다음은 휴전이 되더라도 상당기간은 발을 뺄 수가 없다는 고민도 컸다. 발을 뺄 수 없다는 의미는 전후 일정부분을 지원해 주어야 한다는 뜻이다.

과연 미국은 평화의 사도 혹은 세계평화의 수호자인가? 미국이 세계 평화의 수호자라는 명예를 지키기 위해 지불해야 하는 엄청난 대가

들이 과연 미국인들에게 어떤 유익을 줄 수 있을까. 스트러블은 꼬리를 물고 일어나는 상념을 떨치며 고개를 흔들었다. 불현듯 맥아더 사령관의 모습이 떠올랐다. 항모 미드웨이호 호가 동해에 배치되어 한국전쟁의 측면지원의 임무에 투입된 것은 맥아더 사령관의 전략 가운데 하나였다. 해상력을 장악하여 북괴군과 중공군이 해상을 통한 침투작전을 방지하고 침투시에는 섬멸하는 것이 가장 큰 임무였고 그 다음으로는 미8군이나 연합군의 요청시 사정권 안에 있는 전 지역에 보유하고 있는 전투기를 지원하여 주는 일이 그 다음이었다. 극동사령부에 전입신고를 하러 갔을 때 맥아더 사령관은 말했다.

"제독과 내가 지금 하고 있는 일은 하나님을 대신하여 하나님이 없다고 하는 자들이 일으킨 전쟁에서 하나님의 자녀들을 구원해 내는 일이외다. 우리는 하나님의 일을 대신하고 있는 것입니다."

신조가 깊은 신앙인으로 자처하고 있던 스트러블은 맥아더 장군의 독실한 신앙심과 신앙심에서 울어 나온 판단력과 결단력에 감동되었다. 마치 A. 링컨 대통령을 보는 듯 했다.

"그래 우리는 지금 신앙의 자유를 한국 국민들에게 주기 위해 하나님의 일을 대신하고 있는 거야."

영국에서 신앙의 박해를 피해 메이플라워호를 타고 미국으로 왔던 청교도의 후예인 스트러블 제독은 종교의 자유라는 명분에서 볼 때 한국전은 상당한 가치가 있는 전쟁으로 판단되었다. 기필코 내일 화천댐 폭파작전을 성공시켜야 했다. 스트러블 제독은 밤하늘을 바라보았다. 그리고는 무릎을 꿇고 나지막이 탄식했다.

"주여, 한국인을 불쌍히 여기시고 우리를 도우소서."

K.L.O의 첩보작전

벤 프리트는 이승만 대통령의 간곡한 부탁을 상기했다. 이승만 대통령은 굳은 표정으로 벤 프리트의 손을 잡고 거듭 당부했다.

"화천 발전소만큼은 반드시 탈환해야 합네다. 나는 장군을 믿고 싶소."

"네, 각하. 반드시 화천 발전소를 탈환하겠습니다. 염려 마십시오."

하지만 B-29까지 동원하여 폭격을 감행했으나 도무지 화천댐은 무너지지 않았다. 미 공군 전투기가 연일 공중폭격을 쏟아 부었음에도 어찌된 영문인지 중공군의 대공 포대는 멀쩡했다. 이 때문에 화천댐 가까이에 접근을 할 수 없었다. 벤 플리트는 지휘관 작전회의를 소집했다. 작전회의에서 미10군단장이 보내온 항공정찰사진을 분석해 보았다. 중공군의 대공 포대가 배치되어 있는 장면이 촬영되어 있었다. 포대에 드러나고 있는 포신은 늠름해 보이기까지 하다. 큰일이었다. 해발 1000m나 되는 양쪽 산봉우리에 철벽같이 포진하고 있는 중공군의 포대를 해결하지 못한다면 화천댐 탈환작전은 장기전에 봉착할 수밖에 없다. 만약에 이대로 휴전이 된다면 화천댐은 북한에게 빼앗길 수밖에 없게 된다. 이승만 대통령과의 약속도 깨지고 만다. 벤 플리트는 고개를 내저었다. 미8군 사령관으로서의 자존심과 명예가 걸려 있는 문제이다. 명예를 생명으로 알고 살아 온 군인의 자존심이 걸려있다. 반드시 화천댐 수문 폭파작업을 완료하고 화천댐을 탈환해야 했다.

벤 프리트의 명령을 받고 급히 참석한 미 10군단장 헤리슨 소장은 항공 촬영된 사진을 토대로 중공군이 보유하고 있는 소련제 155미리 고사포가 양쪽 봉우리에 약 20문 정도가 관찰되고 있다고 브리핑했다. 중공군이 소련군의 군수품을 지원받고 있다는 사실은 알고 있었으나, 155 미리 소련제 고사포 20문을 화천댐에 집중배치 했다는 보고는, 사태의 심각성을 구체적으로 방증해주고 있다. 더구나 헤리슨 소장은 중공군이 점령하고 있는 지역의 동향에 대해 브리핑하면서 보급품이 속속 도착되고 있다는 것이다. 그렇다면 고사포에 장착될 포탄도 넉넉하다는 뜻이다. 벤 플리트 사령관은 헤리슨 소장의 보고를 브리핑 받으면서 고개를 갸웃거렸다. 대체 중공군이 어떤 이동수단을 가지고 있기에 탄약과 보급품을 충분히 보급 받을 수 있는지에 대해 의구심이 일었다. 더구나 하루에 한 차례 이상의 공군 포격을 받고 있음에도 어떻게 고사포가 한 문도 안 망가질 수 있는가 하는 문제와 어딘가에 적재되어 있을 포탄들도 무사할 수 있는지에 대해 도무지 이해할 수가 없었다. 굴속에 들여 놓았다가 공격을 할 때만 꺼내어 놓는 것이 아니고서야 작심하고 때려대는 공군의 폭격을 그렇게 간단하게 무위로 돌릴 수는 없는 노릇이다. 별라 별 생각이 다 들었다. 그야말로 불가사리라도 되는 것인지, 아니면 조립식으로 뚝딱하고 만들어내는 것인지, 아무리 생각해 보아도 중공군의 포대에 대한 의문은 그 답이 나오지 않았다. 그렇다고 그대로 두고 볼 수도 없는 것이어서 지휘부의 고민은 컸다.

"헤리슨, 중공군이 탄약을 어떻게 운반하는지에 대해 살펴보았소?"

"네, 사령관 각하. 중공군의 병력이 대거 충원되고 있습니다. 보급물자를 실은 소련제 트럭이 수시로 드나들며 보급품을 실어 나르고 있습니다. 이로 보아 중공군의 전략은 화천댐 사수에 명줄을 걸고 있는 것으로 파악하고 있습니다."

"그래요. 중공군도 화천댐의 중요성을 알고 있으니 호락호락 넘겨주지는 않을 것입니다. 그러면 탄약보급이 어떤 규모로 이뤄지고 있는지를 파악하여 탄약수송차량을 폭격할 수 있도록 동선과 시각을 파악해 보고해 주시오. 거기에서부터 실마리를 찾아봅시다."

"네, 각하. 정찰하여 보고 드리겠습니다."

해리슨 소장은 군단사령부로 돌아와서 예하 지휘관을 소집했다. 지휘관회의에서 나온 결론은 첩보부대를 투입하자는 것이었다. 첩보부대를 투입하여 근거리에서 중공군의 최근 현황을 정확히 파악하여 보고하기로 중지가 모아졌다. 미 10군단은 K.L.O 첩보부대를 운용하고 있었다. 특수부대에서 차출된 특공대원들로 조직되었으며 명령에 따라 언제라도 작전수행이 가능한 고도로 훈련된 한국인 특수부대원들이었다.

K.L.O 부대장은 즉시 고트(Goat)부대에 출동명령을 내렸다. 고트 부대장은 명령을 받고 무전사 김중호 하사를 비롯하여 다섯 명의 특공결사대를 차출하여 임무를 부여했다. 이들에게 주어진 임무는 만 24시간 동안 중공군의 이동현황과 탄약수송차량의 수송현황을 눈으로 확인하고 보고하라는 임무가 주어졌다. 임무를 부여 받은 특공대는 민간인 농부로 위장하고 미군 수송기에 탑승했다. 김중호 중사를 조장으로 5명의 고트부대 요원들은 중공군이 장악하고 있는 화천 인근 야산을 작전지역으로 정하고 낙하산으로 침투했다. 침투한 요원들은 야산에 비트(뚜껑있는 참호)를 구축하고 중공군의 동향을 관찰하기 시작했다. 비트는 동서남북의 방향과 접근로 위에 각각 총 5개의 비트를 파고 비트의 위는 나뭇가지로 위장하고 관측용 쌍안경의 구멍과 기관총의 총구만 내놓았다. 조장인 김 중사는 접근로 위쪽에 위치하여 접근로로 접근하는 적의 동태를 감시하며 만일을 위한 적의 공격에 대비했다. 극성맞은 모기떼들이 얼굴을 공격해왔다. 까만 바탕에 흰줄이 있는 산모기는 크기도 컸고 한 번 물리면 엄지손가락만큼씩 불어나는 것이어서 눈꺼풀을 물리면 눈을 뜨는데도 지장이 많았다. 그렇다고 해서 찰싹 소리가 나게

잡을 수도 없어 다만 손을 휘둘러 쫓아냈다. 등과 허벅지는 이미 수도 없이 물어 뜯겼다. 그래도 이를 악물고 참아냈다. 이들은 인간병기로 훈련된 특수요원들이었다.

산 아래로 비스듬히 내려다보이는 도로에 중공군 부대가 이동 중인 모습이 포착되었다. 기진맥진한 몰골로 한쪽 어깨에는 탄띠를 둘렀고 한쪽 어깨에는 식량 띠를 두른 중공군 병력이 긴 줄을 잇고 도보로 행군 중이었는데 그 끝이 하염없이 길었다. 중공군은 이미 상당한 시간을 걸어 온 듯 피곤이 역력했으며 길을 걷다 말고 스르르 허물어지는 병사들이 속출했다. 장교는 무릎이 꺾인 사병을 윽박지르며 기어이 일으켜 세워 걸음을 재촉했다. 그들은 패잔병들이었다. 패잔병들이 화천댐 발전소를 방어하는 전력으로 충원되고 있다니 놀라운 일이다. 후미 줄이 무너지고 있었다. 빵빵하는 크락숀 소리가 나며 보급품을 실은 소련제 군용트럭 다섯 대가 줄을 지어 이동하며 중공군의 전열을 길 가장자리로 몰아붙이며 달렸다. 트럭의 적재함은 호로로 덮여 있었고 차체가 출렁일 때마다 호로도 출렁거렸다.

그 때였다. 요란한 소리를 내며 유엔군 정찰기가 상공을 낮게 비행했다. 최대한 낮은 고도를 유지하려 했으나 인근 산과 산길에 붙어 있는 도로가 구불구불하기 때문에 정찰기는 상공에서 선회를 할 뿐 기총소사를 퍼붓지는 못했다. 중공군은 비행기 소리가 들리자 길 양쪽으로 산개하여 흩어져 허공에 총을 겨눴다. 그러나 사격하는 자는 없었다. 그들은 이미 충분히 지쳐 있었다.

김 중사는 쌍안경으로 이들의 태도를 샅샅이 훑어보았다. 탄창을 갈아 끼우거나 혹은 탄띠를 풀러 장전하는 자가 있는지를 확인하기 위함이었다. 김 중사는 쌍안경으로 중공군의 동태를 샅샅이 훑어보았으나 탄창을 갈아 끼우는 중공군을 발견하지 못했다. 중공군 장교 역시 총을 꺼내 들고 있었으나 정찰기를 향해 발사하려는 태도는 보이지 않았다. 이로 보아 중공군의 탄약보급 사정이 최악의 상태임을 미루어 짐작할 수 있었다. 김 중사의 특공대가 받은 임무는 중공군 사병 개인들에게 탄약과 식량이 충분히 지급되고 있는지의 여부도 들어 있었다. 뜻밖의 성과물이었다.

사실 중공군의 개인 식량과 탄약 보급현황을 구체적으로 확인하는 임무는 난제였다. 중공군을 사로잡아서 확인해 보는 일이 가장 효과적인 방법이었으나 특공대의 안위와 직결되기 때문에 이 방법은 아주 위험했다. K.L.O의 최규봉 대장은 이 방법을 사용할 경우 첩보대원들의 동선이 드러나기 때문에 후일을 위해서라도 이 방법만큼은 절대로 사용하지 말라고 지시했다. 따라서 어떻게 해서든지 관측에 의지하여 첩보를 빼내야 할 처지였다. 관측에 의지할 경우 탄약과 식량보급이 이뤄지는 현장을 관찰해야 하기 때문에 식량과 탄약보급이 이뤄지고 있는 적진의 심부까지 들어가서 관측을 해야 한다. 그러나 이 같은 방법은 적에게 노출될 위험이 커서 생포될 가능성이 높았다. 이런 이유로 미 10사단의 정보참모는 K.L.O 부대장에게 적군이 점령하고 있는 도로를 관측하여 탄약보급차량과 식량보급차량이 원활하게 수송되고 있는지의 여부만 정찰하고 보고하라는 명령을 내릴 수밖에 없었다. 이 문제가 김

중사 팀이 가장 어렵게 생각하고 있던 문제였다. 그런데 이 문제의 답이 의외의 곳에서 아주 간단하게 풀리고 말았다. 이제 남은 일로는 탄약보급차량에 대한 확인 여부만 남았다. 김 중사는 취득된 정보를 최 대장에게 한 시간 마다 무전으로 보고했다. 저녁이 되기까지 중공군의 수송차량은 11대가 움직였는데 탄약 수송차량은 관찰되지 않았다. 쾅쾅 엄청난 폭격소리가 들리며 폭격을 퍼부은 미 공군의 전투기들이 되돌아가는 모습이 육안에 들어왔다. 꼼짝하지 않고 생쌀을 씹으며 물을 마시는 것으로 식사를 끝내며 관찰했다.

이제 남은 것은 탄약차량의 야간 수송에 대비하여 비트를 산 아래쪽으로 옮겨야 했다. 야간에는 쌍안경으로 관찰을 할 수 없기 때문에 최대한 도로에 붙어 있는 언덕에 비트를 새로 설치해야 했다. 이들은 은밀하게 비트를 옮기고 야간관측에 들어갔다. 철수시간은 새벽 4시였다. 중공군 패잔병으로 위장하여 철수하여 좌표까지 이동해야 했다. 좌표에서는 4명의 대원이 철수를 돕기로 되어 있다. 진흙으로 얼굴 전체를 위장하고 비트 지붕으로 가리고 있었으나 부슬부슬 내리는 비에 젖은 비트는 대원들의 온 몸을 적시며 스며들었다. 도로에서는 중공군의 이동도 끊기고 척후병과 보초병들의 이동이 간간이 눈에 뜨였다. 달빛도 없이 비에 젖은 도로는 거무스름하게 가라앉아 있었고 이따금 중공군이 지나갈 때 비추는 전등불을 반사했다. 멀리 떨어진 민가에서 호롱불 불빛이 얼마 동안 비추었으나 그것도 꺼졌다. 멀리에서는 포성과 함께 조명탄 불빛이 화르륵 타오르다가 꺼지며 사위는 깊은 정적 속으로 빠져 들어갔다. 야간 관찰로 얻은 소득은 아무 것도 없었다.

결국 팀원들은 철수했다. 철수하는 길목에서 시체가 썩는 냄새와 화약 냄새가 풍겨 나왔다. 본능적으로 전투태세를 갖추며 코를 막았다. 혹시 화학탄을 사용했을 수도 있었기 때문이다. 곳곳에 중공군의 시체가 훼손된 채로 함부로 널려 있었다. 심하게 훼손된 시체는 파리 떼를 불러 모으며 썩어가고 있었다. 우여곡절 끝에 좌표에 도착했다. 좌표에는 지원 병력이 도착해 있었다. 이들의 도움을 받으며 철수에 성공했다. 이튿날 최규봉 대장은 정보책임 장교인 클라크 소령을 만나 취합된 보고 내용을 보고했다.

"적의 보급차량은 활발하게 움직이고 있으나 내용물은 확인할 수 없었습니다. 탄약수송차량은 발견되지 않았으며, 중공군의 개인 식량보급과 탄약보급은 거의 이뤄지지 않는 것으로 파악되었습니다. 다시 말해 탄약수송차량은 없었습니다."

"수고했소. 아군의 손실은?"

"무사히 귀대하여 현재 휴식 중에 있습니다."

"수고했소. 귀관도 휴식하시오."

클라크 소령은 최 대장의 보고를 받고 나서 사무실 안을 이리저리 걸으며 상념에 잠겼다. 어제의 폭격으로 중공군의 대공 포대는 박살이 났다. 그러나 오늘 정찰기에서 보내온 보고에 따르면 중공군의 대공

포대는 여전하다는 보고였다. 하루 밤 사이에 대공 포대 진지를 완벽하게 보수했다는 뜻이다. 그렇다면 대공 포대에 사용되고 있는 대공포의 교체와 탄약 충전이 이뤄졌다는 말이겠는데 아무리 생각해 보아도 답이 나오지 않았다. 클라크 소령은 첩보대원들이 관측한 내용을 취합하여 보고서를 올렸다. 이 정도의 포병이 화천발전소를 방어하고 있다면 당분간 화천발전소의 탈환은 불가능하다는 보고였다.

벤 플리트 사령관은 보고서를 받고 지휘부를 소집하여 보고서를 브리핑 하며 대책을 숙의했다. 오랜 시간을 숙의했으나 효율적인 방법은 나오지 않았다. 세워 둔 작전 계획대로 집행하는 것이 현재로서는 가장 나아 보였다.

군에서 첩보부대를 운영하는 목적은 적의 방심과 허를 찌르고 들어가서 아군에게 절대적인 승리를 안겨 주는 데 있다. 적이 전혀 상상할 수 없는 작전이나 발상으로 적을 흔들어놓는 것이 첩보부대의 역할이다. 하지만 한국의 첩보부대는 전적으로 미군의 지원을 받아야 했고 미군이 주는 정보를 토대로 운영되고 있어 한계가 많았다. 가장 치명적인 것은 중공군으로 위장시켜 침투시킬 첩보대원을 확보하지 못했다는 점이다. 이 점은 근거리 첩보를 요구하는 첩보전에서 치명적인 불리함이었다.

K.L.O 부대장은 대원들이 관측한 사실이 지휘부에서 공적으로 인정되지 않았다는 것과 신뢰를 줄만한 첩보인력을 확보하지 못한 한계를

탓해야 했다. 결국 만들어 내는 수밖에 없다.

 최 대장은 클라크 소령에게 거제도 포로수용소에서 북괴군을 차출하여 얼마간의 기초 훈련을 행한 후에 중공군으로 위장 침투시킬 수 있도록 해달라고 요청했다. 클라크 소령은 즉각 CIA 국장에게 보고한 후 극비 문서와 함께 고속정을 내주었다. 최 대장은 대원들과 함께 거제도 포로수용소를 찾아갔다. 포로수용소 소장에게 극비문서를 전달하고 북괴군 포로들의 신상명세서를 검토했다. 검토한 결과 3명의 후보자가 물망에 올랐다. 물망에 오른 후보자를 대상으로 K.L.O 대원들이 북괴군 복장을 하고 이들을 접촉했다. 접촉과 확인 작업을 거쳐 최후의 일인이 선택되었다. 오죽선이라는 인물이다.

 오죽선은 만주의 한족과 가장 흡사한 외모에 중국어도 능통했다. 이만하면 중공군도 완벽하게 속아 넘어갈 만 했다. 시간이 급했다. 오죽선은 일주일간의 특수훈련을 받았다. 중공군 포로의 신분증과 중공군 복장을 입혀 놓으니 감쪽같았다. 고속정으로 속초의 내금강을 통해 화천댐으로 침투시켰다. 침투 12일 후 적진을 누비고 돌아온 오죽선의 보고는 뜻밖이었다.

 "보고 합네다. 대공포대의 대포는 몽땅 전나무를 깎아서 만든 모조품입네다."

 "전나무로 깎아서 만든 나무 대포라는 말인가?"

"그렇습네다. 이 눈으로 똑똑히 확인하고 나도 전나무를 깎아 대포를 만드는 작업을 하고 왔시오."

"수고했다. 약속한대로 포로 교환 시 우선권을 주겠다. 돌아가서 편히 쉬도록"

"기럼, 물러갑네다."

오죽선은 겨우 이것뿐이냐는 표정으로 북괴군식의 거수경례를 했다. 불만으로 가득 찬 오죽선의 태도가 심히 불량스러웠다. 바닥에 침이라도 뱉을 기세였다. 최 대장은 책상에 앉아 오죽선을 주시하고 있는 김 하사를 불렀다.

"김 하사, 술집에 데려가서 회포나 풀어 주게"

"네, 대장님."

그제야 오죽선의 표정이 밝아지며 찢어진 눈매 안에 있는 검은 눈동자를 이리저리 굴렸다. 오죽선은 이마에 손을 붙인 거수경례 동작으로 연신 허리를 굽히며 책상에 앉아 있는 K.L.O 대원들에게 인사를 했다. 그 모습이 닮고 닮은 양아치와 같아 보여 대원들의 심기가 불편했다. 그렇지 않아도 북괴군에 대한 증오심으로 가득 차 있는 특수부대원들이었다. 오죽선의 불량한 태도를 보면서 참고 있자니 속이 부글부글 끓어

올랐다. 최 대장은 눈짓으로 대원들에게 못 본척하라는 지시를 내렸다. 선임하사인 최중립 하사의 손이 책상 모서리를 잡고 부들부들 떨었다.

김 하사는 큰 키에 선한 눈매를 가졌다. 그로 인해 특공대원이 되기까지 많은 손해를 입었다. 훈련의 강도가 높아지면 눈에서 독기가 흘러나오게 되어 있기 마련이다. 하지만 김 하사는 훈련의 강도가 높아져도 그대로였다. 본래가 태생적으로 선한 눈매를 가지고 태어났기 때문이었다. 하지만 국가를 지키기 위해 스스로 특공대원을 지원할 정도로 강단이 있었고 책임감 또한 출중해서 어떤 일을 맡기든 목숨을 아까워하지 않았고 맡겨진 일에는 목숨을 걸고 해냈다. 최 대장이 김 하사에게 오죽선의 회포를 풀어주라는 명령을 내리자 김 하사의 숯댕이 눈썹이 잠시 꿈틀거렸다. 최 대장이 김 하사에게 무언의 지시를 내렸다. 김 하사는 고개를 끄떡하는 것으로 최 대장의 사인을 접수했다는 표시를 했다. 명령에 따라 이내 오죽선을 이끌고 사무실을 나왔다. 사무실 밖으로 나온 김 하사는 대기하고 있던 지프의 운전병에게 민가로 가라고 지시했다. 짙은 국방색으로 도색된 지프는 부대에서 20분 거리에 있는 민가로 향했다.

김 하사는 오죽선을 이끌고 부대 앞 민가에 있는 작부집으로 발걸음을 옮겼다. 오죽선은 작부집의 빨간 간판을 보고는 연방 싱글벙글하며 생침을 삼켰다. 오죽선의 작은 눈이 탐욕스럽게 빛나며 동시에 경계를 풀었다.

"마담, 금순이 있어요?"

민가의 외곽에 떨어져 홍등을 밝히고 있는 작부집은 전쟁통에서도 멀쩡했다. 그 흔한 총격이나 폭격도 받지 않고 온전히 보전된 것은 이상한 일이었다. 총탄도 색시집은 피해가는 모양이라고 손님들은 이구동성으로 말했다. 길과 접해있는 현관은 굴렁쇠가 달려 있는 미닫이문이었다. 미닫이문은 유리창을 빨간 페인트로 발라서 안은 보이지 않았는데 깨진 유리창은 나무로 얼기설기 덧대어 종이로 발라 놓았다. 안에서 남녀의 떠드는 소리와 색시들이 젓가락으로 장단을 맞추면서 노래하는 소리가 흘러나오고 있었다. 농염하면서도 색스러운 목소리는 금순이의 목소리였다. 김 하사의 목소리를 듣고 마담이 문을 열고 달려 나와 호들갑을 떨었다.

"금순아, 김 하사님 오셨다. 잠깐 나와 봐라"

금순이는 자신의 치맛자락을 끌고 있는 손님의 손길을 살짝 뿌리치고 방문을 열었다. 마당 안에는 김 하사가 기다리고 있었다. 금순이는 마당으로 나와 김 하사를 맞이했다. 잠자리를 기대하고 온 손님의 의도가 있는 술을 여러 잔 받아 마신 후라 금순이의 뺨은 붉어졌고 입에서는 단내가 훅훅 끼쳤다. 금순은 이제 17살이었다.

"어서 오세요. 김 하사님"

금순이 김 하사와 오죽선에게 인사를 하면서 오죽선을 보고는 썩 좋지 못하다는 표정을 지었다. 슬쩍슬쩍 훔쳐보면서 경계의 눈빛을 보인다. 김 하사는 모르는 척했다. 모르는 척 해야 할 이유가 있었다. 마담이 앞서 별채로 향하자 김 하사는 오죽선을 앞세우고 마담의 뒤를 따랐다.

아담한 정원이 꾸며져 있는 마당 안쪽은 전형적인 양반가의 구조로 되어 있었다. ㅁ 자 형태로 지어져 있는 기와집은 남향으로 터를 잡고 넓게 퍼져 앉아 있는데 마치 여인이 치마를 넓게 펴고 앉아 있는 모습과 흡사했다. 전쟁이 나지 않았다면 행세깨나 했을 집안의 구조였다. 어떻게 이런 집이 색주가를 낄 생각을 했는지 모르겠다. 마담이 집주인과 친척 정도 이상의 친밀감이 있어야 하지 않을까 하는 정도의 생각이다. 정원을 사이에 두고 따로 떨어져 있는 방은 세 개였는데 열려 있는 방으로 안내했다. 방안에 들어가 깔려 있는 방석에 자리를 잡고 앉았다. 술자리가 무르익자 김 하사는 살며시 금순이를 불러내 몇 가지의 당부를 했다.

새벽이 되자 부대에서 보낸 지프가 대기하고 있고 운전병이 김 하사를 찾았다. 김 하사는 오죽선을 재촉하여 옷을 입혔다. 나오는 길에 금순이 김 하사의 손에 넌지시 쪽지를 전해주었다. 오죽선이 투덜거리며 찢어지게 하품을 하며 지프에 오른다. 그 틈을 이용해 쪽지를 펼쳐 보았다. 쪽지의 내용은 별것 없었다. "그대로 입니다"라는 짤막한 글이었다. 김 하사는 배웅을 하는 금순을 보며 고개를 까딱하는 것으로 고맙다는 표시를 했다. 가슴 속으로 또 다시 금순이를 이용했다는 자책감이 들어 괴로웠다. 고개를 흔들어 가라앉은 기분을 환기시켜야 했다. 부대로 돌아온 김 하사는 최 대장에게 보고를 올렸다.

"대장님, 오죽선의 말이 사실입니다."

"그래, 수고했어. 돌아가서 오죽선을 귀대시키도록 하게"

최 대장은 즉시 클라크 소령을 찾아 오죽선을 통해 얻어낸 정보를 보고했다. 깜짝 놀란 클라크 소령은 고개를 크게 끄덕이며 감탄하는 표정이 되었다. 설마 대공포를? 전나무로 깎아 위장시킨 대공포일 줄이야 꿈에도 상상하지 못했던 일이다. 명령을 받은 김 하사는 두 명의 대원들과 함께 오죽선을 거제 포로수용소로 귀소시켰다.

✱

17살 금순이

금순은 현인의 "굳세어라 금순아"의 주인공이었다. 1년 전 1.4 후퇴 때 영하 20도를 오르내리는 흥남 부두에서 오빠와 함께 미군의 LST를 기다렸다. 마침내 LST가 흥남 부두 앞에 도착하여 커다란 입을 벌렸다. 아비규환이 따로 없었다. LST에 승선하기 위해 험하게 다투는 아비규환 속에서 오빠를 잃었다. 오빠를 잃은 금순은 하루 밤을 흥남 부두에서 꼬박 뜬눈으로 새워야 했다. 악착같이 줄을 지켜야 했기 때문이다. 흥남 부두에는 항공기 연료를 내려놓은 빅토리아 호가 서둘러 출항을 준비하고 있었다. 하지만 빅토리아 호는 그대로 떠날 수 없었다.

아비규환 속에서 사력을 다한 끝에 빅토리아 호에 겨우 승선할 수 있는 행운을 잡았다. 빅토리아 호는 3일 동안의 항해 끝에 거제도의 장승포항에 도착하여 피난민들을 쏟아 놓았다. 항해 중에 배멀미를 견디지 못한 피난민들은 선실에 구토물을 가득 토해 놓았다. 구석에는 대변과 소변의 잔재까지 있었다. 구토물과 오물로 가득 찬 선실은 돼지우리와 흡사했다. 조심하여 발을 이리저리 옮긴 끝에 육지에 내릴 수 있었다. 장승포 항에 내린 금순은 오빠를 찾기 위해 움막을 기웃거리며 오빠를 찾아 나섰다.

항구를 벗어난 얕은 구릉에는 움막들이 즐비했다. 찢어진 천막을 이리저리 덧대 간신히 비를 피할 정도로 만들어진 움막에는 거적문이 달려 있었다. 금순은 거적문 사이로 움막 안을 이리저리 살펴보았다. 하지만 오빠는 찾을 수 없었다. 움막과 천막들이 몰려 있는 얕은 구릉에서 이만큼 떨어져 있는 야산의 끝자락에 거지 움막이 몇 개 있었다. 설마 하는 마음으로 거지 움막을 기웃거리다가 동냥을 마치고 돌아오던 무리들에게 붙잡혀 움막 안으로 끌려 들어갔다. 한 사내의 손길이 금순의 입을 사납게 틀어막았다. 사내들의 손길은 사나왔고 거칠었다. 금순은 야수로 돌변한 거지 패거리들에게 처녀성을 강탈당하고 말았다. 내일 죽을지 오늘 죽을지 모르는 전쟁터에서 오랫동안 여자를 가까이 해보지 못한 사내들은 굶주린 사자와 같이 금순을 덮쳤다. 얼마 후의 시간이 지났는지 모른다. 금순은 만신창이가 되어 움막 한 가운데 널브러져 있었다. 얼마 후 거지들이 구걸해온 깡통 밥을 얻어먹었다. 이후 빨래를 해주고 움막 안을 청소해 주며 거지들과 함께 지냈다. 그들은 동냥을 가면서도 감시자를 한 명씩 붙여 놓았다. 달포가 지났을 무렵부터 감시가 소홀해졌다.

금순은 감시가 소홀한 틈을 타서 도망 나왔다. 움막을 탈출한 이후에는 남자와 마주치기만 해도 다리가 후들거릴 정도로 두려웠다. 하지만 가진 것도 없이 도망 나온 금순은 정처 없이 걷기만 했다. 밤이 되어 인적마저 끊기자 골목길로 접어들어 기와 집 처마 밑 굴뚝 옆에 등을 기대고 주저앉았다. 얼기설기 진흙으로 만들어 놓은 굴뚝에서는 연탄가스가 흘러 나왔다. 연탄가스를 피해 달리 갈 만한 곳도 없고 허기지고 기진맥진하여 그저 끌어안은 보퉁이에 코를 대고 웅크렸다. 골목을 지나가는 남정네들 몇이 힐끔거리며 혀를 끌끌 차며 지나갔다. 어쩔 수 없었다. 낮에는 혹시나 거지들이 자신을 찾아 낼 것이 두려워 사람이 없는 곳으로 돌아다니다가 밤에는 이곳에 와서 잠을 잤다. 벌써 세 번째의 밤을 그렇게 맞이하고 있었다.

보퉁이를 잔뜩 끌어안은 채 보퉁이에 코를 박고 잠을 청하고 있는 금순의 등으로 오고 가는 사람들의 시선이 내려 꽂혔다. 금순은 그들의 시선을 등위로 느꼈으나 처음에만 슬며시 눈을 떠서 신발을 보았을 뿐 두 번째부터는 아예 눈도 뜨지 않았다. 살풋 잠이 들었나 보다. 누군가가 흔들어 깨우는 바람에 금순은 눈을 떴다. 잠들어 있던 사이에 눈이 내렸다. 골목길에 흰 눈이 소복이 쌓여 있었다. 눈을 뜬 금순의 어깨 위에도 눈이 수북이 쌓여 있었다.

"처녀, 처녀, 살아 있으면 눈 떠 봐, 내 말 들려?"

할머니는 금순을 흔들어 깨웠다. 동그만 어깨가 작을 데로 작아져 공처럼 말려 있는 몰골로 금순은 힘없이 눈을 떠 자신을 흔들어 깨우고 있는 할머니를 바라보았다. 잠이 덜 깬 탓도 있지만 금순의 눈은 초점을 잃고 텅 빈 눈으로 힘겹게 할머니를 올려 보았다.

"갈 데가 없구먼, 갈 데가 없어. 여기에서 이러고 있으면 죽어. 이를 어쩌나."

할머니가 걱정하는 소리는 멀리에서 들렸다. 자꾸 눈이 감기며 고개가 떨어졌다. 귓가에 발음이 분명하지 않은 웅웅거리는 소리가 들려왔다. 누군가 금순을 업고는 미끄러워진 골목길에 조심스럽게 발걸음을 내디디며 올라가고 있다. 금순은 대문이 열리는 소리와 소란스러운 가운데 이부자리에 눕혀지고 있다는 사실이 꿈속에서 벌어지고 있는 일인 양 가물가물해지는 기억과 멍해지는 현기증으로 수렁같이 깊은 잠 속으로 빨려 들어갔다.

"보소, 보소 이제 정신이 드오? 눈 뜨고 이것 좀 먹어 보소"

눈을 뜬 금순은 할머니와 중년 남자의 걱정 어린 시선과 마주쳤다. 할머니는 밥을 넣고 끓인 김치국을 금순 앞에 내려놓고 재촉했다. 금순은 김치국밥에서 나오는 칼칼하고 고소한 냄새와 멸치 냄새를 맡으며 정신을 차렸다.

"고맙습니다. 고맙습니다."

머리를 주억이는 금순의 팔을 잡아 할머니는 수저를 들려주었다.

"인사는 나중에 하고 밥부터 묵으라"

할머니의 성화에 금순은 김치국밥을 먹기 시작했다. 씹을 것도 없었다. 돌도 소화시킬 수 있는 젊음은 김치국 한 사발을 순식간에 비워냈다. 다 큰 처녀가 뜨거운 김치국물에 콧물까지 흘리면서 허겁지겁 먹는 모습이 불편해 보였는지 중년의 사내는 슬며시 자리를 떴다. 할머니는 이 모습을 보며 한 그릇을 더 퍼다 담아 주면서 혀를 찼다.

"이것도 마저 묵으소. 얼마나 배가 고팠을끼가"

할머니의 걱정스러운 말씀에 고개를 끄떡이며 감사의 마음을 표시하고는 사발을 들고 입에 댔다. 사발의 뜨거운 감촉이 입술이 전해지면서 이제야 살 것 같은 안도감이 들었다.

"아가씨 누구를 찾고 있소?"

"오빠를 찾고 있어요. 아무리 찾아봐도 찾을 수가 없네요."

"행색을 보아하니 피난을 온 것 같은데 갈 데는 있소?"

"함흥 부두에서 오빠와 헤어지고 난 뒤 하늘의 돌보심을 받아 빅토리호를 타고 간신히 피난할 수 있었어요. 오갈 데가 없는 신세랍니다."

"휴~~~ 이 엄동설한에 우짜면 좋노. 한 며칠이라도 몸을 추스르고 갈 데를 알아 보소"

"고맙습니다. 할머니 은혜를 잊지 않겠습니다."

말을 마친 할머니는 금순에게 쉬라 하고 나갔다. 얼마나 지났을까. 깊이 잠이 들었나 보다. 가슴이 답답하여 곤한 눈을 간신히 떴다. 눈동자가 어둠에 익숙해져 사물을 구별할 수 있기까지 금순의 눈은 허공을 맴돌았다. 그 때였다. 밖의 동정을 살피다가 슬며시 방문을 열고 나가는 사내의 뒷모습이 보였다. 반사적으로 아래로 손이 내려갔다. 허전했다. 꽁꽁 묶어 맸던 치마끈은 풀려 있었고 아랫도리에는 익숙지 못한 뻐근함이 느껴졌다. 눈물이 왈칵 쏟아졌다.

마치 아무 일도 없었던 것처럼 할머니를 봐야 했다. 중년의 사내는 금순과 눈이 마주치자 살며시 외면했다. 여인 특유의 직감으로 어젯밤의 사내가 중년의 사내임을 느낄 수 있었다. 중년의 사내에게는 살집이 두둑한 부인과 금순이 또래의 딸과 그 아래로 올망졸망한 형제들이 다섯이나 있었다. 고단한 삶의 흔적은 집안 곳곳에 남아 너덜거리고 있었다. 사내는 거룻배를 타고 통발을 놓아 고기를 잡는 어부였다. 부인인 아낙은 갯가의 바위에 붙어 있는 굴과 홍합 등을 따서 팔고 있었고 아이들은 제 어미를 따라 다니며 굴을 캤다. 사내는 팔면 큰돈을 받을 수 있는 커다란 넙치를 금순이 주라고 가져와서 금순이에게 먹였다. 사흘이 지나자 겨우 몸이 추슬러졌다. 나흘째 되는 아침에 할머니와 가족들에게 하직 인사를 드렸다. 보퉁이를 들고 나올 때 중년의 사내는 슬며시 따라와 여비에 보태라며 얼마의 돈을 보퉁이에 찔러 넣어 주었다. 자신 때문에 바삐 길을 떠나게 된 것이 못내 죄스럽다는 표정으로 중년의 사내는 극구 사양하는 금순의 보퉁이에 돈을 넣어 주고 돌아갔다. 사내가 찔러 준 얼마의 돈은 정처 없이 떠돌아야 하는 금순에게 큰 힘이 되었다. 그 돈으로 마산까지 올 수 있었다. 마산에서 방황하다가 우연히 만난 마담을 따라 이곳 진동리에 둥지를 틀었다.

진동리는 일명 색주가라고 불리는 색시 집이 여럿 있었다. 색시 집에는 마담 외에 금순이 또래의 여성이 5명이 더 있었다. 종순, 예자, 숙자, 경희, 말숙이였는데 모두가 본명을 그대로 사용했다. 하나같이 전쟁 통에 부모를 잃고 의지할 곳이 없는 처지에 마담의 눈에 뜨여 데리고 온 소녀들이었다. 색시집 안쪽에 있는 정원에는 장미꽃이 흐드러지게 피어 있었다. 5월 중순이었다. 일주일이 지나 꽃단장을 하고 손님상으로 나가게 되었다. 사흘이 지나고 난 뒤에 금순은 처음으로 밤손님을 받았다. 금순이 처음으로 밤손님을 받던 날 마담은 작심한 듯 금순에게 술을 먹였다.

"이제 눈을 떴니"

"물, 물…"

술에 취해 잠들었던 금순이 목이 타는 갈증을 느끼며 눈을 떴다. 김 하사가 물 주전자에서 물을 떠 금순이 입에 물잔을 대주었다. 물을 마시면서 정신이 좀 든다. 미군 부대에서 흘러나온 호야 등의 심지는 많이 줄여져 있어 사물이 희미하게 보였다. 얼마나 잤을까. 그리고 이 옆에 있는 남자는 누군가. 언제쯤부터 잠이 들었는지도 기억이 나지 않는다.

눈을 두리번거리며 금순은 낯선 잠자리에 자신의 눈을 적응시켰다. 그래, 옆 자리에서 술을 마시던 김 하사님이구나. 고향 오빠와 같이 친근했던 미남 오빠. 다행스럽다고 생각했다. 반쯤 일어나면서 자신의 몸매무새를 살펴보았다. 건드리지 않았구나. 한 편으로는 다행스럽고 한 편으로는 찜찜했다. 마담 언니에게 단단히 교육을 받고 자신이 해야 할 일이 무엇인지 확실히 알고 있었기 때문이다. 경험도 있었다. 남자가 여자 혼자서 자고 있을 때 어떻게 할 것이라는 것 정도는 잘 알고 있었다.

마담은 김 하사 일행이 회식을 하러 온 자리에 금순을 꽃단장시켜 내보냈다. 금순이 첫 손님을 맞게 된 날이다. 색씨가 되어 처음으로 마주한 김 하사에게 한눈에 호감을 느낀 금순은 자신의 첫손님으로 김 하사가 되었으면 했다. 지명손님이 아닌 이상에는 마담이 배정해 주는 손님을 따라가는 것이 불문율이기 때문이다.

"어떡해요. 제가 술을 못 마셔서 누추한 모습을 보여 드렸네요. 잠시 기다려 주세요. 씻고 올게요"

"안 그래도 된다. 정 꿉꿉하면 니 하고 싶은 대로 하고 온나"

김 하사가 너그러운 미소를 띠고 말했다. 금순은 일어나 우물가로 갔다. 정원 안쪽에 있는 우물가는 도르래가 달려 있었다. 두레박이 철썩 소리를 내며 떨어졌다. 도르래의 손잡이를 잡고 끌어 올렸다. 한 번 씻으려면 두레박질을 세 번은 해야 했지만 이번에는 네 번의 두레박질을 해서 대야에 충분히 담았다. 잠시 후면 처음으로 자신이 마음에 드는 남자와 잠자리를 하게 된다. 자신의 의지로 받아들이는 첫 남자이다. 어떻게 해야 하나. 가슴은 두방망이질을 하고 시간이 갈수록 더 설레었다. 이제야 여자가 된다는 것이 무엇인지를 알 것 같다. 이왕이면 김 하사의 마음에 쏙 드는 여자가 되고 싶었다. 아직 날씨는 추웠으나 무명수건으로 온 몸을 구석구석 닦아냈다. 물이 닿은 겨드랑이와 허벅지 안쪽에서 때가 밀렸다. 민망한 마음에 뺨이 빨개졌다.

"때는 아무리 깨끗이 씻어도 이렇게 나오니 어쩜 좋아"

마치 옆에 누가 있는 것이나 한 것처럼 얼굴이 빨개져서 읊조렸다.

출격의 아침

25일 아침, 오죽선의 보고 내용은 CIA 국장을 통해 벤 플리트 사령관에게 즉각 보고되었다. 이 보고를 토대로 국군 제 6사단에 토벌 명령이 내려졌다. 작전 명령은 미 해군 전폭기의 공격 종료와 함께 작전 개시하라는 명령이었다. 작전 명령을 하달 받은 국군 제6사단은 5연대를 주력으로 작전계획을 세우고 전투태세를 갖추고 대기했다.

항모 미드웨이호가 한국에 배치되기 전 조종사들은 대함對艦 작전에 필요한 어뢰 공격의 성공률을 높이기 위해 강도 높은 훈련을 받았다. 현재 공격 편대의 스카이 레이더기 조종사 중에 세 명의 대원이 그 훈련을 받았다. 로버트 베닛 중위도 그 중의 한 명이었다. 세 명의 조종사는 워낙 강하게 훈련을 받았기 때문에 어뢰 폭파에 대하여는 자신감이 있었다. 그러나 공격대의 나머지 다섯 명은 그런 훈련을 받은 일이 없었다. 때문에 어뢰는 생소했고 다루기에도 만만치 않았다. 실상 베닛 중위도 무기고에서 꺼내어온 어뢰가 자신의 전투기에 장착되는 모습을 보면서 신기해할 정도였다. 사실 어뢰의 실물을 본 것은 그날이 처음이었다. 그 동안은 모의훈련을 했을 뿐 실제의 어뢰로 훈련을 한 적은 한 번도 없었다.

함장 스트러블 제독은 심사숙고 끝에 결론을 내렸다. 어뢰공격조는 어뢰 공격 교육을 받은 경험이 있는 해군 항공단의 조종사 세 명을 선두로, 후방은 아더 크랩 대위, 프랭크 멧저 대위, 에디슨 잉글리쉬 대위가 맡았다.

편대 지휘 사령관으로는 메릭 대령을 임명했다. 메릭 대령은 대함 작전의 어뢰 공격 훈련을 지휘한 교관이기도 했다. 스카이레이더기 편대의 편대장은 해럴드 구스타프 칼슨 중령이 그대로 유임되었다. 폭격 편대는 2기 1조로 편성하여 6대의 스카이레이더기는 3조로 편성했다. 1조는 메릭 대령과 칼슨 중령이 각각 2발씩의 어뢰를 장착하고 선두기로 나섰다. 2조는 아더 크랩 대위와 에디슨 잉글리쉬 대위가 각각 2발씩의 어뢰를 장착했다. 3조는 프랭크 멧저 대위와 로버트 베닛 중위가 각각 1발씩의 어뢰를 장착하고 배후기로 임무를 부여 받았다.

호위기인 콜세어기의 편대장은 지난 번 작전에 참여했던 E.A. 파커 소령이 그대로 임명되었다. 콜세어기의 임무는 전폭기가 임무수행을 할 수 있도록 완벽 엄호와 적의 대공 포대를 제압하여 불능상태로 만들어야 하는 중요한 임무가 주어졌다.

드디어 스카이레이더기의 양쪽 날개에 어뢰를 장착하고 엔진 테스트를 마쳤다. 1951년 5월 25일 아침 09:30 이었다. 출격준비를 마친 메릭 대령은 즉각 스트러블 제독에게 출격신고를 했다. 스트러블 제독으로부터 출격 명령이 떨어지자. 10:00 정각에 편대는 항모 미드웨이 호의 활주로에서 굉음소리와 함께 발진했다.

스카이레이더기를 선두로 이륙한 편대는 전투비행대형을 유지하고 좌표로 이동했다. 6기의 스카이레이더 전폭기를 5기의 콜세어기가 호위대형으로 옹위하며 동해 바다 상공을 가로질렀다.

"각 편대기 현재 상황 보고하라."

"현재 고도 15000 피트, 정 방향. 게이지 정상, 기체 이상 없음"

"각 편대기는 산악지대의 대공 포화에 유의하고 전투대형으로 전환 할 것, 이상. 사령관"

"옛써"

사령관 메릭 대령의 명령에 따라 콜세이 기들이 급히 상승 고도를 높이며 간격을 크게 벌렸다. 그 사이 스카이레이더기도 급상승하며 간격을 넓혔다. 콜세어기는 전방과 후방 그리고 양쪽 측방으로 흩어져 호위했다. 콜세어기 편대장기는 고도를 높게 잡고 상공으로 치고 올라갔다. 상공으로 치고 올라간 편대장기는 스카이레이더기를 내려다보며 혹시 모를 상공의 침투를 감시하며 경계 비행했다.

"CNO, 여기는 메릭, CNO, 여기는 메릭"

"여기는 CNO 감도 좋다. 메릭 대령 보고하라"

"여기는 메릭, 사령관 각하, 현재 동해상공을 비행 중이며 스카이 6기, 콜세어 5기 좌표로 이동 중입니다."

"메릭, 기분은 어떤가"

"네, 각하. 좋습니다. 성공할 것이라는 예감이 듭니다."

"좋아. 제군들 건투를 비네, 승전 보고를 기다리겠네."

"네, 각하."

벤 프리트 사령관과 교신을 마친 후 시야에 백두대간의 푸른 산들이 나타났다. 레이다 상에서 적군기는 탐색되지 않았다. 오전 11시 30분 정각. 항모 미드위에 호에서 출격한지 1시간 30분 만에 좌표인 파로호에 도착했다. 파로호는 숨을 내쉬고 있었다. 양쪽에 위치한 거대한 산봉우리 아래 굽이치는 곳에서 하얀 물결을 토해냈고 햇빛을 받는 곳마다 물비늘이 만들어지면서 햇빛을 불어내고 있었다. 에메랄드 빛깔의 호수는 정적에 둘러싸여 고요히 숨을 쉬고 있었다. 산봉우리 아래로 몇 개의 연기가 보였다. 중공군이 점심식사 준비를 하고 있는 연기였다.

오전 11시 30분. 콜세어기 2대가 선두에 나서며 상공을 선회했다. 뜻밖에도 중공군의 대공 포화는 없었다. 스카이레이더 선도기인 1조가 공격대형으로 파로호에 접근했다. 폭격기의 소리를 들은 중공군들이 바삐 움직이며 대공포대의 포문을 열고 발사했다. 대공 포대를 확인한 콜세어 기가 즉시 포대 위에 폭탄을 투하하며 기총소사로 대공 포대를 초토화시켰다. 콜세어 기들이 대공 포대를 찾아내서 폭격을 하는 동안 스카이레이더기들은 3개 조가 공격 타이밍을 맞추기 위해 상공을 선회한 후에 파로호의 수면에 맞춰 고도를 낮추어 잡고 진입했다.

선도기인 1조의 메릭 대령과 칼슨 중령이 조종하는 스카이레이더기는 진입지점에 들어서면서 수면에 스칠 듯 고도를 낮춰 잡았다. 스카이레이더기는 마치 수면에 빨려 들어가는 것 같이 아슬아슬한 장면을 연출하며 낮게 날았다. 수면과 일직선으로 날며 평행을 유지했다. 속도는 최대한 낮추며 속으로 하나, 둘, 셋 하고 외쳤다. 셋은 타격점이었다. 이 지점에서 어뢰를 투하하고 즉시 급상승해야 했다. 입속으로 둘을 세었을 때 L자 형으로 꺾어진 부분이 끝나며 숨어 있던 수문이 드러났다. 셋과 동시에 어뢰를 투하 했다. 투하된 어뢰는 수면 아래에 잠시 잠겼다가 스크류의 반동으로 수면위로 둥실 떠올라 수문을 향해 방향을 잡고 돌진했다.

 메릭과 칼슨은 어뢰를 발사한 후 즉시 기수를 꺾으며 급상승했다. 심장의 박동수가 최고도에 달하며 잠시 정신이 아득해졌다. 스스로 느낄 수 있을 정도로 심장의 박동이 쿵쿵소리를 내며 감각되었다. 이마와 등에 식은땀이 흘렀다. 댐 위로 급상승한 메릭과 칼슨은 즉시 아래를 내려 보았다. 어뢰는 스크류에서 발생하는 거품으로 항적을 남기며 수문을 향해 돌진했다. 그러나 얼마 후 추진력이 약해지면서 방향이 틀어지고 계곡의 바위를 타격하고는 폭발해 버리고 말았다. 실패였다.

 선도기의 뒤를 이어 2조의 아더 크랩 대위와 에디슨 잉글리쉬 대위가 조종하는 스카이레이더기가 타격점에 들어서서 어뢰를 발사했다. 2발씩 총 4발의 어뢰가 시간차를 두고 발사되었다. 발사된 어뢰는 풍덩 소리를 내며 수면에 잠겼다가 이내 수면위로 부상하며 항로를 잡았다. 수문을 향해 시간차를 두고 발사된 총 4발의 어뢰는 긴 꼬리를 물고 수문을 향해 돌진했다. 스크류가 돌면서 발생하는 물기포가 힘차게 뿜어져 나왔다. 메릭과 칼슨이 발사한 어뢰보다 스크류의 회전속도가 빨랐다. 어뢰는 긴 항적을 남기면서 수문을 향해 속도를 냈다. 번쩍하며 수문에 작렬한 어뢰가 터지면서 불꽃이 사방으로 튕기며 파편이 흩어졌다. 수문은 굉음을 내며 두 쪽으로 갈라졌다. 갈라진 수문으로 댐의 물이 쏟아져 내렸다. 급상승하며 댐 위로 치고 올라간 크랩과 잉글리쉬는 환호성을 발했다. 뒤를 이어 3조가 달라붙었다.

타격점에 도달한 3조의 프랭크 멧저 대위와 로버트 베닛 중위가 각각 1발씩의 어뢰를 투하했다. 투하된 어뢰는 잠시 머리를 숙이는 듯 하더니 이내 머리를 들고 쏜살같이 수문을 향해 발진했다. 멧저 대위와 베닛 중위가 급상승하여 댐 위로 솟구쳐 올랐을 때 아래에서는 어뢰에 맞아 두 개의 수문을 지지하고 있던 기둥이 폭파되고 있었다. 어뢰를 투하하자마자 댐 위로 급상승해야 충돌을 면할 수 있는, 일촉즉발의 한 순간에서 자칫하면 어뢰를 투하하지 못하는 불상사도 발생할 수 있었다. 그러나 시뮬레이션으로 충분히 숙지한 타격점에서의 발사에서 실패한 조종사는 한 명도 없었다. 어뢰가 철로 만든 수문에 작렬하며 폭발하는 순간 계곡 안은 엄청난 폭음과 화약 냄새로 진동했다.

중앙 수문은 완전히 파괴되어 두 동강이가 났다. 두 번째 수문은 직경이 3미터가 넘는 구멍이 만들어졌다. 수문을 지지하고 있던 시멘트 지주 하나는 어뢰에 맞아 부러졌다. 폭파된 두 개의 철제 수문은 수압을 이기지 못하고 통기듯 쓰러지면서 댐의 물은 수문을 밀어내고 세차게 쏟아져 내렸다. 댐 아래의 계곡으로 엄청난 양의 물이 쇄도하며 격류를 만들어냈다. 국군과 유엔군은 총을 들고 미 해군 폭격기를 향하여 두 손을 흔들며 환호했다. 동시에 중공군은 혼비백산하여 어쩔 줄을 모르고 우왕좌왕하고 있었다.

"CNO, CNO 여기는 메릭"

"여기는 CNO, 메릭 대령 말하라."

"각하 보고 드립니다. 좌표의 수문은 삭제되었습니다."

"브라보, 브라보, 메릭 대령, 수고했소. 치하하오. 아군의 피해는?"

"아군의 피해는 전혀 없습니다. 각하."

"수고했어, 메릭 대령. 항모로 돌아가서 푹 쉬도록 하시오. 특진이 기다리고 있을 것이오. 대원들 수고했오. 작전 성공을 치하하오. 오 마이 갓"

"넷, 각하. 감사합니다."

화천댐 수문 폭파 작전은 무려 1시간 30분 동안이나 진행되었다. 조종사의 한계를 시험하는 위험하기 짝이 없는 작전을 성공으로 이끈 주역들은 이제야 실감이 나기 시작했다. 작전 사령관 메릭 대령은 편대원들을 치하한 후 편대를 지휘하여 항모 미드웨이호로 귀대했다. 미 8군 사령관 벤 플리트 대장에게 보고를 마친 메릭은 이어 함장 스트러블 제독에게 작전 성공을 타전했다. 스트러블 제독은 뛸 듯이 기뻐하며 공적을 치하했다. 긴장감이 풀리며 나른한 만족감으로 사지가 풀렸다. 전방의 항로는 시야가 툭 터져 있었으며 하늘은 구름이 개어 깨끗했다. 편대는 태백산맥 위를 비행하고 있었으며 저 멀리 동해가 보이기 시작했다.

태백산맥에서 동해로 진입하는 항로는 한국에서만 볼 수 있는 기가 막힌 풍광을 제공해 주었다. 푸르른 산과 산 사이로 시냇물이 흘렀다. 낮게 깔려 있는 구릉들은 초록색으로 청량감을 주었으며 구릉 아래에는 마을이 보였다. 논과 밭 그리고 그 사이를 두고 드문드문 흩어져 있는 초가집들의 지붕이 정감 있어 보였다. 가끔씩 보이는 기와집의 권위적인 풍경도 좋았다. 한국의 풍경은 은근히 마음을 이끄는 매력이 있었다.

편대는 이윽고 동해 상공에 들어섰다. 검푸른 바다는 마치 고래이빨처럼 흰거품을 물고 무리를 지어 발생하는 파도에 따라 긴 주름이 잡혔다. 그것들은 어느 때는 미니스커트의 주름과 같이 짧게 퍼지던가 아니면 롱드레스의 주름처럼 찰랑거리는 긴 거품의 띠가 만들어지곤 했다. 파도는 가고 오면서 바다에 거대한 그림을 그리고 있었다. 그 그림 중에는 거대한 산이 옮겨지는 것과 같은 그림이 있었고 북극의 빙산이 쪼개지며 분리되는 것과 같은 그림도 그려졌다. 이 그림들은 너무나 크고 웅장해서 화폭으로 옮겨 놓을 수도 없는 경이로운 그림들이었다.

마침내 항모 미드웨이호의 위용이 드러났다. 항모의 갑판에서는 이미 착륙 준비를 다 마치고 편대의 착륙을 기다리고 있었다. 가까이 다가가자 스트러블 제독을 위시하여 항모의 전 대원이 갑판에 도열해 있다. 작전 성공에 대한 치하와 축하를 해주기 위한 행사를 준비한 모양이다. 편대 사령관 기는 양쪽 날개를 흔들고 항모 위를 선회하며 승리를 알렸다. 편대기들도 사령관의 뒤를 따라 양쪽 날개를 흔들며 항모에 인사했다. 갑판에 모여 있던 스트러블 제독을 위시하여 전 승조원들이 두 손을 흔들며 승리에 대해 축하했다. 수병들은 자신의 빵모를 하늘로 집어 던지며 최고의 찬사를 보냈다.

편대 사령관 기를 선두로 갑판에 안착한 편대는 헬멧을 왼쪽 손에 안아 들고 행사장 중앙으로 이동했다. 군악대의 팡파레가 울려 퍼졌다. 승전 보고를 마친 편대원들은 함장의 명령에 따라 휴식에 들어갔다. 저녁은 승전 만찬을 겸한 파티로 예고되었다.

막상 자리에 누웠으나 잠이 오지 않았다. 엄청난 순간을 경험한 편대원들은 자신들이 불과 한 시간에 직접 체험한 작전 시의 긴장감과 위험성 그리고 작전의 성공으로 인한 흥분으로 인해 모세혈관까지 팽창함을 느껴야 했다. 찰나의 순간에 생과 사가 바뀔 수 있는 작전이었다. 아찔했던 위험천만의 순간들이 연상되었다. 조종사의 눈에 거대한 댐이 가득 들어오는 순간에는, 아찔한 두려움에 어뢰 투하를 위한, 순간적인 조작에 실패할 수도 있었다. 만약에 어뢰투하의 순간에 실패했다면 실패했다는 자괴감에 사로잡혀 찰나의 3초에서 멍해질 수도 있었다. 그랬다면 댐과 충돌하고 말았을 것이다. 이제 정신이 들고 이성적으로 판단을 할 수 있는 시간이 오자 그 점이 가장 크게 다가오는 것이다. 이것은 식은땀이니 뭐니 등으로 설명을 할 수 있는 성질이 아니었다. 죽음에 대한 공포를 생각할 여지도 없이 찰나에 충돌하는 그것에 대해 어떤 말로도 설명할 수가 없다. 사실 이 작전에서 편대사령관을 비롯한 스카이레이더기 조종사들 전원이 오줌을 싸고 말았다. 댐 위로 급상승하는 순간에 오줌보가 열렸다.

파일럿은 아무리 유능한 탑건이라고 해도 착륙 시에는 급속한 긴장감과 온몸이 오그라드는 압축감으로 인해 생리현상을 스스로 조절할 수 없는 상태에 빠지곤 한다. 따라서 파일럿에게는 속옷 속에 기저귀를 착용하게 되어 있다. 그렇다고 누가 오줌을 쌌는지 안 쌌는지를 구분할 수는 없다. 하지만 그만한 경험이 있기 때문에 화천댐 수문 폭파작전 정도의 작전수행이라면 반드시 오줌을 쌌을 것이라고 추측할 수 있었다. 잉글리쉬 대위가 슬며시 베닛 중위를 불렀다.

"베닛 오줌 안 쌌어?"

"쌌습니다. 선배님."

대위 진급을 앞에 두고 있던 베닛은 막내로 불렸다. 베닛 중위가 얼굴이 빨개진 채로 대답했다. 잉글리쉬는 살며시 미소를 지었다.

"베닛, 사실은 나도 쌌네."

잉글리쉬는 입 속으로 우물거렸다. 별로 자랑거리도 아니거니와 후배에게 자신의 치부를 공개하는 것 같은 생각이 들었기 때문이다. 잠시 뒤채이던 대원들도 서서히 밀려오는 잠에 온 몸이 풀려지며 깊은 잠 속으로 빨려 들어갔다.

이 작전의 성공은 전 세계의 전쟁역사에 있어서 최초의 사건이자 특이한 양식의 작전으로 기록되었다. 작전에 참가하여 성공한 대원들의 명예로운 이름도 역사의 기록으로 남았다.

특이한 전투 양식의 표상이 된 화천댐 수문 어뢰 폭파작전의 성공에는 미 해군 조종사의 발군의 솜씨만 있었던 것이 아니었다. 급강하와 급상승이 자유롭고 어뢰 발사 속도에 맞추어서 저공 저속으로 비행할 수 있는 해군 공격기로 디자인 된 스카이레이더기의 뛰어난 성능이 덧붙여져 성공할 수 있었다. 당대에 미 해군이 보유한 스카이레이더기의 성능을 따라 잡을 수 있는 전투기는 없었다.

미 해군의 스카이레이더기에 의한 어뢰공격으로 수문이 파괴되자 화천발전소의 수문을 방패로 삼아 항전하고 있던 중공군은 우왕좌왕했다. 전의는 완전히 상실되었고 시시각각으로 덮쳐오는 죽음에 대한 공포를 느껴야 했다. 사기충천하여 노도와 같이 덮쳐오는 미연합군과 한국군의 공격 앞에서 중공군 정예 63 군단은 도주로를 찾기에 급급했다.

같은 시각, 공격 명령을 기다리고 있던 국군 6사단의 주력 부대인 5연대는 화천댐의 수문이 파괴되고 미 해군의 폭격기가 의기양양하게 귀대하는 모습을 지켜보며 두 팔을 들어 올리며 전투기의 승전 귀환에 찬사를 보냈다. 미 해군의 스카이레이더기와 콜세어기는 양 날개를 흔들어 화답했다. 전투기들이 동쪽으로 항로를 잡고 시야에서 사라질 즈음 연합사령부로부터 "총공격" 명령이 떨어졌다. 5연대는 사방팔방으로 도주하고 있는 중공군의 뒤를 거세게 몰아붙였다. 정유산 군장이 인솔하는 중공군 63군단의 잔여 병력들은 화천댐의 양쪽 1000 미터 고지의 능선을 따라 북쪽으로 방향을 잡고 도주했다. 도주하는 중공군의 뒤로 연합군의 전투기가 따라 붙었다. 전투기의 표적이 된 중공군은 전투기의 기총소사에 무참히 쓰러져 갔다.

북쪽으로 방향을 잡고 도주하던 중공군들이 다시 되돌아 왔다. 미24사단의 21연대, 미7사단의 17연대, 국군 6사단의 19연대가 화천과 춘천을 연결하는 춘천 축선과 가평과 지암리를 연결하는 가평 축선을 완전히 장악하고 있었기 때문이다. 퇴로마저 막히자 중공군은 속수무책이었다. 이미 보급품은 바닥을 보였고 일부 병력은 총탄마저 고갈된 상태였다.

남쪽의 아군은 중공군과 북괴군을 거듭 치고 올라오면서 양평을 장악하고 양평 축선을 구축했다. 양평 축선이 구축되자 중공군은 춘천 축선과 가평 축선 그리고 양평 축선의 삼각형 포위망에 갇혀버리고 말았다. 삼각형의 포위망 속에 갇힌 대규모의 중공군은 필사의 탈출을 시도했다. 벼랑 끝에 몰린 중공군은 화천댐과 북한강에 뛰어 들어 강을 건너 도주하려 했으나 대부분이 익사하고 말았다.

화천댐 수문 전투에서 국군 6사단 5연대는 5월25일 하루 동안 중공군 포로 3만 8천명을 사로잡는 대전과를 올렸다. 당시 사단장 장도영 장군은 "후퇴하는 중공군을 추격하여 길가에 늘어진 중공군을 쓰레기 줍듯이 트럭에 실어 담았다. 아군의 소대 병력이 적 대대병력을 무더기로 생포하는 진풍경이 연출되었다."라고 회상했다.

5월 25일, 국군과 연합군은 중공군 제 10, 25, 27연대와 중공군 해병 1연대를 격전 끝에 화천의 구만리 저수지에 수장시켰다. 이튿날까지 진행된 토벌작전으로 인해 파로호의 수면 위에는 널브러진 중공군의 시체로 가득 찼다. 이 날 전투에서 중공군 6만 2천명이나 되는 대부대가 사살되거나 생포되었다. 동시에 아군도 341명의 전사자, 부상 2011명, 실종 195명의 피해가 발생했다. 대단한 전공이었다. 이상과 같은 전과는 세계 전쟁사로 기록이 되었다. 이 공로로 국군 6사단은 이승만 대통령으로부터 부대 표창을 받았다. 이승만 대통령은 중공군을 궤멸시킨 저수지라는 뜻으로 화천댐 저수지(구만리 저수지)를 「破虜湖(파로호)」라고 명명하고, 전승비를 세웠다. 중공군 63군단은 '팔로군'으로 불리는 중공군이 자랑하는 주력부대였다.

휴전 이후 파로호에서 나오는 물고기는 '중공군의 시체를 먹고 자란 물고기'라는 별명이 붙었다. 특히 낚시 등으로 잡힌 대형물고기는 중공군의 고기를 뜯어 먹고 자랐을 것이라는 꺼림칙한 생각까지 들었다. 따라서 인근에서는 사 먹는 사람이 없어 부러 춘천장까지 나가 소양강에서 잡은 고기로 둔갑되어 팔렸다.

"혹시 파로호 물괴기 아니오?"

"그런 소리 말아요. 소양강에서 운 좋게 이놈을 잡았슈. 인상 좋은 손님이 있으면 좀 싸게라도 팔라고 내온 것인디 살려면 사고 말려면 마쇼."

"소양강에도 이렇게 큰 고기가 있나. 어째 미심 적은데"

손님이 물고기 머리와 배를 함부로 꾹꾹 눌러 볼 때마다 다라이에 담긴 고기는 홰를 치듯 꼬리를 흔들었다. 그 힘찬 기세에 우물쭈물 하던 손님이 주머니에 손을 넣어 돈을 꺼내는 것을 훔쳐 보고 있던 어부는 냉큼 봉지를 꺼내 물고기를 우겨 넣었다. 손님이 셈을 치르고 몇 발자국 멀어졌을 때 어부는 득의한 미소를 지었다.

"아따 한 건 했다. 물고기 이마에 주소가 써 있는 것도 아닌디 뭘 물어 보나. 냅다 사지. 사람 살을 뜯어 먹은 물고기는 약도 되고 좋은 벱이여"

2부

파로호의
침묵

✦

고슴도치섬

모터보트는 물안개가 거뭇하게 피어나고 있는 수면 한 가운데를 갈랐다. 경쾌한 모터소리와 좌우로 갈라지는 물보라가 사방에 휘날렸다. 속도가 높아지자 모터보트는 독이 바짝 오른 코브라처럼 머리를 바짝 치켜들었다. 선수 아래로 쪼개진 수면은 선체 바닥과 부딪치며 수막을 형성했다. 모터보트는 그 위를 통기며 미끄러지듯 나아갔다. 쪼개지는 수면에서 튀어 오른 물방울이 좌우로 갈라지며 희미한 물안개를 만들었다. 물안개는 뱃전에 부딪치면서 수연의 얼굴을 할퀴고는 머리카락을 뒤로 쓸어 넘겼다. 수연의 선글라스에 물안개 자국이 뿌옇다. 운전대를 잡고 있는 수연의 모습은 활기가 넘쳤다. 목에 맨 하늘색 실크 스카프가 바람이 나부꼈다. 상큼한 모습에 건우는 키스하고 싶은 생각이 울컥 치밀어 올랐다. 뺨에 살짝 입술을 댔다. 5월의 장미꽃 향이 묻어 나왔다.

"휴가 기분이 나네요. 어때요? 상쾌하지요?"

수연이 긴 머리를 흩날리며 선글라스 사이로 눈빛을 빛내며 곱게 웃었다.

"굳, 아주 좋아. 꿈만 같아"

"그럼 꿈에서 깨어나게 해 줄게요."

수연이 갑자기 운전대를 꺾었다. 물결을 거스르는 소리가 촤르르르 소리를 내며 물살이 급히 갈라졌다. 보트는 쓰러질 듯 기울며 수면을 박차고 튀어 오르듯 솟구쳤다. 건우는 자칫 중심을 잃고 물속에 텀벙 빠질 뻔 했다. 보트는 고슴도치 섬을 한 바퀴 돌고 북한강 상류를 거슬러 힘차게 올라갔다.

"꺄르르"

낭패한 얼굴을 하고 있는 건우의 모습을 보며 그녀는 소녀와 같이 까르르 소리를 내며 웃었다. 자신 있어 보이는 모습이 무척이나 밝아 보인다. 강바람과 맞서고 있는 그녀의 매력은 또 다른 상큼한 매력이었다. 한 시간이나 달렸을까. 눈앞에 거대한 물줄기를 뿜어내고 있는 화천댐의 위용이 눈앞에 드러났다. 거대한 장관에 눈을 빼앗기고 있는 사이 수연이 말했다.

"여기에 정박해 두고 댐 안의 선착장에 가서 보트를 빌려야 해요. 연락해 두었으니까 준비되어 있을 거예요."

수연이 전화를 하고 난 뒤에 몇 분이 되지 않아 슈트를 입은 청년 두 명이 나타나 제방 위에서 손짓을 하며 수연을 불렀다. 수연은 그 중의 한 명에게 보트를 맡겼다. 둘은 서로를 밀고 끌어 주며 제방을 벌벌 기어올라 왔다. 둘이 타고 온 보트를 안전한 곳에 정박한 청년이 차에 오르고 나서 지프는 출발했다. 댐을 돌아 선착장에 도착하여 지프에서 내리자 청년은 모터보트를 내주었다.

파로호는 화천댐을 중심으로 호리병과 같은 형태로 협곡 사이로 흐르고 있었다. 그 모습이 마치 깊은 소에 몸을 담그고 목을 길게 내밀어 숨을 쉬고 있는 용과 같았다. 일견하기에도 묵직한 기상이 엿보였다. 건우는 깊은 물속을 빨아들이듯 물속을 응시했다. 바로 이곳에서 역사적인 대사건이 일어났다. 계곡 안쪽으로는 아직도 거뭇한 물안개가 고요히 피어나고 있었다. 물안개는 역사 속에 침몰되어 있기에는 억울하다는 표정으로 보트 앞으로 다가왔다. 가까운 곳에서 커다란 물고기가 튀어 오르더니 다시 자맥질로 물 속 깊은 곳으로 되돌아갔다.

"수연씨 이곳 파로호가 내게 무슨 말을 하고 싶어 한다는 느낌을 주네요. 마치 할 말이 있어서 나를 여기로 불러 온 것 같다는 묘한 느낌이 들어."

"어머 그렇게 생각해요? 아마 내게 잘해 줘라 이렇게 말하고 싶은가 봐요. 호호"

"참내 그렇게 말해 놓고는 민망하지요? 얼굴에 써있네, 써있어."

"어머머 어쩜 그렇게 남의 속을 잘 알까. 미워요. 미워"

"저기에 잠시 대봐요."

건우는 모래밭이 있는 작은 만을 가르쳤다. 수연은 작은 만에 보트를 댔다. 둘은 소나무에 밧줄을 걸고 보트를 고정시켜 놓고 오솔길을 걸었다. 구름을 뚫고 아침햇살이 쏟아진다. 햇볕은 제법 따가왔다. 사실은 뇨의를 느껴 내린 것인데 막상 소변을 보고 오겠다는 말이 안 나온다. 손을 잡고 걷다가 잠시 기다리라고 해 놓고는 건우가 급히 숲으로 들어간다. 수연이 눈치를 채고는 몸을 돌렸다.

"수연씨 상류 쪽으로 다시 가 봅시다. 이제부터는 사진을 촬영해야 해요."

"알았어요."

보트의 양편으로 보이는 풍경은 마치 병풍을 둘러친 것과 같은 협곡의 형태를 띠고 있어서 이 물 한가운데로 비행기가 양쪽 날개를 펼친

채로 왔다 갔다 했다는 기록은 납득하기가 쉽지 않았다. 자꾸만 헬기가 연상되었다. 헬기라면 충분히 이 물 위에서 작전을 펼칠 수 있겠다. 비행기로는 어림도 없겠다는 생각이 들었다. 파로호는 생각 보다 넓었다. 2시간 정도 상류와 하류를 오가며 지리를 익혔다. 지형적 특성을 훑어보며 메모하면서 사진 촬영을 했다. 허기가 진다. 시계를 보니 벌써 점심시간이 되었다.

"점심 드셔야지요. 뭘로 드시고 싶어요?"

"매운탕이나 회 밖에 뭐 다른 게 있을라구, 수육이 땡기는 데. 힛힛"

"수육 잘 하는 데가 있어요. 그럼 그리로 가요."

수연이 인도한 곳은 나루턱에 있는 수육전문점이었다. 간판에 아무 말도 없이 그저 빨간 글씨로 크게 "수육" 이라고 써 있었다. 주인의 성격이 보이는 듯하다. 평일임에도 불구하고 많은 차들이 주차되어 있었다. 자리를 잡고 앉자 수연을 알아 본 주인이 직접 주문을 받는다.

"늘 드리던 것으로 드릴까요?"

"그래 주세요. 건강하셨지요?"

"그럼요. 덕분입니다. 오늘은 변호사님과 함께 안 오시고 따로 오셨네요. 산삼주도 내올까요?"

주인은 건우를 흘깃 바라보며 누구냐는 표정으로 수연에게 주문을 확인했다. 수연은 환하게 웃으며 고개를 끄덕여 확인해 주었다. 주문을 받고 돌아가는 주인이 몇 번이고 뒤를 돌아보며 건우의 모습을 살핀다. 이렇게 되면 한 마디 안 할 수 없어 슬며시 수연의 표정을 살피며 물어 보았다.

"변호사라니 웬 남정네와 자주 왔다는 뜻인데 그 남정네가 누굴까?"

묻고 나니 속에서 질투심이 확 일어났다. 자주 온 사람이라면 수연이 말했던 4명 중의 한 명이라는 뜻이겠고 최근까지 만남이 이어졌다는 뜻이 아니던가. 질투심을 들키지 않으려고 표정관리에 애를 쓰면서 수연의 다음 말을 기다렸다.

"오빠, 오빠하고 가끔 왔어요. 한 달에 한 두 번 꼴로"

"오빠가 변호사라면, 내가 아는 이름 깨나 있는 변호사 중의 한 분일 것 같다는 느낌이 확 오는데 누구?"

"아마 오빠가 건우 씨 보자고 연락할거예요. 오빠도 건우 씨 알고 있더군요. 사실은 오빠가 건우씨를 적극 추천해 줬어요."

"어이구 이거 갑자기 오줌 마려워지네. 내 잠깐 다녀올게요."

"빨리 다녀오세요. 곧 나올 거에요."

"응 알았어요. 다녀올게"

화장실은 현대식이었다. 의외로 깨끗하고 모던했다. 시골의 수육 집들은 대개가 구석에 거미줄이 쳐져 있는 간신히 재래식을 면한 화장실을 쓰고 있었는데 이곳의 화장실은 웬만한 대형 음식점의 화장실과 비교를 해도 손색이 없었다. 쿨러를 달아 놓아 손을 말리게 되어 있고 소변기는 평범했으나 양변기가 달린 화장실은 각각 독립되어 있다. 천장에는 공기배출용 닥트가 달려 있어서 밖으로 냄새가 나오지 않도록 잘 처리되어 있었다. 오히려 식당의 실내 시설이 화장실의 시설 보다 뒤 쳐진다. 손을 말리고 나서 자리로 돌아 왔다. 자리에 앉자마자 기다리고 있었다는 듯 이내 상이 차려졌다.

부추와 쪽파를 잔뜩 깔고 김으로 익힌 수육이 찜통채로 커다란 도자기 쟁반에 담겨 나왔다.

"오빠가 나를 보면 뭐라고 할지 영, 감이 안 잡히네, 뭐라고 할 것 같아요?"

"그야 저질러 놓은 일이 있으니 잘했다고는 안 할 것이고 어떻게 책임을 질 것이냐 뭐 이런 정도의 말이 오고 가겠지요. 헤헤"

"뭐 그런 정도라면 얼마든지 감당이 되지. 괜히 떨었네"

"한 잔 받으세요. 산삼주예요."

"으음 산삼주? 가득 따라요."

"넵"

낫낫한 기분으로 산삼주를 한 잔 꿀꺽하고 삼켰다. 원래 약이란 것은 한꺼번에 털어 넣고 꿀꺽 소리가 나도록 삼켜야 한다. 입안에 털어 넣자 속에서 불덩어리가 같은 것이 슬슬 움직이는 것 같이 화끈거렸다.

"오빠는 고기를 다 먹을 때까지 3잔을 마셔요. 그래야 약발이 난데요. 저는 한 잔 밖에 못 마셔요."

"그렇단 말이지. 그럼 한 잔 더 줘요."

세 잔을 마시고 나니 온 몸이 저려왔다. 머리끝에서 불이 나는 듯 하고 속은 불덩어리들이 돌아다니는 것 같았고 온 몸이 홧홧거렸다. 산삼이고 뭐고 후회가 막심했다. 그 때였다. 수연이 말했다.

"참, 오빠가 이거 세 잔 마시면 몇 시간은 누워 있어야 한댔어요. "

듣는 이 처음이다. 세 잔을 마시면 몇 시간이나 누워 있어야 한다? 이거 큰일 났구나 내일 출근하려면 준비할 것도 많이 있는데, 내심으로는 점심을 먹고 나서 몇 컷의 사진을 찍고 오후 3시쯤에 출발하려고 했다. 찍은 사진은 파일 작업을 해야 하고, 연관이 있는 기사에 실어주던가 아니면, 사진을 바탕으로 기사 거리를 작성해 두어야 하기 때문이다. 만약 퇴근 시간과 겹치게 되면 피곤해진다. 어쩔 수 없다. 밤늦게 출발해야겠다.

"빨리 출발해야겠어요. 눈이 헤롱헤롱 합니다."

"어머 어쩌누. 진짠가 봐."

주인의 극진한 인사를 뒤로 하고 보트를 몰아 선착장에 도착했다. 사용료를 지불하고 화천댐 아래 제방에 묶여 있는 보트를 타고 집으로 돌아 왔다. 보트가 수면 위를 치고 나갈 때 수면과 보트바닥을 통해 전달되는 통통거림은 건우의 속을 뒤집어 놓았다. 겨우 참고 집으로 돌아와 벌렁 드러누웠다. 머리 꼭대기에 열꽃이 피고 있다. 온 몸이 불덩어리같이 뜨거워지면서 온 몸이 반란을 일으킨 듯 하다. 하도 뜨거워 샤워를 하려고 하는데 수연이 말린다. 이겨내야 한단다. 땀을 내서 스스로 체온이 조절되도록 두어야 한단다. 땀을 흠뻑 내면 잠이 오고 한 잠 자고 나면 효력을 느낄 수 있단다. 머리에 있던 열꽃이 온 몸으로 퍼졌다. 옷을 다 벗었는데도 열기를 감당할 수가 없다. 땀이 비 오듯 쏟아져 눈을 뜨기에도 거북한 상태가 되었다. 욕실 가운으로 갈아입은 채로 땀과 씨름을 하는데 온 몸에 열꽃이 피어 있는 것이 꼭 홍역을 앓는 듯하다. 하악 하악 된숨을 쉬며 열꽃과 싸우다가 어느새 잠이 들었다. 한 시간이나 잤을까. 일어나자 마자 부모님께 출장 문제로 며칠 못 들어간다고 전화 드렸다. 편집부 분위기가 궁금하여 전화를 했더니 안 기자가 받는다. 토라진 목소리가 귓전을 때린다. 무언가 모를 죄책감 같은 것이 일어나 최대한 립서비스를 하고 전화를 마쳤다. 휴우~ 깊은 한숨이 저절로 터져 나왔다.

여름이 오는 길목

건우는 수연의 연락을 받고 급한 마음으로 분주하게 움직였다. 네비에 입력해둔 수연의 집은 등록지로 등록되어 있었다. 네비는 경춘 고속도로를 통해 소양강변으로 가는 가장 빠른 길로 안내했다. 톨게이트를 빠져 나오자 가속페달을 힘주어 밟았다. 가속페달을 깊게 밟자 굉음을 내며 힘차게 반응하는 엔진의 힘이 등받이를 통해 전달되어 왔다.

5월에 들어선 계절은 아직 초록으로 갈아입지 못한 여린 나뭇잎들로 나목을 가렸고 야산에는 철쭉꽃들이 마지막 힘을 다해 꽃을 피워 올리고 있었다. 뿌옇게 내려앉은 대기는 곧게 뻗은 아스팔트의 까만색 위에 희뿌연 회색빛을 드리웠다. 오가는 차량에서 뿜어져 나오는 전조등 불빛은 힘을 잃었고 회색빛이 내려앉은 경춘 고속도로는 무거워 보였다.

건우는 습관적으로 라디오의 스위치를 켰다. 디지털 액정에는 교통방송에 맞춰진 주파수가 빨간색으로 표시되었다. 습관적으로 켜는 교통방송은 귀중한 정보를 전달해주는 메신저였다. 마침 교통실황을 방송 중이었다. 교통실황정보가 끝나고 아침 음악프로가 진행되었다. 때때로 좋은 음악과 함께 흥미로운 주제로 엮어가는 음악프로는 장거리 운전에 큰 활력을 불어 넣어 주곤 했다.

이제 막 도로의 곡선이 시작되면서 완만한 언덕의 끝이 보인다. 언덕의 끝은 대기의 압력에 짓눌린 회무에 가려 까만 두 줄로 보이고 있다. 가속 페달을 힘주어 밟았다. 네비에서 전방의 속도감시카메라 경고와 제한속도를 안내한다. 빠르게 치고 나가는 속도에 차창으로 회무가 걷히면서 아스팔트길이 선명히 드러난다. 아스팔트 길 옆으로 어느 정승의 무덤인지 규모가 큰 무덤이 보였다. 상석 주변으로 철쭉꽃이 더미더미 화사하게 피어 있다.

그녀가 나를 불렀다. 주느비에브가 뱅상을 부르듯 애원하는 목소리로 불렀다. 도무지 혼자서는 운전을 하고 갈 수 없을 것 같으니 데려다 달라고 했다. 전화기 너머로 들려오는 수연의 목소리는 금방이라도 울 것 같았다. 수연의 음성이 뇌리에 맴돌면서 마음은 조급해져 자신도 모르게 가속페달에 힘이 실렸다. 다시 네비에서 경고메시지가 흘러나왔다.

"뱅상, 난 죽어가고 있어. 보고 싶어. 마지막으로 한 번만 더 보고 싶어. 당신을 보고 만져보고, 당신 목소리를 듣고 싶어. 보고 싶어. 뱅상 난 죽어가고 있어"

뇌리에서 주느비에브가 뱅상을 애타게 기다리고 있는 모습이 자꾸 연상되어 왔다. 눈을 홉뜨고 전방을 주시하고 있는데도 뇌리에서는 뱅상과 자신이 동기화되고 주느비에브와 수연이 동기화되었다.

"의사가 나한테 마지막이라고 하는 거야. 난 마치 긴 꿈에서 갑자기 깨어난 사람처럼 자신에게 물었지. 이제 나한테 남은 게 무얼까 하고. 그것은 당신이었어. 우리가 함께 나누었던 것. 뱅상. 우리 두 사람의 사랑, 그리고 클라라, 그 애의 실종…… 이게 내 삶이야. 이 삶이 누린 기쁨과 상처. 나머지는 하나도 중요하지 않아. 왜 삶의 밝은 면만 기억해야 하는 걸까? 빛을 눈부시게 만드는 건 어둠인데 말이야. 만일 우리가 클라라를 잃지 않았다면 어땠을까? 아마도 난 순간의 가치를 몰랐을 거야. 슬퍼하지 마, 뱅상. 영원은 시간 속에 있는 게 아니라 깊이 속에 있어. 그것이 주는 현기증 속에 있어. 현기증이 일어나 뱅상"

건우는 눈을 힘주어 감았다가 뜨고 액셀을 세차게 밟았다. 수연과 헤어져 집으로 오던 날에도 갑자기 타르디의 소설 "영원한 것은 없기에"가 생각났었다. 그리고 지금 수연에게 달려가고 있는 자신이 뱅상이며 집에서 기다리고 있는 수연이 주느비에브로 감정이입 되었다. 바람과 같이 질주하고 있음에도 수연이 못 견디게 절실해졌다. 건우는 이모션 상태로 빠져 들어가는 자신의 감정을 컨트롤하기 위해 안간힘을 썼다.

차는 어느새 소양강을 굽어보는 시내외곽에 들어섰다. 소양강을 따라 긴 커브길이 구불거리며 눈앞에 펼쳐진다. 긴 한숨을 내쉬며 갓길에 차를 세우고는 수연에게 20분 후에 도착한다는 문자메시지를 보냈다.

꽃불

 설핏 잠이 들었었나 보다. 화들짝 놀란 수연은 침대에서 튕기듯 일어나 앉았다. 잠시 정신을 추스르는 짧은 시간에 건우의 얼굴이 클로즈업되어 왔다. 아물거리는 기억 저편에서 건우는 하얀 치아를 드러내며 시원스레 웃고 있다. 불과 얼마 전의 일인데도 아주 오래된 일이나 되는 것처럼 아련하다. 수연은 몽롱한 눈에 힘을 주어 또렷하게 만들었다. 하지만 그것도 잠시, 건우와 있었던 특별한 일들이 기억의 꼬리를 물면서 여운을 남긴다. 마치 어느 정도 마른 본드가 이쪽 손가락에서 저쪽 손가락으로 늘어 붙는 것처럼 기억의 꼬리를 물고 놓아주려 하지 않았다. 눈이 시리도록 달콤했던 기억들은 시간이 지날수록 더욱 선명해 지고 건우의 동작 하나하나에 의미가 부여되고 자신의 반응이 되새김질 되면서 아쉬운 반성으로 이어졌다. 그 반성은 "좀 더 잘 할 수 있었는데"였다. 이렇게 반성하고 난 뒤에는 아쉽고 허전한 여운이 남았다. 그도 그럴 것이 반성하기 위해 반추하는 장면들은 울림이 큰 장면들이었기 때문이다.

아무리 이성으로 억눌러도 휘발유에 불이 붙는 것처럼 찰나의 순간에 혹하고 살아나 정수리까지 덮어버리는 극적인 장면에 대한 회상은 도무지 통제가 되지 않았다. 흠칫 몸이 떨리면서 전율이 온몸을 타고 흐르는 순간의 기억들은 도미노 현상을 불러왔다. 기억의 편린들은 연쇄반응을 일으키며 또 다른 아찔한 기억을 계속 떠올리게 만들었다. 여기에 한 번 매몰되니 현상세계로 돌아오려고 하는 의식마저 쉽지 않았다. 기진맥진한 끝에 겨우 '그럼 어떡해, 첨인걸'로 마무리 되었다. 사흘 전에 건우를 보내 놓고는 매일 이 타령이다. 오늘 아침도 또 그 분이 오셨다.

"이런 때에는 커피를 한 잔 마셔야 해"

수연은 벌떡 일어나 커피 물을 커피포트에 따르며 "건우 씨"하고 탄식하듯 불러 보았다. 이렇게 살짝 불러도 대답을 해 줄 것만 같은 마음이 든다. 응석이 자꾸 늘어서 탈이다. 흰색 바탕에 보라색 커다란 붓꽃이 그려져 있는 커피 잔을 찻잔에 받쳐 들고 침대로 돌아와 애교스런 자태로 걸터앉았다. 반쪽 책상다리로 앉은 것인데 평소에는 본능적으로 싫어했던 자세였다. 커피 잔에 담긴 커피의 짙은 향은 수연이 발걸음을 옮기는 대로 출렁거리며 따라왔다. 잔을 입으로 가져가자 코끝에 감각되는 커피 향이 고소했다. 향을 음미하며 한 모금을 머금었다. 뜨거운 커피는 입안에 맴돌기도 전에 목을 타고 내려간다. 입 안 가득 커피의 향이 돌렸다. 윗니에는 닿지도 않았는데 입안 전체로 퍼져나갔다. 이제야 가물거리던 눈망울이 초롱해진다. 어깨와 허리에 나른한 피로감이 전해지면서 하품이 크게 밀려나왔다. 커피 잔을 내려놓고 기지개를 켠다. 나른한 피로감이 양 어깨에 들러붙어 있다가 뽀드득 소리를 내며 떨어져 나간다. 긴 하품에 어깨까지 움찔한다.

"엄마"

하필이면 하품 끝에 엄마가 튀어나오다니 이게 뭐람. 그날 밤에도 그랬다. 건우와 처음으로 살을 섞고 여자가 된 날. 난생 처음으로 남자를 맞이하는 순간에도 신음처럼 엄마가 불러졌었다.

수연은 어제 밤부터 오늘 새벽까지 무척이나 분주하게 보냈다. 건우의 부모님께 인사를 드리는 날이기 때문이다. 건우가 부모님께 인사드리자고 했을 때, 수연은 가슴에서 철렁하는 소리를 들었다. 기다렸던 일이고 계획에 들어 있던 일인데도 막상 눈앞에 닥치니 갑자기 머리가 텅 비어 버리고 아무 것도 손에 잡히지 않았다. 친구들이 장래의 시부모 되실 분에게 인사드릴 날을 잡으면 공포에 비견될 만큼 떨린다고 말했을 때 수연은 동의하지 않았다. 사랑하는 남편의 부모님께 인사를 드리는 일은 자연스러운 일이지 그것이 공포에 비교될 정도로 두렵고 떨리는 일인가 싶었다. 하지만 자신이 막상 닥쳐보니 그녀들의 말이 맞았다. 건우로부터 불과 일주일 전, 오빠와 함께 있던 자리에서 통보를 받았던

데 통보를 받은 날부터 지금까지 실수 연발이다.

커피를 마시고 있는데 건우에게서 출발했다는 문자메시지가 도착했다. 건우의 잔잔한 배려가 새삼 고맙다. 즉시 건우에게 전화를 하고 싶은 충동이 일었지만 짐짓 모르는 체하고는 건우의 배려를 즐겼다. 그런데 건우가 출발했다는 문자를 확인한 순간부터 거짓말처럼 노곤해지더니 눈꺼풀이 감겨왔다.

수연의 집은 소양강변에 붙어 있었다. 소양강변에서 건우의 집이 있는 서울의 홍제동까지 가려면 꼬박 3시간이 걸리는 거리이다. 평상시 같으면 문제가 되지 않는 거리지만 현재와 같이 정신 줄이 오락가락하는 상황에서는 대단히 부담스러운 거리이다.

건우는 오고 가는 길이 멀어서 걱정된다며 금요일 퇴근 후에 수연의 집에 들러 함께 자고 자신이 운전해서 함께 가는 것이 어떻겠느냐고 제안했다. 하지만 수연은 한사코 거절했다. 시부모 되실 분들에게 초행인사를 가면서 보란 듯이 함께 자고 난 뒤에 인사를 가는 것은 예의가 아니라는 것이 이유였다. 부모님께 인사를 시키는 것은 결혼을 전제로 교제함을 허락해 주고 예비 며느리로 인정해 달라는 간청이지, 두 사람이 이렇게 되었으니 그런 줄 아시라는 통고가 아니라는 것이 수연의 지론이었다. 부모님의 입장에서 보면 아들을 잘 키워 며느리가 될 여인에게 인사를 받게 되었으니 얼마나 대견하실까. 앞으로 아들과 행복한 가정을 이루고 예쁘게 살아 줄 현명한 여인을 보고 싶은 것이지, 제멋대로 자란 여인에게 인사를 받고 싶은 것은 아니라는 말에 건우는 입을 다물어야 했다. 건우는 수연의 주장에 이의를 제기하기는 했으나 뒷심은 없었다. 수연의 말이 지극히 당연했기 때문이다. "부모님은 새사람을 며느리로 받아들이고 싶은 것이지 잘 키운 아들을 며느리에게 빼앗긴다는 인상을 받으면 반대하실 것이 분명하다"는 수연의 말은 그대로 마침표가 되었다.

수연은 연밥을 만들어 찬합에 담았다. 찬합 옆에는 손잡이가 우람한, 커다란 대나무 바구니가 놓여 있었다. 조심스러운 손길로 연밥을 찬합에 넣으며 말했다.

"건우 씨, 오는 길 많이 힘들었지요? 미안해요. 너무 떨려서요."

"아니 괜찮았어. 당신 생각하면서 뱅상처럼 달려왔어요."

"부모님이 저를 보시면 뭐라고 하실까요? 생각할 때마다 두근거려서 숨이 막혀요."

"어머니는 기다리는 눈치이고 아버지는 벌써 오케이 하셨으니 마음 편히 가져요."

수연이 연밥을 마저 담으며 후하고 깊은 숨을 내쉬었다. 잘 쪄진 연밥은 푸르른 색이 살짝 감도는 연한 노란 색으로 변해 있었다. 수연은 연밥을 찬합에 정갈하게 담았다. 네모의 형태로 잘 쪄진 연잎은 명주실로 꽁꽁 싸매져 있었다. 건우는 연밥을 보며 불현듯 어릴 때에 가지고 놀던 커다란 종이딱지가 연상되었다. 딱지치기에서 제일 좋은 딱지는 달력으로 만든 딱지였다. 적당한 탄력이 있어서 상대방의 딱지 속으로 파고들어 뒤집어버리는 기능이 탁월했다. 달력의 뒷면은 하얀색이지만 앞은 형형색색의 사진이 인쇄되어 있었다. 가끔은 여배우의 수영복 차림에서 브래지어 부분이 딱지로 접히는 때도 있었다. 남자 아이들은 그걸 보면서 낄낄거리며 웃었다. 그 때를 회상하면서 건우의 입가에 슬며시 미소가 번졌다.

"어머, 그 웃음은 무슨 웃음? 혹시 비웃음?"

건우의 표정을 읽고 있던 수연이 즉각 반응했다. 건우는 어릴 때에 딱지치기 하며 놀던 때가 생각나서 웃었노라고 답했다. 수연의 얼굴에도 미소가 떠올랐다.

"건우 씨, 어릴 때에 어떤 모습이었을까 궁금해진다. 흐음"

수연이 건우의 아래 위를 훑어보며 건우의 어릴 때의 모습을 상상하며 남아 있는 잔재를 추적하며 즐거워했다. 건우의 아래 위를 훑어보던 수연의 눈빛이 달콤한 눈빛으로 변하며 두 뺨에 홍조가 피어났다.

그날 저녁, 그러니까 건우가 수연과 함께 이 집에서의 마지막 날 저녁에도 수연은 연밥을 만들어 주었다. 그때 장래 시부모님께 드리기 위해 연밥 만드는 방식을 배워 두었다 했다. 워낙 손길이 많이 가기 때문에 아주 가끔 밖에 해먹을 수 없는 것이 흠이지만, 호반 옆이기 때문에 연잎을 쉽게 구할 수 있다는 장점도 있다면서 정성을 다해 연밥을 만들었다. 찹쌀을 불린 후에 밤, 대추, 잣, 호두, 연실을 골고루 넣어 연잎으로 꽁꽁 여며 작은 시루에 넣어 쪘다. 시루에 넣어진 4개의 연밥은 두꺼운 박스 종이로 투박하게 만든 커다란 딱지 같은 모습으로 보였다. 연밥은 이제 막 피어 오르기 시작한 증기를 온몸으로 거부했다. 얼마의 시간이 흐르고 난 뒤에 연밥은 수연의 손에서 조금씩 떼어져 건우의 입 속으로 들어갔다.

꼬집기에도 아까운 사람

　홍제동에 도착하여 부모님께 인사를 드렸다. 건우의 부친 김찬영 실장은 기상청 분석실의 실장으로 국장급이었다. 어머니 손연지 여사는 교육청의 장학사였다. 두 분의 첫만남은 기상청 담장에 흐드러지게 피어 있는 5월의 장미를 사이에 두고 이뤄졌다.

　기상청과 교육청은 등급이 같은 국가기관으로 철제 낮은 울타리가 경계였다. 남성이라면 쉽게 넘어 갈 수도 있는 높이였다. 기상청의 담장에는 장미넝쿨이 담을 따라 둘려 5월에는 장미꽃이 만발했다. 교육청 여직원들은 점심시간에 장미꽃을 보기 위해 담장에서 커피를 마시거나 벤치에 앉아 장미향을 맡으며 즐거워하곤 했다. 5월 14일 스승의 날을 하루 앞두고 점심 식사를 마친 두 분은 운명처럼 장미향에 이끌려 철제 담장 사이로 서로의 얼굴을 마주보았다. 싱그러움과 풋풋함이 장미향에 둘려 감미로운 분위기 속에서 두 얼굴이 마주 보았다. 기품 있는 기상이 느껴지는 남자였다. 큰 키에 약간 내려다 보는 그윽한 눈빛과 윗 입술선이 또렷한 입술은, 입맞춤을 하려고 다가오는 것 같은 착각을 불러 일으켰다. 여자는 심장의 급한 박동소리를 느끼며 잠시 동안 얼어붙어 그의 눈길을 받았다. 현기증이 일었다. 무릎에 힘이 풀려 주저 앉을 것 같아 자리를 피해 사무실로 돌아왔다. 몇 걸음 못 가 뒤를 돌아 보니 그는 그 자리에서 자신을 지켜보고 있었다. 깜짝 놀라 도망치듯 서둘러 자리로 돌아왔다. 남자는 점심시간이면 그 자리에 나타나 기다리는 눈치였다. 며칠 동안 교육청 복도에서 그 사람을 훔쳐보았다. 미칠듯한 끌림이 있었으나 억눌러 참았다. 장미향이 기승을 부리듯 교육청 마당까지 퍼져 왔을 때, 마침내 그녀는 그와 마주했다. 떨려서 그의 얼굴을 마주 보지도 못하고 땅바닥을 바라보다가 무슨 말인지도 모를 몇 마디의 말을 주고 받았다. 다음날 그녀는 커피를 두 잔 가지고 가서 그를 만나 건네주었다. 그의 흐뭇한 미소와 함께 장미향이 사위에서 퍼져왔다. 장미향에 취했는지 그녀의 머리에 온통 폭죽이 터졌다. 세 번째 커피를 전해 주었을 때 그는 편지를 내밀었다. 죽을 듯이 놀라 남이 볼세라 허둥대며 편지를 사무복 주머니 속에 감추었다. 헤어질 때 그는 말했다. "꼭 나오세요" 가슴이 터질 듯 했다. 그의 편지를 펼쳤을 때부터 놀랐다. 활자로 박은듯한 정자체의 글씨는 감탄을 자아냈다. 김찬영이라 했다. 5남매 중의 둘째이며 기상분석실의 주사보로 근무 중이라는 소개와 함께 이틀 뒤 퇴근 후에 한양 삼계탕 집에서 만나자고 했다. 이제 자신의 오른쪽에 새로운 심장이 생긴 것 같다라는 글로 자신의 마음을 표현했다. 깜짝 놀란 연지는 자신의 왼손으로 오른쪽 가슴에 손을 댔다. 기가 막혔다. 자신의 오른쪽 가슴도 뛰고 있었다. 얼굴이 새빨개진 채로 연지는 중얼거렸다. 생각할 시간을 두고 만나자는 말은 나더러 죽으라는 거다. 이틀 동안 고민 폭탄을 안고 살라는 거다. 첫 만남인데 커피점도 아닌 삼계탕 집에서 만나자는 말은 두 번 죽이는 거다. 얼굴도 마주 볼 수도 없는 사람 앞에서 어떻게 닭다리 뼈를 쪽쪽 발라 먹을 수 있겠나. 이틀 동안 연지는 동당거렸다.

한양 삼계탕은 정동 드라마 센터 옆에 있는 아주 유명한 식당이었다. 광화문 종합청사와 전파감시국 치안본부 등이 가까이 붙어 있었고 동양방송국이 있어서 유명인사들이 줄을 대는 곳이었다. 한양 삼계탕에서 나와 드라마 센터 앞으로 걸어가면 서대문과 광화문이 만나는 대로가 길을 가로 막았고 교차로를 건너면 기상청 가는 길과 교육청 가는 길이 나왔다.

삼계탕 집에서 첫 데이트를 하고 다음날부터 연지는 찬영에게 담장 너머로 뭐를 하나씩 전해 주었다. 딱 하나씩만 주었다. 여름에는 자두, 복숭아를 주었고 가을에는 사과를 겨울에는 귤 하나를 주었다. 최고로 아름답고 큰 한 알의 과일은 얼마나 닦았는지 피가 날 정도로 광채가 났다.

"당신의 얼굴을 보는 것은 공짜가 아니랍니다. 하여 당신같이 빛나는 과일 하나를 바칩니다." 건우에게서 두 분의 이야기를 듣고 난 뒤에 수연은 감탄하면서 함축된 의미가 이런 뜻이라고 풀었다.

한 해가 지나 5월의 장미가 흐드러지게 피어 있는 고운 날, 서로가 처음 만났던 날이 마침 토요일이었다. 결혼식은 교육청 강당에서 성대하게 치러졌다. 신혼여행에서 돌아 와 출근을 했을 때 둘이 처음 얼굴을 보았던 철제 담장에는 없던 문이 하나 생겼다. 이름하여 오작문이라 했다. 두 사람을 위해 문을 터주었다 했다. 이후 오작문을 통해 기상청 직원과 교육청 직원 수십 쌍이 결혼에 골인했다.

두 사람은 흘겨 보거나 꼬집지도 않았다. 꼬집기에도 아까운 사람이라는 말이 두 분의 입에서 동시에 나왔다. 건우는 두 분의 지극 정성을 받으며 자라났고 두 분의 사랑이 각각의 심장이 되어 서로의 심장에서 뛰고 있음을 보았다. 5월의 장미였다.

인사 받으세요

　수연은 긴장감 속에서 두 분께 인사를 올렸다. 정결하고 단아한 모습에 두 분은 지극히 만족하며 인사를 받았다. 수연이 정성을 다해 만든 연밥을 받으시고 흡족해 하시며 식사하는 내내 칭찬과 덕담으로 수연의 마음을 어루만져주셨다. 수연이 건우에게 데리러 와 달라고 간청한 것에 죄송하다고 사과하자 어머니는 아버지의 얼굴을 보면서 "오죽하면 데리러 와달라고 했을까. 충분히 이해하니 마음 편히 가져요."라고 답했다. 아버지도 고개를 두 번 끄덕이는 것으로 동의하며 환한 미소로 답했다. 식사를 마치고 두 분은 잠시 외출했다. 둘 만의 시간을 만들어 주기 위한 배려였다.

　수연은 건우의 안내를 받아 건우의 방문 앞에 섰다. 자신도 모르게 귓불까지 붉어지며 가슴이 콩닥거린다. 건우가 열어주는 방문 안에 들어섰을 때, 수연은 훅하고 끼치는 자극적인 수컷의 냄새를 맡고 움찔하면서 한 걸음 뒤로 물러났다. 향수로 슬며시 위장되어 있었지만 콤콤한 수컷의 냄새는 수연의 코를 냅다 후려갈기며 치고 들어왔다. 향수의 냄새도 강렬했으나 독한 수컷의 체취는 향수 냄새를 무위로 돌리고 스멀거리면서 수연의 콧속으로 촉수를 뻗으며 파고 들어왔다. 강렬한 냄새에 정신마저 아득했으나 이윽고 피식하고 웃음이 흘러나왔다. 오랫동안 익숙해져 있는 자신의 체취인데도 견디기 힘들 정도로 강렬한 수컷의 냄새. 고민하다가 어쩔 수 없다는 듯 향수로 해결하는 건우의 낭패한 표정이 상상되어 쟁그러워 죽을 것 같다. 강렬한 체취만큼 비례하여 향수를 뿌렸을 터이다. 그런데도 콤콤한 총각냄새는 자취방의 이불깃에 남겨 놓은 오래된 발 냄새처럼 방안 곳곳에 남겨져 있었다. 하지만 유령과 같이 형체도 없는 건우의 냄새가 그리 싫지 않았다. 오히려 킁킁거리며 맡고 싶어질 정도로 그 냄새는 수연을 유혹했다. 수연이 건우의 침대 가까이 갔을 때 그 냄새는 더욱 진해지며 현기증이 일어날 정도로 강렬하게 전달되어 왔다. 건우가 침대에 걸터앉으라고 자리를 내어 주지 않았더라면 스스로 다리가 풀려 침대에 주저앉고 말았을지도 모른다.

강렬한 총각냄새는 수연의 말초신경을 자극했다. 수연은 건우를 강하게 포옹하는 것으로 표현했다. 건우는 기다렸다는 듯 수연을 깊숙이 끌어안으며 진한 입맞춤으로 반응했다. 이윽고 2부 순서를 위해 샤워를 해야 한다는 말을 남기고는 방에 연결되어 있는 욕실로 들어갔다.

그제야 수연은 건우의 방을 찬찬히 둘러보기 시작했다. 반쯤 열려 있는 창문에는 장미꽃이 화사하게 수놓아 있는 커튼이 길게 둘려있다. 오월의 향기는 창문을 통해서 슬며시 방안으로 침투해서 행복감을 더해 주었다. 커튼에 수놓아져 있는 장미꽃 문양은 크지도 적지도 않은 적당한 크기여서 눈을 거스르지 않고 자연스러웠다. 장미꽃들은 사선으로 배치되어 안정감이 들었고 전체적으로는 행복감을 선사해 주는 배열이었다. 커튼의 주름은 고르게 착 떨어졌다. 남정네들은 모른다. 커튼의 주름이 고르다는 것은 섬세한 여자의 손길이 몇 번씩이나 거쳤기 때문인 것을. 앞으로는 이 커튼에 내 손길을 주어야지. 하는 괜한 주인의식이 불끈 일어나는 수연이다. 창가 쪽으로 티 테이블과 두 개의 의자가 마주 놓여있다. 티 테이블 위에는 커피 머신과 홍차 그리고 커피 잔 두 개가 놓여 있다. 퇴근하고 돌아 온 건우와 창가에 앉아 정원을 바라보며 도란도란 이야기 꽃을 피우며 한 잔의 커피를 마시는 그림이 연상되었다. 가슴이 뻐근해지는 충족감과 행복감. 온 몸의 세포가 그토록 열망해 왔던 꿈이 거짓말처럼 눈앞에서 펼쳐 지고 있다. 행복감에 눈꼬리가 기름져진 수연의 시선은 방안의 사물 하나하나를 부드럽게 쓸어 보았다. 건우의 방은 오피스텔 형태의 구조였다. 방안에 들어서면 창문과 수직으로 침대가 놓여 있고 침대 측면의 벽에는 붙박이장이 설치되어 있다. 침대의 해드는 창문 쪽으로 자리했는데 아침 햇살을 좋아하는 건우의 특성 때문으로 이해되었다. 수연이 걸터앉은 침대의 정면에는 문갑과 문갑 위에 2단으로 앰프와 믹싱 장비가 놓여 있다. 앰프 옆에는 회사 노트북과 메인 컴퓨터 그리고 두 대의 카메라가 서로 마주보는 형태로 놓여 있어 기자의 방이라는 특징을 드러냈다. 문갑의 양쪽에는 음량이 풍부할 것 같은 5채널의 홈시어터와 보스의 우퍼 스피커가 위용을 뽐냈고 중앙에는 대형 벽걸이 티브이가 부착되어 있다. 방문 옆으로 큼직한 책상과 의자가 놓여 있고 대형 사이즈 두 개의 책장과 장식장이 한 벽면을 차지하고 있다. 바로 침대의 발치 쪽이었다. 필요할 때마다 침대에서 책을 꺼내 볼 수 있도록 배치한 것 같았다. 장식장은 요철 형태로 세 칸으로 나눠 진 장식장인데 윗 칸에는 트로피 몇 개가 진열되어 있었고 바로 아래칸에는 상장과 학위증 그리고 맨 아래 칸에는 수집품 트로피 몇 개가 진열되어 있다.

마치 의도했던 것처럼 책장으로 촉수가 뻗어간다. 아까부터 시선을 잡아 끄는 와인색 가죽 커버의 책이다. 손을 뻗어 빼내곤 커버를 넘겼다. 건우의 일기장이었다. 그럴 것 같다는 예감은 맞아 떨어졌다. 그것이 건우의 일기장임을 확인한 순간, 가슴이 콩닥거리며 손이 떨려왔다. 하와가 금단의 열매인 선악과를 따서 손에 쥐었을 때에도 이런 기분이었을까? 마른침이 꿀꺽 소리를 내며 목울대를 간질이여 내려갔다. 엄청난 죄를 짓는 것 같은 기분이 들어 급히 원래에 있던 곳에 끼워 넣었다.

건우의 책상 위의 모니터에 시선을 가져갔다. 다시 책장에 꽂혀있는 다른 책들로 시선을 옮기며 일기장에 대한 관심을 애써 눌렀다. 하지만 소용없었다. 마치 뒤통수에도 눈이 달려 있는 것처럼 자신의 손으로 책꽂이에 끼워 넣은 일기장의 모습이 눈에 맴돌았다. 수연은 깊은 한숨을 내쉬며 어쩔 수 없다는 듯 일기장으로 손을 뻗었다. 하와가 손에 들고 있던 선악과를 입으로 베어 물 듯, 수연은 건우의 일기장 커버를 열었다.

나는 왜 건우의 일기에 집착을 하는 것일까. 무엇을 확인하고 싶은 걸까. 무엇을 알고 싶어서? 일기장을 넘기면서 수연의 뇌리에는 여러 가지 생각과 양심의 질책으로 복잡해지고 말았다.

욕실에서는 샤워기의 물소리가 불규칙하게 새어 나오고 있다. 건우는 샤워 전에 양치질을 하고 온 몸에 물을 바른 후에 비누칠을 하고 샤워를 하고 마지막에 머리를 감는 습관이 있었다. 이 습관은 아무리 바쁜 일이 있어도 순서가 변하지 않았다. 이렇게 샤워를 하면 정확하게 20분 정도의 시간이 소요되었다. 물소리를 보아하니 이제 물을 바르는 모양이다. 그렇다면 15분 정도의 시간이 있다. 수연은 급히 일기장을 넘기며 빠른 눈길로 내용을 훑어보았다.

일기장 첫 페이지에서 수연은 탄성을 질렀다. 윌리엄 블레이크의 시, 순결의 전조들(Auguries of Innocence) 이 기록되어 있었다. "모래알 하나에서 세계를 보고 들꽃 하나에서 천국을 본다. 그대의 손바닥에 무한을 쥐고 한 시간 속에 영원을 잡아라." 울컥하고 치밀어 오른다.

L.A의 외곽도시인 세리토스에 거주하면서 대학원까지 마치는 동안 수연은 동양에서 온 한국인이라는 이유로 동급생들에게 인종차별과 모욕을 받아야 했다. 체격에서 밀리는 조건을 공부로 이겨내야 했기 때문에 남모르게 노력을 많이 해야 했던 시절. 사춘기 때에 블레이크의 시를 접했다. 순결의 전조들은 수연의 일기장 첫 장에 수록되어 있는, 수연의 정신적인 지주와 같은 시였다. 그 시를 지금 건우의 일기장에서 다

시 볼 줄이야. 운명. 다시 한 번 뇌리를 강타하며 신에 의해 준비된 만남이라는 생각이 심장에 불꽃으로 담겼다. 그 때 함께 공부했던 한국의 유학생 몇은 한국으로 돌아 와서 대학 강단과 고위공무원으로 재직하고 있다.

일기장에는 수연과 정식으로 교제하기 이전에 수연의 문제로 인해 고민했던 흔적이 담담한 필체로 서술되어 있었다. 페이지를 빨리 넘겨 최근의 내용을 찾았다. 수연의 집에서 함께 밤을 보낸 날에 대한 기록을 찾았다. 거기에는 수연에게서 받은 감동과 희열 그리고 장래에 대한 결심이 에세이 형식으로 기록되어 있었다. 수연과 정식으로 교제하기 시작하면서 생성된 사랑하는 감정과 신뢰감 그리고 파생된 감정으로 자신이 수연에게 어떻게 해 주어야 하겠다는 생각이 반복되고 있었다. 그 감정들은 때로는 시로 때로는 에세이 형식으로 표현되어 있었다. 그 내용들을 읽어 보면서 수연은 가슴이 저릿해졌다. 내가 확인하고 싶었던 것이 바로 이거야 하는 표정으로 자신의 눈 가까이 일기장을 끌어당겼다.

심각한 내용들도 군데군데 서술되어 있었다. 그럴 때 마다 수연은 긴장한 표정으로 눈을 홉뜨고 일기장에 기록되어 있는 활자 하나하나를 빨아들이듯 자신의 눈으로 끌어당겼다. 건우가 심각하게 생각했던 내용들은 자신도 심각하게 생각했던 내용들이었다. 건우는 어떤 방식으로 풀어냈을까, 머리가 급히 회전하며 수연의 심장 박동도 빨라졌다.

수연의 과제는 하나였다. 이 사람은 나를 어떻게 또 얼마나 생각하고 있을까? 과제를 받은 학생처럼 답을 풀어내기 위해 집중했다. 일기장에 또렷이 적혀 있는 활자들은 직설적으로 혹은 우회해서 그 답을 말해주고 있었다. 건우도 자신과 같은 방식으로 고민했고 같은 방향으로 풀어내고 있었다. 수연은 안도의 숨을 내쉬었다. 무엇보다 건우의 사고방식과 자신의 사고방식이 일치하고 있다는 점이 기쁘고 대견스러웠다. 사고방식이 같다는 것은 둘의 가치관이 같다는 것이며 자신에게 익숙한 생각대로 편히 대해도 서로에게 문제가 생기지 않는다는 뜻이었다. 이 점이 좋았다. 이 점만 보아도 두 사람이 함께 할 결혼생활이 매끄럽고 아름다울 것이라는 판단이 섰다.

건우는 자신의 일기에 2세에 대한 계획과 바람을 담아 놓았다. 무척 설레는 표정으로 미래의 아이에 대한 여러 가지 생각을 늘어놓았다.

"어머 여기까지"

수연은 깜짝 놀라 손으로 입을 막으며 자신의 말이 새어나간 것 아닌가 해서 욕실의 문에 신경을 썼다. 하지만 2세 이야기가 나오자 수연의 표정은 어두워졌다. 과연 나는 좋은 엄마 멋진 엄마가 될 수 있을까? 아이 교육은 어떻게 시켜야 하나? 어떤 존재가 되도록 키워야 하나? 아이 문제를 생각하게 되니 생각은 넝쿨을 뻗치며 주렁주렁 박을 매달았다. 여기에 답을 내면 저기에서 물음표가 달려들었다. 아가의 옹얼거림, 천진난만한 미소, 방울 달린 모자, 앙증맞은 신발과 양말, 꼼지락거리는 손가락, 툭툭 쳐내는 조그만 발과 발가락, 입술을 오물거릴 때마다 삐져나오는 손가락 보다 작고 신비롭도록 귀여운 혀. 하지만 이것보다 더 묵직하게 눌러오는 것은 책임감이었다. 여기에서는 아무리 골몰해도 답이 나오지 않았다. 수연은 생각에 몰두하면 머리가 지끈거릴 정도까지 깊게 생각하는 버릇이 있었다. 하지만 언제 건우가 샤워를 마치고 나올지 모르는 상황이라 거기까지는 가지 않았다. 마냥 미뤄둘 수도 없는 2세에 대한 생각을 막상 건우의 방에서 다시 생각하게 되니 멀찍이 밀쳐두었던 숙제처럼 현실감이 살아났다. 그러나 이 콤콤한 냄새의 주인인 건우의 아이를 낳는다고 생각하니 강렬한 수컷의 냄새만큼이나 강렬한 모성애가 피어 올랐다. 그래 이 사람과 같이 가는 거야. 건우와 함께 라면 무엇이든 이겨낼 수 있으리라는 확신이 생기면서 수연의 가슴은 자신감으로 부풀어졌다.

건우의 부모님은 오늘 처음 뵈었는데도 전혀 낯설지 않았다. 사랑하는 건우 씨의 부모님이니 낯설지 않은 것이라고 생각해 보았지만 그것으로는 5% 부족했다. 친근하게 다가와 곁을 주려고 배려하는 부모님의 속마음과 부모님의 마음에 들기 위해 자신의 세포 하나까지 열고 다가간 자신의 마음이 서로 통했기 때문이라고 해석했다. 이렇게 해석하고 나니 마음도 편해지고 두 분이 더욱 애틋해졌다.

먼 거리에서 왔으니 건우의 방에서 자고 가라는 말씀을 들었을 때에는 감격하여 눈물을 흘릴 뻔 했는데 가까스로 참았다. 부모님 없이 오랜 세월을 지내서 그런지 어른들이 마음을 써 주면 쉽게 감동되곤 했다. 모나지 않게 최선을 다하리라. 두 분의 마음을 가슴에 담고 일기장을 덮고 슬며시 책꽂이에 꽂았다. 마침 건우의 샤워도 끝났는지 물소리도 그쳤다.

"제가 미국에서 공부할 때, 감동은 순간을 움직이나 감사는 평생을 움직인다는 말을 들었습니다. 아버님 어머님 그리고 건우 씨에게 평생을 감사하는 마음으로 살 것 같아요"

건우의 품에 안겨 들면서 수연이 나지막한 음성으로 힘주어 말했다. 감동을 받은 건우가 수연을 세차게 끌어안았다.

수연이

　수연은 자신의 신상에 관한 말은 그것이 비록 일상적이며 평범한 것일지라도 말하지 않았다. 그렇다고 건우를 피하거나 혹은 건우에게 섭섭한 마음을 가지고 있는 것도 아니었다. 지난번의 만남도 공식적인 자리에서의 만남으로 그치고 말았다. 서로가 미련이 남아 뒤를 돌아보면서도 만나자는 말을 차마 꺼내지 못했다. 둘 중의 하나가 "차 한 잔 합시다."라는 지극히 초보적인 말 한 마디면 되는 일인데도 그 말조차 꺼내 보지도 못하고 각자 자신의 집으로 돌아가고 말았다. 특별한 만남이 이뤄지려면 두 사람 중의 한 명이라도 자신의 의지를 보여 주어야 하고 그것도 눈치껏 은밀하게 접근해 주어야 하는데 둘에게는 그런 것조차 없었다. 하여 청춘 남녀가 알고 지낸 지 벌써 2년인데 이것도 저것도 아니었다. 건우는 33살이었고 수연은 30살이었다. 결혼 적령기를 아슬아슬하게 피해가는 나이였다. 이 나이가 되니 자연스럽게 배우자를 생각하게 되었다.

　건우의 생각에는 자신이 먼저 호감을 표하고 적극적으로 대쉬하면 특별한 관계로 발전할 수 있다는 확신은 있었다. 하지만 왜 그래야 하는지에 대한 답을 가지고 있지 못했다. 건우의 나이 33살로 작은 나이도 아닌 터에 그저 잠깐 동안의 위로를 받거나 외로움을 면하자고 특별한 관계로 끌고 갈 수는 없었다. 이제는 자신의 장래를 걸 수 있는 사람을 만나야 했다. 더구나 자신이 설정한 목표에 도달하려면 아직도 멀었다. 이왕 기자로 시작했으니 빠른 시간에 특종기사로 명성을 쌓고 대기자 내지는 논설위원 정도는 되어야 했다. 특종을 찾아 다니는 기자에게 있어서 시간은 곧 특종과 연결되기 때문에 연애나 하면서 한가롭게 여기저기 한 눈을 팔 수 있는 처지는 더욱 못 되었다.

　그래도 가끔 수연에게 전화를 할 때가 있었다. 하지만 막상 수연에게 전화를 걸기 위해 휴대폰 버튼을 누르다 보면 어느새 핑계거리가 생겨나서 통화까지는 못 갔다. 그 핑계라는 것은 자신이 준비가 덜 되어 있기 때문에 아직은 때가 아니라는 생각이었다. 이 생각은 결정적인 순간에 머리꼭지에서 뱅뱅 돌았다. 이 생각 때문에 전화번호를 다 누르고 이제 통화버튼만 누르면 되는 데도 그게 안 되었다. 통화버튼에서 슬며시 손을 떼고 난 뒤에는 어김없이 스스로를 위로하는 핑계거리가 뒤 따라왔다. 만약 약속을 잡게 되면 서울에서 춘천까지 가서 만나고 돌아와야 하는데 만나서 무슨 영양가가 있겠느냐는 자조적인 핑계였다. 하지만 이 핑계가 자신을 설득할 수 있었던 것은 춘천까지 왕복을 해야 한다는 부담감 때문이었다. 결국 이런 이유들 때문에 차일피일 뒤로 미루다가 여기까지 왔다. 하지만 수연을 겪어 보면 겪어 볼수록 놓쳐서는 안될 중요한 사람이라는 인식과 무언가 모를 운명에 대한 예감은 있었다. 다만 두 사람이 서로 얽힐 수 있는 결정적인 계기가 절실했다.

수연은 다음 카페 "소양강 시인의 마을" 운영자였다. 회원 수가 만 명을 넘는 꽤나 유명한 카페였다. 정관이 만들어져 있었고 임원진이 구성되어 있었다. 시를 좋아했던 건우도 이 카페에 가입하여 가끔 시를 올리곤 했다. 벌써 2년 전 봄이었다.

라일락 향기에 두 팔을 벌려 심호흡을 하면서 라일락 향기를 폐부까지 깊숙이 담아 놓기를 몇 차례. 미니스커트를 입은 여인의 허벅지에 눈이 꽂히고 가슴이 설렌다. 이런 설레임 끝에는 나 좋다는 여자가 있으면 앞뒤 볼 것도 없이 사고를 칠 수 있겠다는 생각, 사고 칠 만한 여인과 1박2일로 여행을 갔으면 하는 누릿한 상상이 꼬리를 물었다.

5월은 가정의 달이라 어린이날과 어버이날이 겹쳐 있어서 그런지 아이를 하나 낳았으면 하는 부질없는 생각도 들곤 했다. 이런 생각은 회식을 할 때마다 어김없이 등장하는 토커플 때문이기도 했다. 토커플이란 이기지도 못할 분량의 술을 마신 여친이 가로수를 붙잡고 꽥꽥 토를 할 때 옆에서 등을 두들겨 주는 남친이 있는 커플이다. 한쪽 어깨에는 여친의 핸드백을 매고 혹시나 경찰이 오지는 않나 길 양쪽과 큰길 쪽을 향하여 두리번거리면서 민망한 경계를 서는 남친의 몰골이 볼썽사납다. 그런데 저 꼴의 남친도 부럽다. 어쨌거나 저 커플은 오늘밤이 예약되어 있는 형편이 아니던가. 잠자리에 들면 어김없이 토커플에 대한 상상이 일어난다. 무지막지하게 생긴 남친의 모습이 떠오르면서 토까지 한 여친을 무지막지하게 다루지는 않는지 조바심이 나곤 했다. 여기까지 가면 어쩔 수 없이 효자손을 사용하게 되어 있는 것이어서 가끔씩 수연을 불러내 희생양으로 삼곤 했다. 휴지로 닦고 나면 후회감과 허탈감이 물밀 듯 몰려온다. 이 행위 뒤에는 따라 붙는 예식이 있다. 꺼림칙한 것과 죄의식을 씻어내는 찬물샤워이다. 등줄기에 찬물이 닿으면 온몸이 자지러지는데 이렇게 스스로에게 벌을 내려야 그나마 마음이 편해진다. 그저 위에 계신 분께 죄송하고 희생양이 된 수연에게 미안할 따름이다. 에효 이 꼴이 무언가. 수건으로 몸을 닦으며 탄식이 절로 나왔다. 거울에 비친 운동으로 다져진 탄탄한 몸매는 물을 맞으며 팽팽히 긴장되어 근육이 꿈틀거렸다.

여기저기 검색을 하고 나서 카페에 들어가 보니 카페의 공지사항에 5월 3일 토요일 정오에 소양강 강변 "나루터"에서 정기모임이 개최되니 참석해 달라는 전체 공지사항이 올라와 있다. 메일 함에는 운영자가 보낸 '참석요청'이라는 제목으로 초청장이 들어와 있었다. 이 카페의 운영진은 소양강을 중심으로 활동하고 있는 현역 문인들이었기 때문에 모임은 언제나 소양강 주변의 음식점을 지정하여 열렸다. 정기모임 일주일 전에 수연으로부터 '소양강을 사랑하는 시인들의 모임'에 참석하여 취재해 달라는 이메일이 도착했다. 건우는 수연의 메일을 받고 한동안 망설여야 했다. 급히 취재할 내용도 있었고 경제문제와 환경문제에 대한 기획기사를 써야 했기 때문이다. 이메일로 답장을 보내 정중하게 사양했으나 수연은 다음 날 신문사에 전화를 걸어 정식으로 요청해왔다. 꼭 참석해서 시인들의 단체사진을 실어 달라는 전화였다. 그 때 마지못해 참석한 것이 인연이 되었다. 단체사진과 함께 취재기사가 문화란에 나가자 수연은 고맙다는 인사와 함께 출판되는 시집에 발문을 써달라고 주문했다. 여러 날에 걸쳐 작업을 한 끝에 근사한 발문을 써서 보내주었다. 수연은 발문을 잘 받았다는 감사의 메일을 보낸 후에 신문사로 초청장을 보내왔다.

초청장에 기재되어 있는 출판기념회 장소는 소양강 나루터 인근에 위치한 한식집 "소양"이었다. 회와 매운탕 그리고 장어구이를 파는 식당이었는데 특이하게도 표고버섯을 주제로 한 산채 비빔밥도 팔고 있었다. 시간을 맞춰 찾아갔을 때, 수연은 정중히 맞이해 주었다. 건우를 소개하는 순서에서는 각이 서 있는 태도로 선생님이라고 깍듯이 호칭하며 소개했다. 마지막 순서에는 발문자에게 기념시집을 증정하는 순서가 있었다. 건우가 받아 든 기념시집 안에는 간단한 사례인사와 함께 사례비를 담은 봉투가 들어 있었다. 발문을 써 주고 사례비를 받아 본 적이 없는 건우는 무척 당황스러웠다. 사례비까지 받을 줄 알았으면 더 잘 써서 드릴 것을 하는 생각이 들어 송구한 마음으로 봉투를 열어 보았다. 봉투에는 큰 액수의 자기앞수표 한 장이 들어 있었다. 출판기념회의 분위기를 보면 이만한 액수로 사례를 할 수 있을 것 같지는 않았다. 아무래도 수연이 따로 담아 주는 것이라고 미루어 짐작했다. 그제야 수연을 자세히 관찰하기 시작했다. 사례비의 액수에 함축되어 있는 처녀의 메시지가 본능적으로 감각되었기 때문이다.

수연은 매우 곱고 우아하며 단단함까지 가지고 있는 매력적인 여성 시인이었다. 그녀는 자신 만의 고유한 스타일을 가지고 있었다. 과학적이며 미적으로 연출된 그녀의 단발머리는 그녀의 얼굴에 가장 잘 어울리는 스타일로 단정하고 고혹적인 매력을 발산했다. 수연의 머리색 톤은 흑진주를 연상케 하는 담채색이었다. 담채색 머리결은 잘 가꾸어서 은은한 윤기를 발하며 착착 떨어졌다. 그 매력은 바람결에 날릴 때 구체적으로 발산되었다. 바람결에 날리는 머리카락은 한 올 한 올이 규칙적으로 나부꼈고 바람이 지나가면 차르륵 소리를 내며 원래의 상태로 돌아왔다.

그녀는 단아한 흰색 브라우스에 감색 투피스를 받쳐 입고 있었다. 정장차림에서 오는 묵직한 분위기는 그녀의 기품과 잘 어울렸다. 그녀는 언제나 세련된 문장을 사용했다. 적당히 절제된 언어구사와 거기에 맞는 제스처와 유머는 그녀의 정장차림과 어우러지며 세련되고 활달한 느낌을 주었다. 조금만 주목해서 관찰해 본다면 그녀는 철저히 훈련되고 만들어진 사람이라는 느낌을 받는다. 어쩌면 이런 점들 때문에 건우가 쉽게 다가가지 못했을 수도 있다.

"약간의 백치미를 보여 주었더라면"

건우는 전혀 어울리지 않는 생각이라는 듯 푸훗 하고 웃었다. 수연은 절대로 편안하게 생각하거나 쉽게 생각할 수 없는, 무언가를 가지고 있는 여인이었다. 그것이 무엇 때문인지 콕 찍어서 이야기를 할 수도 없다. 건우는 그에 대해 깊이 알려고 노력하지도 않았고 아직까지는 노력할 이유도 없었다. 하지만 누군가가 "건우, 당신은 에둘러 이야기를 하고 있지만 적극적으로 대쉬를 했을 때, 반응이 없거나 거절을 당하게 된다면 그것으로 인해 일 년에 겨우 한 두 차례 만나게 되는 기회를 잃을 것이라는 두려움 때문에 적극적으로 대쉬를 하지 못하는 것 아니오?" 라고 묻는다면 딱히 아니라고 부정할 수도 없었다.

일 년에 한 차례씩 진행되었던 출판기념회는 작년부터 일 년에 두 번 정기출판으로 발전되었다. 출판기념회에 참석을 하면 그때마다 술자리로 이어졌다. 술자리로 이어지면 건우는 슬며시 빠져 나왔다. 슬며시 빠져 나온 지 두 번째 날에 수연에게서 문자메시지가 날아왔다. 언제 날 잡아서 단 둘이 데이트를 하고 말겠다는 엄포성 내용의 문자였다. 그때 건우는 이미 서울 춘천 간 고속도로를 달리고 있었다. 생각 같아서는 당장 차를 돌려서 달려가고 싶었으나 고속도로에 진입된 이상 적어도 다음 톨게이트 까지는 할 수 없이 가야 했다. 달리면서 생각해보니 되돌아오라는 것도 아니고 다음에 약속을 잡아 보자는 내용인데 그것을 빌미로 어떻게 해 볼 수도 없었다. 후일을 기약하자는 내용으로 알고 다시 연락을 하겠거니 하고 기다려보았다. 하지만 달랑 문자만 보냈을 뿐이다. 구체적인 연락도 없었고 약속도 잡아 주지 않았다. 아마도 수연이 술을 한 잔 마시고 취기에 보낸 문자려니 했다.

그러다 보니 아직까지 수연에 대해 아는 정보는 거의 없었다. 다만 출판기념회에 참석하여 얻어 들은 정보가 다였다. 출판기념회에 참석하여 얻어 들은 이야기로는 수연은 춘천 호반 옆의 장원을 소유하고 있다 했다. 장원 안에는 커다란 식물원이 있는데 식물원에서 나오는 재료를 이용하여 천연염료를 만들어 내는 일에 공을 들이고 있는 사람이라고 했다. 그들도 수연의 가정사에 대해서는 전혀 모르고 있었다. 그녀에 대한 정보는 그것이 다였다.

"선생님, 파로호의 비화로 스토리텔링을 하나 만들어 보시지요. 선생님 손을 거치면 맛있는 이야기가 나올 것 같은데요."

파로호라는 이단적인 명칭에 대해 알게 된 것은 건우가 대학에서 한국사를 전공하면서였다. 원래의 이름은 구만리 저수지였다. 6.25 당시에 중공군 팔로군을 수장시킨 호수라는 이름으로 이승만 대통령의 명명에 의해 파로호라는 명칭이 붙어 지금까지 파로호로 불리고 있다. 이것도 한국사를 공부하면서 비로소 터득한 지식이었다. 이후 해군에 복무하면서 물과 친숙해지면서 바다처럼 보이는 호수에도 왠지 모를 친근감을 느끼곤 했다. 그래서일까, 파로호는 마치 투명한 에메랄드 색깔을 가지고 있는 신비로운 호수라는 생각이 들곤 했다. 이 신비는 일종의 이단적인 이름에서 오는 신비감이리라. 그래도 파로호라는 이름을 들으면 언제나 신비로운 호수라는 생각이 들었다.

"그럴까요? 웬만한 비화로는 망신만 당할 겁니다."

식사 자리는 술자리로 이어지고 있었다. 건우는 수연의 말에 적당히 대답해 놓고는 슬며시 빠져 나갈 궁리를 하고 있는 중이다. 문우들과 몇 잔의 건배를 하면서 알딸딸해진 수연이 건우의 귀 가까이에 입을 내고 말했다.

"똥 누고 올 때까지 꼼짝 말고 기다려요."

" ..... "

건우는 눈을 똥그랗게 뜨고 수연을 바라보았다. 수연은 눈을 찡긋하고는 방문을 열고 나갔다. 처녀가 할 말이 있고 안 할 말이 있는 법이다. 똥이 뭐냐. 화장실에 좀 다녀오겠다고 하면 될 것을... 눈살을 찌푸리면서도 하는 수 없이 수연이가 똥을 누고 올 때까지 기다리고 있어야 할 판국이다. 인사로 받아 놓은 술잔에 혀만 댔다 떼기를 두 번인가 했을 때 문자메시지가 들어왔다.

"건우 씨, 오늘은 안 보낼 테니 그리 아시고 흠뻑 취해 보세요"

수연이 보낸 문자였다. 속이 뜨끔해졌다. 궁리 끝에 이것저것 소지품을 챙겨 들고 화장실에 가는 척 했다. 일열 횡대로 죽 늘어놓은 신발에서 제 신발을 찾아 발을 급히 꿰었다. 그 때였다. 갑자기 누군가가 건우의 귀를 잡아당겼다. 수연이었다. 표독스러운 눈으로 경고를 보내고 있다. 건우는 차마 뿌리치고 달아날 수는 없어 수연을 따라 나섰다.

"건우 씨, 제 차는 여기 놓아두어도 되니까 건우 씨 차로 데려다 주세요. 적당한 곳에서 떨어뜨려 주면 택시로 갈게요."

"그럼 그렇게 해요. 하지만 택시를 타고 가도록 떨구지는 않을 겁니다. 집 앞까지 모셔다 드릴게요."

"그래 주면 더욱 고맙구요. 저쪽으로 가세요."

차를 타고 가는 동안에 책 이야기이며 회원들 이야기 등 별로 영양가가 없는 이야기를 하다가 삼거리로 나왔다. 수연은 거기에서 오른쪽으로 강변을 끼고 조금 더 가면 단골카페가 있으니 거기에서 칵테일 한 잔을 사 달라 했다. 건우는 그러마 하고는 인심을 쓰는 김에 조금 더 쓴다는 심정으로 차를 몰았다. 오른쪽으로 돌자 일차선 도로의 전형적인 시골 길로 이어졌다.

약간의 언덕길에서 액셀을 깊이 밟자 무쏘 특유의 묵직한 머플러 소리와 함께 지면을 박차고 튕기듯 튀어 나간다. 박차고 나가는 모습은 마치 태엽을 잔뜩 감은 장난감 자동차를 지면에 내려놓았을 때를 연상케 했다. 언덕길 아래의 시야는 탁 트여 있었다. 굽이가 있는 길에서는 기분 좋게 쏠리면서 묵직하게 달렸다. 수연이 슬며시 건우의 옆얼굴을 훔쳐보며 자신의 입술을 깨물었다. 산과 언덕이 배합되어 구불구불한 길은 다시 커브를 그리며 약간의 내리막길로 이어졌다. 내리막길을 내려가는 우측으로 깎아지른 것 같은 웅장한 절벽이 눈에 들어왔다.

절벽은 병풍처럼 둘려 있다. 거뭇한 색의 절벽 중간 중간의 튀어나온 부분에는 소나무가 휘어져 자라고 있었고 푸르른 이끼가 절벽의 절반을 차지하고 있다. 절벽 아래에는 검푸른 물이 미동도 하지 않고 완만한 곳을 채우고 있다. 물길이 휘돌아 가는 앞쪽에 마치 중세시대의 고풍스러운 성과 같은 장원이 눈앞에 들어왔다. 장원은 도드라진 바위 위에 세워진 등대처럼 보였다. 장원의 앞과 옆은 고요히 흐르는 강물로 둘려 있다. 아름드리 우람한 적송이 장원을 에워싸고 있었는데 그것은 능 앞에 도열해 있는 장군석을 연상시켰다. 이만한 풍치라면 대단한 사연을 간직하고 있는 명가의 별장이리라.

장원의 붉은 벽돌담이 이어지고 있다. 벽돌담 너머로 별장식으로 잘 지어진 3층 건물의 옥상에는 태양열 온수기가 설치되어 있었고 2층 난간에는 접시 모양의 위성안테나가 보였다. 벽돌담에는 담장이넝쿨이 둘려 있었다. 별 모양의 잎들이 빛을 반사하면서 멀리서 보면 중세시대의 성과 같은 분위기를 연출했다. 붉은 담장이 끝나 돌아나가는 길 쪽으로 육중한 철대문이 보였다. 대개는 담의 중간이나 아니면 초입 부분에 대문을 다는 것이 보편적인데 이 집은 반대로 되어 있어 특이했다. 혼자였다면 차를 돌려 다시 보았을 것이다.

"멋지다. 동화 속에 나오는 담장이넝쿨 집인가 보다. 나도 저런 곳에서 살아 보고 싶단 말이지......"

입을 벌리고 혼잣말로 감탄사를 연발하며 이리저리 둘러보고 있는

데 수연이 말했다.

"그럼 잠시 들렀다 갈까요? 주인은 제가 잘 아는 사람이에요."

"그래요? 하지만 실례가 될 터인데 그냥 참을랍니다."

"잠시 차 좀 세워보세요."

"네? 여기에서?"

"네"

그때였다. 육중한 철문이 활짝 열렸다.

"대문 안으로 들어가세요."

수연이 짐짓 무표정한 얼굴로 담담하게 명령하듯 말했다. 건우는 속도 없이 그저 그녀가 시키는 대로 대문 안으로 차머리를 들이 밀었다. 수연이 뒤를 돌아보며 대문을 응시하자 철커덩하는 소리와 함께 대문이 닫혔다. 건우는 깜짝 놀라 그녀를 주시했다. 그녀의 손에는 자동차 열쇠 지갑이 들려 있을 뿐이었다.

"전화도 없이 불쑥 쳐들어가도 되나요? 상당히 규모가 있는 집 같은

데요. 수연씨"

 건우가 쩔쩔매고 있는 모습을 보며 수연은 피식하고 웃음을 흘리며 차에서 내렸다. 그 모습이 마치 자신의 집에라도 온 듯 당당하고 자연스러웠다. 건우는 위축된 모습으로 뒤를 따랐다. 건우를 뒤돌아보면서 수연이 상냥하게 말했다.

 "제 집에 오심을 환영합니다. 그러니 편하게 행동하셔도 됩니다."

 " "
 ....

✶

초야

 위성안테나가 설치되어 있는 2층 누를 지나 3층으로 올라가니 작은 바와 함께 싱크대가 설치되어 있는 부엌이 나타났다. 고풍스러운 외관과 달리 실내는 초현대적인 이미지로 꾸며져 있었다. 거실에는 훈장과 기장을 달고 있는 고위 외교관과 부인이 함께 찍은 부부의 사진이 걸려 있다. 그 얼굴이 낯익었으나 이름이 선뜻 기억이 나지 않는다. 수연은 소파에 앉을 것을 권하며 말했다.

 "편한 마음이면 좋겠습니다. 와인 한 잔 가져올게요."

 잠시 후 생각이 떠올랐다. 부부가 함께 1983년 10월에 아웅산 폭발 사건으로 사망한 이 장관 부부였다. 이 장관은 어린 남매를 남기고 세상을 떠났다 했다. 심각한 표정으로 사진을 보고 있는 동안 수연은 와인 두 잔을 잔에 따라 내왔다.

"사진을 보시고 있군요. 아버지와 어머니셔요."

"놀랍군요. 동화 속의 담장이넝쿨 집이 수연씨 집이라고 해서 놀랐는데 이 장관님 따님이라니 이제는 당황스럽습니다."

수연의 눈에 이슬이 맺혔다. 아무 말도 없이 잔을 부딪쳤다. 무슨 말을 꺼내기는 해야겠는데 무슨 말을 꺼내야 가라앉는 분위기를 밝게 돌릴 수 있을까. 괜스레 미안해지는 마음이 들어 와인의 맛에 집중하는 척하며 골똘하게 생각해 본다.

"건우 씨, 저는 사람도 사랑도 믿지 않아요. 함께 어울리기는 해도 마음을 줄 수는 없습니다. 건우 씨는 쉽게 사랑하는 타입인가요?"

"저는 마음속에 들어온 사람을 사랑합니다. 와인이 내 목을 타고 내 속에 들어가는 것처럼 내 마음의 목을 타고 들어 온 사람을 사랑하게 되는 타입입니다."

"독특한 표현이군요. 그렇다면 사람에 따라 쉬울 수도 어려울 수도 있다는 뜻이겠군요. 어떻게 구분이 되던가요? 감각적인가요, 아니면 관능적인가요?"

"저는 두 가지가 다 작용되어야 합니다."

"과정을 통해서인가요, 아니면 순간적으로 알 수 있는 것인가요. 이를테면 본능적으로 알 수 있는 것이던가요?"

"과정을 거치면 친구가 되고 본능적으로 느끼게 되면 감정이 생겨나더군요."

"제가 오늘 붙잡아 두겠다고 했던 말은 어떻게 생각되던가요? 본능적? 아니면 감각적?"

수연의 표정은 애절한 호소를 담고 있었다. 호소하는 표정에는 외로움이 잔뜩 묻어 있었다. 수연은 자신을 설득해 달라는 무언의 암시를 보내고 있다. 자신이 구체적으로 행동 할 수 있도록 설득해 달라는 암시였다. 그녀는 무언 중에 자신이 원하는 답을 종용했다. 건우는 수연의 언어적 유희에 말려 들어가는 것 같아 서서히 진력이 나기 시작했다. 무엇 보다 마감 시간 전에 기사를 종료해 주어야 했다. 수연이 빈 잔에 와인을 다시 따랐다.

"건우 씨, 저는 사랑을 할 수 없습니다. 사랑을 하려면 그 사람을 기다려야 하기 때문이지요. 떨어져 있는 시간에는 그가 무엇을 하고 있는지, 나를 얼마나 생각하고 있는지를 확인하고 싶어져 몸이 달기 때문에 그 사람을 지치게 합니다. 그래서 저는 사랑을 하지 못해요."

수연이 손에 들고 천천히 흔들고 있는 와인 잔 너머로 또 다른 수연의 모습이 보였다. 처연한 표정이었다. 이별을 결심한 여인이 자신의 손으로 가꾸어 왔던 시간도 그리고 사랑하던 사람도 포기할 때 나타나는 그런 표정이었다. 수연의 의도는 확실했다. 세상에서 가장 행복한 여자로 만들어 달라는 것이었다. 건우의 뇌리에 연애박사라는 별명을 달고 다니는 후배 김진태 기자의 말이 떠올랐다.

"선배님, 원래 역사학도는 연애를 못합니다. 과거, 현재의 역사를 따지고 미래를 예측하는 버릇이 있기 때문이지요. 여자는요. 간단합니다. 너를 이 순간 세상에서 최고로 사랑한다. 이 말 한 마디이면 브레지어도 풀고 빤쓰도 벗게 되어 있는 게 여자입니다. 찬스에 강한 남자가 미인을 얻는 법입니다. 둘 만 있는 자리라면 무슨 말을 못하겠어요. 사실 둘 만이 있는 자리이니 이 순간 세상에서 너를 제일 사랑한다는 말이 맞는 겁니다."

녀석에 의하면 여자는 옷 벗을 준비가 다 되어 있을 때 데이트를 하는 것이라고 했다. 남자는 여자에게 세상에서 제일 행복한 여자로 만들어 주고 싶다는 말로 꼬드기는 것인데 여자는 그 말을 듣고 세상에서 제일 행복한 여자가 되기 위해 옷을 벗는다는 논리였다. 건우는 긴장을 풀기 위해 헛기침을 하고 나서 수연을 바라보며 말했다.

"사랑한 사람은 있었습니까?"

"네, 4명 정도 되나 봐요. 그런데 결정적인 사랑은 못해 보았어요. 4명 다..."

"결정적인 사랑이라고 하면 잠자리를 뜻하는가요?"

".....네"

그녀는 조그맣게 대답했다. 간신히 대답을 하고 나서 그녀의 얼굴은 홍당무가 되고 말았다. 귓불까지 붉어진 그녀는 고개를 숙인 채로 눈까지 감고 있었다. 마치 자신의 치부를 보인 것 같이 그녀는 어쩔 줄 몰라 했다. 그런 그녀의 모습을 보고 있자니 주체할 수 없는 욕구가 강하게 밀려 왔다. 뇌리에 김 기자의 말이 떠오르며 순간적으로 입이 열렸다.

"지금 이 순간 수연 당신을 세상에서 최고로 행복한 여자로 만들어 주고 싶소."

수연은 건우의 말을 듣자 움찔했다. 말을 꺼내놓고 스스로 민망해진 건우는 자신의 감정을 감추기 위해 그녀의 어깨를 거칠게 끌어 당겨 안았다. 수연의 눈꺼풀이 파르르 떨렸다. 입을 가져갔다. 수연은 도리질을 하고 앙다물며 저항했으나 잠시 후 숨이 막힌 듯 입을 열고 거친 숨을 토해냈다. 건우는 재빨리 혀를 밀어 넣어 이리 저리 도망가는 그녀의 혀를 붙잡았다. 혀가 붙잡히자 잔뜩 긴장했던 그녀의 어깨가 축 늘어졌다. 처녀라는 말이 수컷의 본능을 촉발시켰는가. 걷잡을 수 없는, 통제되지 않는 본능으로 그녀를 정복해나갔다. 180cm의 키에 75키로그램의 체중이 수연의 배에 실리자 수연은 숨도 쉬지 못할 정도로 압박감을 느꼈다. 163cm의 키와 50키로그램을 겨우 웃도는 수연의 체구로서는 감당이 되지 않았다. 수연의 어깨, 가슴, 배가 건우의 혀에 정복당했다.

꽃불이었다. 제어력과 통제력을 상실한 채로 단숨에 타올라 꽃을 만들어 버린 불이었다. 일단 불이 지펴지니 그 동안 애를 먹였던 수연의 태도에 대한 소심한 복수심까지 더해지면서 불꽃은 더욱 거세졌다. 소심한 복수심의 에너지가 건우의 온몸에 빠르게 퍼져나가면서 몸짓은 더욱 격렬해지고 치열해졌다. '이왕 이렇게 될 것을 그 동안 애를 먹였으니 혼 좀 나봐야 해요.' 건우의 몸짓에서 전달되는 건우의 둔중한 말에 수연은 신음으로 답했다.'그 동안의 시간이 아깝잖아요. 거기에 대한 벌이에요'수연은 몸 속 깊은 곳에서 반복적으로 감각되는 아픔에 아미를 찡그리며 깊은 호흡에서 나오는 신음소리로 화답했다.

태풍인가. 격렬한 몸짓이 끝나고 멀리서 느껴지는 파과의 아픔 속에서 혼미한 정신이 다시 돌아올 때까지 수연은 건우의 등을 끌어안고 한 덩어리가 되어 있었다. 마침내 한 몸이 두 몸으로 분리되었을 때 둘은 녹초가 되었다. 수연은 그제야 정신이 들었다. 정신이 들자 뒤처리를 어떻게 해야 할지, 건우를 어떤 표정으로 보아야 할지, 지금 샤워를 해야 할지 아니면 눈치를 봐서 해야 할지에 대해 고민해야 했다. 두 눈을 감은 채로 고민하고 있는 수연을 건우가 포옹했다. 건우가 살머시 입을 맞추고 난 뒤에 수연의 팔을 잡아 이끌며 함께 샤워를 하자고 했으나 수연은 부끄러움에 어쩔 줄 모르며 도리질을 했다. 건우가 먼저 욕실에 들어갔다.

욕실 안은 바닥 타일부터 한 눈에 들어오도록 깨끗했고 욕실비품들은 정리정돈이 잘 되어 있었다. 대리석으로 만들어진 욕조는 크고 넓다. 욕조 창문으로 정원과 호수의 전경이 들어왔다. 유리창은 안에서는 밖을 볼 수 있으나 밖에서는 안의 모습을 볼 수 없도록 특수코팅이 되어 있었다. 욕실의 조명은 밝았고 수납장 유리창으로는 한 번도 사용하지 않는 면도기와 칫솔 몇 개가 비닐포장이 씌워진 채로 가지런히 놓여 있다.

"저기요, 수납장 안에 새 칫솔하고 면도기가 있어요."

수연이 욕실 문을 반쯤 열고 눈을 가리고 말했다.

"응, 알았어요. 들어와요"

"아니에요."

부리나케 도망가는 발자국 소리가 들린다. 저리도 부끄러울까. 넓고 큰 샤워기에서 물줄기가 세차게 흩뿌려졌다. 아직 열기가 사라지지 않은 건우의 몸에 닿은 물방울은 사방으로 튕겨져 나갔다. 운동으로 다져진 75kg의 건장한 사내의 몸은 차가운 물방울을 받자 긴장한 근육들이 떨리며 굴곡을 만들어냈다. 욕실의 거울은 180cm의 훤칠한 키의 건장한 사내가 뿜어내는 열기와 물방울을 맞으며 뿌옇게 변해갔다. 무릎을 구부려 면도를 하고 수연이 바르는 화장수로 마무리를 했다.

수연은 아직 눈을 뜨지 않았다. 눈이 시려서 뜨지 못했다. 뜻 모를 눈물이 눈가를 타고 흘러내린 자국이 보였다. 살포시 안아주었다. 차가운 건우의 몸이 살에 닿자 수연은 흠칫 놀라면서도 허리를 살짝 구부리며 안겨왔다. 수연이 수건으로 몸을 감싸고 욕실로 들어갔다.

한참 만에 샤워를 마친 수연이 목욕가운으로 갈아입고 침대로 돌아왔다. 감은 머리에서 전해져 오는 싱그러운 향기에 건우의 가슴이 출렁했다. 수연에게 기사 마감 시간 전에 기사 내용을 송고해야 한다고 인터넷 전용선을 사용하겠노라고 양해를 구했다. 차 안에 두었던 노트북을 가져다 무선연결을 시도하고 원고를 작성했다. 수연은 그 동안 건우의 옆에 앉아 차를 끓여다 주며 원고작성을 하고 있는 건우의 손과 옆얼굴을 찬찬히 뜯어보았다. 자신의 남자가 일에 열중하고 있다. 수연은 건우의 특징 하나하나를 눈여겨보며 가슴에 담았다. 자신을 여자로 만들어 준 최초의 남자였다. 건우의 코와 턱, 눈, 얼굴의 윤곽이 친근하고 달콤하게 눈에 빨려 들어왔다. 보면 볼수록 정이 듬뿍 가며 아까워서 시선을 떼지 못하겠다.

건우는 송고를 마치고 국장실로 전화 했다. 벨소리의 신호음이 두 번 들렸을 때 조 국장은 기다렸다는 듯 수화기를 들었다.

"국장님, 취재 원고를 송부했습니다. 내용을 확인해 주십시오. 수정할 내용이 있으면 수정해서 재송고하겠습니다."

"그래, 김 기자, 내용 확인하고 있는 중이야. 좋구만 좋아. 그런데 어찌 된 게야? 금요일 마감인데 지금까지 취재했나? 이 사람아 마감은 해야지"

"네, 국장님 죄송합니다. 사정이 있습니다. 그리고 월요일은 월차를 내 주시면 고맙겠습니다."

"월차? 기자에게 무슨 월차가 있나. 더구나 월요일은 편집국 회의가 있는 날 아닌가. 무슨 사정인지 이야기를 해 봐."

"네, 국장님. 사실 애인이 생겼습니다. 그러니 웬만하면 월차를 허락해 주십시오."

"뭐야? 애인이 생겨? 이게 무슨 일이야. 그래 결혼할 여자인가? 아니면 풋사랑인가?"

"결혼할 여자입니다."

"그래? 그거 반가운 소식이구만 그렇다면 내 직권으로 월차를 허용해 주지. 그런데 조건이 있어. 사실 확인이 필요하니 인사 시키게"

"넵, 고맙습니다. 국장님. 일간 인사 시키겠습니다."

"그래, 잘해보게. 핫핫핫"

편집국장인 조 국장은 부하직원이 솔직하게 진실을 이야기하면 그 내용이 어떤 내용이던지 들어 주었다. 자신의 권한으로 처리할 수 있는 내용이라면 즉시 처리해 주었다. 그러나 빙빙 돌리며 수단을 부리는 내용은 가차 없이 잘라버렸다. 기자는 진실을 먹어야 하고 내놓는 것도 진실을 내놓아야 한다는 것이 조 국장의 철학이었다. 이 철학에 의해 수단을 부렸던 유능한 기자 몇이 타 신문사로 옮겨야 했다. 조 국장은 항상 진실생진실사라고 외쳐왔다. 제 아무리 황당한 변명이라고 해도 진실이면 어떤 실수이든지 죄다 용납해주었다. 그런 조 국장이 건우에게 애인이 생기면 언제든지 말해라. 단 결혼할 여자여야 한다. 정 안되면 외딴 섬으로라도 끌고 가서 자기 여자로 만들어라. 그런 경우가 생긴다면 일주일이라도 휴가를 줄 수 있다고 장담해왔었다. 조 국장은 '기자는 평생 함께 가야 하기 때문에 한 가족이며 한 가족이 되면 이해하지 못할 것이 없다. 진실생진실사로 산다면 가족이라는 개념 하에 자신의 권한 내에서 처리해 주지 못할 일이 없다'라고 말해왔다.

조 국장의 이 같은 성격을 잘 알고 있는 건우인지라 애인이 생겨서 월차를 허용해 달라고 했던 것이다. 수연은 편히 앉아 있다가 전화의 내용을 듣고는 자신의 이야기가 나오자 엉덩이가 들썩했다. 재빨리 자세를 바꿔 수화기 앞에 자신의 귀를 바짝 들이댔다. 애인이라는 말이 싫지는 않았다. 그래도 비밀스럽게 감추는 맛도 있어야지. 더구나 직장상 사인데 너무 쉽게 털어 놓는 것 아닌가 하는 생각이 들었다. 아직까지는 서먹서먹하고 함께 지낸 지 겨우 하루 밖에 되지 않았는데 좀 경솔한 것 아닌가 하는 생각에 마음이 편치 않았다. 하지만 사실이 그러하니 어쩌겠는가. 다만 침을 꼴깍 삼키며 민망함을 감췄다.

"이 집은 미국에 있는 외할머니가 엄마에게 주신 집이에요. 풍치가 너무 좋아 아빠와 엄마가 아주 좋아했던 곳이에요. 여기에서 아빠와 엄마 그리고 제가 배를 타고 놀았어요. 아빠는 나를 무등 태우고는 어디든지 다 갈 수 있다고 큰소리를 쳤었지요."

두 사람은 집 뒤편에 있는 선착장에 나와 수면 위로 떨어지는 고운 낙조를 보고 있다. 강바람이 불어왔다. 건우의 어깨에 머리를 기대고 있던 수연의 앞머리와 기대지 않은 쪽의 옆 머리카락이 살짝 나부꼈다. 수연은 건우의 어깨에 자신의 머리를 기대고 꿈을 꾸는 표정으로 말했다. 적송 그늘 아래에 등받이가 있는 나무벤치에 앉아서였다. 벤치에 앉은 자리에서 강의 삼면을 볼 수 있었다. 어느 쪽으로 머리를 돌려도 강수면의 잔잔함이 눈 안으로 빨려 들어왔다. 수면의 잔잔함은 상념을 진정시켜 고요한 마음으로 유도했다. 왼쪽 편에는 선착장이 있었다. 선착장에는 모터보트 한 대가 수면에 따라 한가로이 흔들리고 있다. 이제 막 떨어지려는 낙조가 적송의 날카로운 솔잎에 반사되면서 황금색으로 빛이 났다. 빙 둘러 방풍림처럼 장원을 에워싸고 있는 20여 그루의 아름드리 적송들은 낙조를 받은 솔잎들이 뿜어내는 황금색 빛에 가려 붉은 색을 강조하고 있다. 저 위에 매달고 있는 솔방울들은 이제라도 떨어질 듯 위태롭게 매달려 있다.

장원 터는 일부러 강가에 바위 돌을 가득 메워 커다란 분지를 만들어 놓은 것 같이 돌출되어 있어 강물의 삼면을 감상할 수 있었다. 곳곳에 아름드리 적송이 20여 그루나 자리 잡고 있어서 적어도 수백 년 전에 조성된 대단한 사연이 있는 고택이었을 것이라는 짐작이 들었다. 과연 대한민국 안에 이런 풍광을 가진 집이 몇 곳이나 될까.

"그럼 내가 무등 태워 줄게. 이리 올라 와요"

"아야, 야야 아파요."

그녀의 허리를 잡아 건우의 다리 위로 올리려 하자 수연은 비명을 질렀다. 이내 건우의 손등을 꼬집으며 눈을 흘겼다. 드러내놓고 말하자니 부끄럽고 어지간히 아팠는데 표현도 못하고 혼자 삭히고 있자니 상당히 억울했던 모양이다. 둘이 다 아파야 하는데 왜 나만 아파야 하느냐는 표정으로 그녀는 한 번 더 건우의 손등을 있는 대로 꼬집어 뜯었다. 작심을 하고 잡아 뜯으니 건우는 혹시나 살점이 뜯겨 피가 나는 것은 아닌지 확인해 보아야 했다. 아차 하고는 이내 그녀에게로 고개를 돌렸다. 수연은 깨소금 하는 표정을 짓고 있다. 건우는 그런 모습을 보면서 눈을 질끈 감고 참아야 했다. 남자가 아프다고 펄펄 뛰면 그녀는 얼마나 고소해 할 것이며 남자로서의 체면은 뭐가 될 것인가.

"어머, 어머 곱다. 눈물이 날려고 해요. 너무 좋아"

드디어 낙조가 수면 위에 찬란한 붉은 빛을 쏟아 부으며 떨어졌다. 그 찬란한 붉은 빛들은 호수 위에 깔려 있는 물비늘에 반사되면서 온통 붉은 빛으로 주변까지 수놓았다. 목가적인 풍경은 두 사람의 감성을 자아내며 가슴에 뻐근한 감동을 주었다. 수연은 건우의 어깨에 머리를 기댄 채 박수를 치며 종아리를 동당거리며 좋아했다. 그녀의 해맑은 얼굴에도 낙조가 드리워지며 신비로운 여신의 모습으로 변하고 있다. 건우는 수연의 어깨를 더욱 힘주어 끌어안았다. 그녀는 질식할만한 행복감과 포만감으로 눈매가 가늘어졌다. 입술을 포갰다. 수연의 눈도 건우의 눈도 꿈을 꾸듯 살포시 감겨 들었다.

"스크립 된 자료들인데 검토해 보셔요. 이 자료로 작품을 하나 써 주세요"

수연이 꺼내 온 스크랩 철은 희귀 자료본이었다. 심지어 이승만 박사께 올린 팔로군의 포로현황과 파로호로 명명하게 된 내력까지 스크랩되어 있었다. 영문으로 작성된 원문 그대로였다. 대단한 자료였다. 아무래도 중대한 내력이 숨겨 있는 자료로 보였다. 수연의 아버지인 이 장군의 범위도 넘어서는 대단한 자료였다. 이 정도의 자료라면 파로호와 관련된 스토리텔링이 열 개 정도는 나올 수 있겠다 싶다. 더구나 구체적인 역사적 기록물이기 때문에 다큐로 제작해도 충분한 승산이 있어 보였다. 이것 때문이었나? 파로호를 테마로 스토리텔링을 만들어 보라고 했던 수연의 말이 떠올랐다. 슬며시 수연의 얼굴을 곁눈질해 보았다. 수연은 건우가 스크랩 내용을 보면서 심각한 표정을 짓자 함께 심각한 표정이 되었다. 건우의 눈길이 가는 곳을 좇으며 눈에 힘을 주었다. 그 표정을 보며 건우는 사랑스러워 못 견디겠다는 표정으로 수연의 손을 그러잡으며 말했다.

"이제부터는 내가 당신을 지켜 줄게. 언제나 어디에서나 반드시"

건우의 말을 듣자마자 수연이 건우의 목을 끌어안으며 참았던 눈물을 터뜨렸다. 그 말을 그토록 간절히 원했었나 보다. 그녀의 흐르는 눈물을 보며 건우의 가슴 속에서도 뭉클한 것이 치밀어 올랐다.

"내가 목숨을 바쳐서라도 반드시 당신을 지켜 주고 기다리지 않게 해 줄게"

"그래줘요, 제발 그래줘요. 건우 씨. 사랑해요."

그녀는 눈물이 흐르는 얼굴로 크게 고개를 끄덕이며 건우의 품 안에 가득 안겨왔다. 불현듯 수연이 손으로 만지기에도 아까운 보배라는 생각이 건우의 가슴에서 피어났다. 콘텍트 렌즈를 만질 때처럼 손가락이 달달 떨려왔다. 살며시 그녀를 끌어안으며 콘텍트 렌즈를 만지듯 그녀의 얼굴을 어루만졌다. 수연의 머리카락 한 올까지도 아까와지기 시작했다.

수연이 내어준 스크랩 내용 중에 유독 건우의 눈길을 단번에 사로잡는 내용이 있었다. 그 내용은 파로호가 중공군의 수중에 떨어진 이후 미군의 보급로를 끊기 위해 팽덕회의 수공작전이 치밀하게 계획되어 있었다는 내용이었다. 만약 이 작전이 성공했다면 무너진 한강다리 대신에 설치된 부교와 주정으로 보급품을 운반하고 있던 미군의 작전에 치명적인 영향을 끼칠 수 있었을 것이다. 만약 그렇게 되었다면 휴전선은 상당히 후퇴하여 강원도의 절반 정도는 북한의 영토가 되어 있을지도 모를 일이다. 파로호의 물로 수공작전을 펼친다? 한강 유역을 물바다로 만들어 보급로를 끊어낸다? 대체 파로호의 규모가 얼마나 되길래 수공작전을 세울 수 있었는지 눈으로 확인해 봐야겠다. 기자의 촉이 반짝했다. 대단한 특종에 대한 촉이었다.

"수연씨, 내일 파로호를 둘러보았으면 좋겠는데 당신이 안내해 줘요"

"그거 좋은 생각이에요. 내가 안내할게요. 저거 타고 가면 돼요."

수연은 선착장에 접안 되어 있는 모터보트를 가르쳤다. 수연의 손가락 방향의 끝에는 모터보트가 한가롭게 물결에 따라 이리저리 출렁거리고 있다.

"추워요. 들어가요."

수연이 건우의 손을 이끌었다. 가까이에서 아카시아꽃 향기가 콧속으로 빨려 들어왔다.

편집부 안 기자

"안 기자, 이번에는 이승만 대통령을 부각시켜 보자구. 이승만 대통령의 초등학교 의무교육을 포인트로 잡고 그 당시의 환경을 조명해 봐."

조성호 편집국장의 업무지시에 따라 안 선영 기자는 김일성과 김정일을 추종하는 세력들이 입에 올리고 있는 친일파 숙청론부터 육이오로 인해 중단되었던 이승만 대통령의 초등학교 의무교육에 대해 살펴보기로 방향을 정했다.

안 기자는 건우와 연세대 국어국문학과 동문으로 건우보다 2년 후배였다. 건우가 2학년을 마치고 해군에 지원 입대하는 바람에 건우와 마주칠 일은 없었다. 안 기자의 사내 별명은 고주망태였다. "고주망태 안"이라는 별명까지 붙여진 안 기자는 연세대 국문과 출신으로 기사작성에 뛰어난 우먼파워를 발휘했다. 누구의 글을 읽던지 간에 글쓴이의 성향이 좌파인지 우파인지를 명확히 분별해내는 지식의 순발력까지 갖추고 있었다. 안 기자는 자신의 문장력에 감탄을 하는 동료들에게 자신은 지금까지 1천 권 이상의 책을 정독했노라고 말했다. 그냥 나오는 것이 아니라는 이야기였다.

170cm에 육박하는 늘씬한 키는, 미끄러지듯 흘러내리며 체중 55kg의 볼륨과 27세의 성숙미가 더해지면서 완숙한 조형미를 만들었다. 짙은 속눈썹은 그윽한 눈빛의 음영을 또렷하게 양각시켜 주었는데 마주 보고 있노라면 눈 속에 빨려 들어가는 것 같은 착각을 불러일으킬 정도의 미인이었다. 계란형의 얼굴에 보조개가 깊게 파여 있어 어지간한 미인은 명함도 못 내밀 정도의 미인이었다. 안 기자의 얼굴을 처음 보는 남성은 한 순간에 숨이 턱하고 막혀 침을 삼켜 숨통을 틔워주어야 했다. 하지만 조물주는 공평했다. 완벽한 몸매와 얼굴을 주는 대신 조물주는 선영의 목소리에 흔적을 남겨놓으셨다. 선영의 목소리는 괄괄한 남성의 목소리와 끝이 갈라지는 탁한 목소리를 합쳐놓았다. 크게 웃을 때는 컹컹소리가 났다. 그것은 세퍼드 짖는 소리와 흡사해서 주변을 둘러보게 만들었다. 전화 목소리로는 남성인지 여성인지 도무지 분간을 할 수 없다. 가까이 가면 심한 입 냄새도 문제였다. 도무지 키스하고 싶은 생각이 나지 않았다. 냄새에 민감한 사람은 욕이 나오면서 확 밀쳐버리고 싶은 충동까지 일어났다. 그래서인지 선영은 술을 사랑했다.

선영의 부친은 굴지의 무역회사 CEO 이며 우리 신문사의 주주이기

도 했다. 부족함이 없이 자라난 선영은 성격이 활달하고 어떤 자리에서
든지 주인공이 되어야 직성이 풀렸다. 그것은 술자리가 있는 회식자리
이든 삼삼오오 모이는 자리이든 자신을 빼놓으면 견디지 못했다. 그리
고 회식자리에 들어서는 술잔을 받는 대로 입에 털어 넣었다. 취기가
오르면 프라이팬에 구운 인절미처럼 늘어져 이리저리 달라붙었다. 견디
지 못한 동료들이 퇴장을 명하면 기다렸다는 듯 건우를 지명하여 집까
지 바래다 달라고 주문하는 것이다. 그럴 때마다 건우는 집까지 바래다
주어야 했다. 하지만 두 번이 되고 세 번으로 늘어나자 엄청난 인내가
필요했다. 슬슬 짜증도 나고 나중에는 넌덜머리가 나서 안 기자가 술을
좀 푼다 싶으면 슬며시 자리를 빠져 나왔다. 그런 다음날이면 선영은 눈
꼬리를 찢으며 남의 눈에는 안 뜨이도록 건우에게만 골짓을 하는 것으
로 복수를 해대곤 했다.

  건우는 뛰어난 미모에 문학실력까지 두루 갖춘 안 기자에게 관심이
가지 않는 것은 아니었다. 하지만 회식 자리에서의 술버릇과 누릿하게
드러내는 개방성에 안 기자에 대한 환상은 산산조각이 나고 말았다. 거
울이 산산조각이 난 것처럼 안 기자에 대한 환상이 깨지니, 업무적으로
도 안 기자와 연결되는 것조차 부담이 되었다. 안 기자의 능력만을 놓
고 보면 장래가 촉망되는 뛰어난 기자이며 한 시대를 풍미할 수도 있는
베스트셀러 작가가 되기에도 충분했다. 하지만 누구의 아내가 된다거나
어머니가 될 수 있는 그런 여인은 못되었다. 피아노는 물론하고 신부수
업을 위해 요리학원도 다녀 요리솜씨도 빼어나다고 하나 그것으로 결
혼생활이 행복한 것은 아니다. 결혼생활이 행복하려면 오히려 잔손이

많이 가는 일을 잘해내야 한다. 이런 일들은 훈련이 되어 있어야 가능한 일이다. 청소와 빨래 그리고 정리정돈은 훈련되지 않으면 할 수 없는 일이다. 이것 때문에 밥상머리 교육이 필요하고 잔소리가 필요하다. 이 기준으로 보면 안 기자는 전혀 아니올시다 였다. 책상 위에는 여기저기 서류가 널려있기 일쑤이며 뭘 빠뜨리고 그것을 찾으려면 한 시간씩이나 걸렸다. 이런 좋지 못한 습관은 건우의 경계선이자 장벽이었다. 딱 여기까지 라는 철조망이 둘러쳐졌다.

선영은 자신의 연애 상대자로 건우를 선택했다면서 넌지시 유혹해왔다. 연애에 대해 부담 갖지 않아도 된다고 했으나 건우는 못들은 척 했다. 배설만을 위한 연애는 시간만 허송할 뿐이며 욕정의 도구화가 될 뿐이다. 이것들은 '뼈 송송 구멍 탁'과 같은 것이어서 영혼을 다해 사랑할 수 없다는 골다공증이 있다. 구멍 뚫린 헛헛함이야 말로 영혼을 좀먹는 좀 벌레에 불과하다. 남녀가 진실로 사랑하고 함께 미래의 그림을 그리며 꿈을 키워 나갈 때에 기쁨과 보람이 있다. 이 기쁨과 보람은 서로가 사랑하고 사랑 받는다는 만족감과 같은 곳을 바라보고 있다는 뿌듯함과 연결되어야 영혼과 육체의 에너지를 충전시켜 준다. 이것 때문에 세상과 사물까지 다 아름다워 보이게 되어 있다. 이런 궁극적인 행복에 도달할 수 없는 연애는 세월만 허송할 뿐이다. 구태여 뼈송송 구멍탁 같은 연애는 사절한다고 선영에게 말할 필요도 없다. 그저 둘만의 자리를 만들지 않으면 된다.

안 기자의 책상에는 취재 중인 파일과 기획 중인 파일 그리고 색인이 붙어 있는 파일이 가득 쌓여 있다. 이 색인은 년도 별로 정리되어 있는 신문사의 자료들을 자신이 아주 쉽게 찾아낼 수 있도록 사건별로 재구성한 색인들이다. 구태여 그런 작업을 별도로 해야 하느냐는 건우의 말에 선영은 빙긋 웃으며 대답했다.

"선배, 남자와 여자의 특징이 뭔지 알아요? 여자는 일하는 것에서도 여자의 특징이 나타나게 되어 있어요. 여자는 애 만드는 기술만 있는 게 아냐요. 남자는 새로운 것을 만들어 내는 창조적인 능력이 있고 여자는 그것을 재배치하여 자신의 것으로 만드는 능력이 있는 겁니다. 나는 그 능력을 발휘하고 있는 중이니 딴지 걸지 말아요"

이런 말을 하는 선영을 보면서 건우는 자신의 판단이 경솔한 것은 아닌지 잠시 혼란해지곤 했다. 선영은 책상과 신문사 서고를 오가며 오랫동안 작업했다. 신문사 서고에 틀어박혀서 오래된 기사철을 뒤적여 사건주제별로 관련내용을 취합했다. 취합된 사건들을 주제별로 분류하고 특징들을 간단하게 요약하여 색인을 만들었다. 주로 자료가 많이 들어간 기획기사 이상 되는 내용과 특종들이었다. 누가 시켜서 하는 일이 아니라 제가 좋아서 하는 일이라 말리는 것도 어정쩡하여 지켜볼 수밖에 없었다. 선영은 자신의 일을 해내면서 거의 6개월 정도를 매달려 색인을 만들어냈다. 선영이 말한 대로 천 권의 책을 읽지 않고는 색인 작업은 꿈도 꾸지 못했을 분량이었다. 선영은 과거의 사건 기사 내용을 읽어보면서 그 기사에 관련되어 있는 주요 인물들의 특징과 시대상을 집게로 집어내듯 딱딱 짚어내며 그것들을 연결하여 색인으로 만들었다.

선영이 만들어낸 색인으로 작업을 하면 순식간에 출처가 분명한 논문 한 편을 만들어 낼 수 있었다. 과연 1000권의 책을 읽지 않고서는 불가능한 일이다.

조 성호 국장은 안 기자가 완성한 색인을 보고, 안 기자의 뛰어난 장점에 감탄하고 부편집인의 직무를 맡겼다. 선영은 취재 기자의 취재내용과 기사내용을 검토한 후에 인쇄소로 넘기는 중요한 역할을 담당하게 되었다. 보완해야 할 내용이나 수정해야 할 내용은 선영의 손에서 걸러졌다. 비중이 크거나 시간이 촉박한 내용은 선영이 직접 보완했다. 선영의 손길을 거친 기사는 묵직해졌고 예리해져 독자들의 신뢰와 직결되었다. 독자들은 읽기에 편하고 깊숙한 곳에 숨겨져 있던 것들을 끄집어내어 적당히 할퀴어 주는 기사를 원했는데 선영의 손길이 그 요구를 만족시켜 주는 마법의 손이었다.

선영은 조 국장의 지시에 따라 자신이 가장 존경하는 한 사람인 헐버트 박사의 업적을 기록한 기록물의 내용을 점검했다. 사실 국문학을 전공한데다 생활 걱정이 전혀 없는 선영이 기자가 되겠다고 결심한 데에는 헐버트 박사의 영향이 컸다. 헐버트 박사의 일생에 큰 감동을 받은 선영은 대학원 석사학위논문으로 '독립신문이 한국의 문학사에 끼친 영향과 평가에 대한 고찰'을 제출하고 석사 학위를 받았다. 이 때문에 헐버트 박사와 독립신문에 대한 인식은 남달랐다. 세계최초의 한글 신문이자 한국 최초의 신문인 독립신문이 가지고 있는 위상은, 신문사가 사라졌다고 해서 이름만 남아 있는 옛 과거의 역사물로만 남아 있는 것이 아니었다. 우리나라의 독립을 세계만방에 고하기 위해 창간된 독립군의 나팔수였고 일제의 만행을 고발하는 신문고였다. 독립신문의 역할로 인해 독립을 염원하는 한국민족의 3.1 운동이 전 세계로 타전될 수 있었으며 월슨의 자주독립론을 끌어 올 수 있었다.

헐버트 박사는 1891년 12월 교사 계약기간 종료로 미국으로 귀환했다가 1893년 10월에 삼문출판사 책임자로 돌아와서 한성사범학교 교장, 관립중학교(현 경기고등학교) 교사, YMCA 창립총회 의장을 역임했다. 1895년부터 1897년까지 이승만, 서재필, 윤치호 선생과 함께 한국의 독립협회, 교육, 언론, 개방문명에 대해 폭넓게 토론했다. 토론을 통해 서재필과 가까워진 헐버트 박사는 서재필을 통해 독립신문을 창간하기로 마음을 굳혔다. 한글 교과서인 "시민필지"의 저자인 헐버트 박사는 대한민국이 독립하기 위해서라면 반드시 한글로 만든 신문을 발행할 수 있는 신문사를 가지고 있어야 한다고 믿었다. 한국을 이끌고 있는 식자층들을 충동하여 독립에 대한 동기를 유발 할 수 있는 유일한 수단은 신문발행 밖에 없다고 판단했다. 한국의 전통을 말살하고 그 자리에 일본의 전통을 주입하려는 일본의 시도는 점차 폭압으로 나타났고 한글 불용까지 나가고 있었다. 기회를 놓치면 한글 신문 발행 계획은 수포로 돌아갈 수밖에 없다. 언론인이기도 한 헐버트 박사는 언론의 위력을 누구보다 잘 알고 있었다. 한국의 독립을 위해서는 반드시 한글 신문이 있어야 했다. 헐버트 박사는 YMCA의 토론 시간을 주재할 때마다 서재필의 강직함과 독립에 대한 열망을 확인하고 이미 마음속으로 낙점을 하고 있었다. 마침내 헐버트 박사는 한국인인 서재필을 내세워

1897년에 한글신문인 독립신문을 창간했다. 독립신문은 3.1 만세 운동의 구심점이 되었고 단편적이기는 하나 세계의 동향을 알아 볼 수 있는 통로가 되었다.

선영은 우리 신문사의 부편집인의 직무를 맡게 되면서 역사와 문화에 대해 학문적인 시각으로 접근해서 풀어주어야 할 필요성을 느꼈다. 어쩔 수 없이 공부를 해서 자신이 소화를 해내야 했고 소화할 수 없는 내용은 전문가의 견해와 주장을 채용하여 겨우 소화를 할 수 있었다. 학문적인 시각으로 접근하면 결국 뿌리까지 접근되어야 이해를 할 수 있고 이해를 하고 난 연후에 설명을 할 수 있다. 이것 때문에 뿌리까지 캐고 들어가는 기자의식이 생기는 것이다.

선영은 기자의식이 생기기 이전부터 뿌리까지 확인해 보아야 직성이 풀리는 성격을 가지고 있었다. 여기에 기자의식까지 더해지니 이제는 이해의 차원에서 납득되어야 하는 수준까지 발전했다.

선영은 '요꼬 이야기'에서 상당한 충격을 받았다. 그렇지 않아도 자신이 경험하지 못했던 해방 전후의 역사에 지대한 관심이 있었던 선영은 요꼬 이야기가 이슈화되자 요꼬 이야기를 미국에 주문해 원본과 한국에서 출판된 번역서를 함께 놓고 일일이 대조를 하면서 살펴보았다. 살펴 본 결과 요꼬는 책을 팔아먹기 위해 의도적으로 한국인 남성을 동물적으로 묘사하여 극적인 긴장을 유도하고 아울러 일본인의 빗나간 애국심을 발현한 惡書로 판단되었다. 여기에 요꼬 이야기를 출판한 출판사의 한탕주의가 가세하여 악서가 문제서적으로 포장되어 탈을 바꿔 입은 꼴이 되었다. 요꼬와 같은 불온작가의 책이라도 돈이 된다면 양서로 둔갑을 시켜서라도 출판하려는 출판계의 현실이, 순수문학을 꿈꾸는 작가들의 창작의지를 꺾고 한국의 인문학을 좀먹는 주범이라는 판단이 들었다.

김기태 기자가 송고해 온 기사에는 1970년부터 2005년까지 외국어로 번역된 한국작품은 총 197종 밖에 되지 않는다는 정부(한국문화예술번역위원회)의 공식보고가 포함되어 있었다. 일본은 이 기간 중에 10만종의 번역물을 발간했으며 이중 2만여 종이 한국에서 한국어로 번역 출간되었다. 선영을 비롯한 취재기자들은 이 기가 막힌 출판 현실에 어이가 없었다. 한 국가에서 35년 동안 고작 197종의 작품을 소개해 놓고 노벨문학상 수상을 입에 올렸다니 기가 찰 노릇이었다.

197종의 의미는 대단히 컸다. 197종에는 독도나 중국의 동북공정에 대항하여 내놓을 수 있는 관련 서적이 단 한 권도 포함되어 있지 않았다. 단적으로 말하면 자신의 국가와 영토에 대해 스토리텔링조차 되어 있지 않았다는 뜻이다. 자신의 영토라면 적어도 이를 바탕으로 쓴 소설 몇 권 정도는 나와 있어야 했다. 영토분쟁에 있어서 중요하게 취급되는 자료는 그 영토에 대해 스토리텔링 되어 있는 문학작품이 얼마나 되어 있느냐에 있다. 관련 문학작품의 수가 많으면 많을수록 증빙내용이 확고해진다. 그러나 35년 동안에 걸쳐 외국어로 번역된 고작 197종의 작품에는 일본의 독도침탈계획이나 중국의 동북공정에 맞서 내놓을 수 있는 증빙자료의 성격을 가진 작품은 단 한 종도 없었다. 결국 해방 후 지금까지 제 나라 영토를 보호할 전략적인 작품조차 만들어내지 못했다는 뜻이다. 인문학이 열악하면 영토 보존에도 영향이 끼쳐진다는 교훈과 뼈저린 반성만 남았다.

"김 기자, 이번에는 이승만 대통령의 업적에 대해서도 조명해 봐야 할 때라고 생각하는데 어때?"

"네, 부장님 저도 같은 생각입니다. 박정희 대통령에게 쏠리는 시각을 좀 분산시켜야 할 필요도 있겠고 이번에 이승만 대통령의 업적에 대해 부각시키면 좋은 기사가 될 것 같습니다. 맡겨 주시면 제가 하겠습니다."

"그래, 김 기자가 한 번 근사하게 써봐."

아무런 준비도 없이 갑자기 찾아온 해방은 역사와 문화를 송두리째 바꿔 놓았다. 일제의 식민지 기간에는 일제가 주는 식량 배급을 받기 위해 일본말을 사용해야 했다. 어떤 사람은 될 대로 되라는 심정으로 "이씨 네노 돼지노 불알통이노 까라"하고 배급을 받아먹었다는 웃지 못할 사례도 적지 않았다. 자신이 이름을 쓸 수 있는 국민은 겨우 20%에 불과했다.

이승만 대통령의 업적에서 빼놓을 수 없는 가장 중대한 업적은 초등학교 의무교육이었다. 이승만 대통령을 교육의 아버지라고 부르는 것도 이런 연유에서 비롯되었다. 해방 당시 한국인의 약 80%는 제 이름 석자도 못 쓰는 문맹이었다. 일제로부터 어떤 형태이건 정규교육을 받은 한국인은 전체 인구의 14%에 불과했다. 이 중 신교육新教育을 받은바 있는 전문학교 이상 대학 졸업자는 국민 전체의 0.2% 미만에 불과했다. 따라서 건국 후 이승만 정권이 가장 먼저 해야 할 과제는 문맹을 없애는 일이었다. 제 이름 석자도 쓰지 못하는 문맹자가 80%나 되는 국민을 이끌고 국가의 장래를 말할 수는 없었다. 고민 끝에 이승만 정부는 전 국민을 대상으로 의무교육 계획을 수립했다. 진통 끝에 나온 의무 교육 계획은 1949년 1월에 미국식 초등학교 교과과정을 한국에 접목시킨 "의무교육 6개년 계획"이었다. 이어 1950년 6월에 공포된 교육법에서 모든 국민이 6년간 의무교육을 받도록 규정하고 중앙정부와 지방공공단체로 하여금 의무교육 실시에 필요한 학교를 설치하고 경영하도록 공포하였다. 공포를 하고 난 며칠 뒤에 육이오 전쟁이 터져 휴전 시까지 중단되는 아픔을 겪었다. 중단되었던 초등학교 의무교육은 1953년 휴전협정이 조인되자 이듬해인 1954년부터 전국적으로 시행되었다. 1959년까지 전국 초등학생의 96%가 취학하는 성과를 올렸다. 전 세계의 역사상 유례가 없는 교육열이었다.

해방 당시 전체 국민 80%가 넘는 문맹자들은 전쟁 후에 극심한 빈곤에 시달렸고 외국에서 보내오는 구제품을 배급 받아 간신히 연명해야 했다. 그 모습이 오늘 날 팔레스틴의 가자지구에 있는 난민들의 모습과 같고 아프리카 난민들의 모습과 유사했다. 그래도 부모는 허리띠를 졸라매며 자식을 초등학교에 보냈다. 시대가 이런 시절이었기 때문에 빈곤은 당연한 것이었다. 부모는 전쟁으로 인한 가난을 자신의 팔자로 여기고 자식만큼은 부자의 팔자가 되라는 염원을 담아 학교에 보냈다. 이렇게 보낸 초등학생이 96%나 되었다. 문맹률 80%의 국민을 이끌고 국가의 장래를 논할 수는 없는 노릇이다. 이승만 대통령은 국가의 미래를 위해 그 어떤 정책보다 국민 교육 정책을 최우선 했다. 교육이 없는 국가의 미래는 논할 가치조차 없다고 보았다. 읽고 쓰지도 못하는 터에 차원 높은 과학이나 선진 기술을 말할 수는 없었다. 고민 끝에 나온, 국가의 미래를 위한 단호한 조치였다.

건우의 대학 선배인 홍춘식 취재부장은 주로 시위현장에 나가서 취재를 따온 베테랑이었다. 그는 나갈 때마다 "오늘은 이 인간들이 또 무슨 말을 하나 보자"하고는 카메라를 둘러맸다. 홍 기자 집안은 국가유공자를 두 분이나 배출한 가문이다. 큰 아버지는 교사로서 육이오 때 북괴군에 의해 총살을 당했고, 부친은 삼척 울진 무장간첩 사건에 투입된 경찰간부로 무장간첩의 흉탄에 유명을 달리했다. 당시 홍 기자는 어머니의 뱃속에 있었을 때였다. 유복자로 태어난 홍 기자는 가슴에 사무친 원한을 풀기 위해 북파공작원을 목적하고 UDT에 지원했다. 지옥훈련도 2회나 자청하여 받을 정도로 독하게 훈련을 받았다. UDT 훈련교관으로 추천되어 장기하사로 근무하려고 하였으나 어머니가 국방부 장관과 해군참모총장에게 탄원서를 내는 바람에 불발로 그치고 병장으로 제대했다. 이런 연유로 취재부장인 홍 기자는 좌파적 성향자들과 친북자들에 대해 남다른 적개심이 있었다.

신문사에는 좌파의 명단을 사전으로 만들 수 있을 정도로 이들에 대한 정보가 즐비했다. 범죄 기록은 각 경찰서와 법원 출입기자들이 작성한 기사로 충분했고, 각종 인터뷰나 빈번한 행사에 대한 기록물도 충분했다. 이름을 알리기 위해 행사장에 얼굴을 내미는 인사는 행사 참여자로 이름을 남기기 마련이다. 교수나 학생은 학교에 축적된 정보가 있어서 학교를 통해 알아보면 되었고 병역은 병무청으로 알아보면 되었다. 일단 기사화 되면 병원의 진료기록과 같이 기사 기록으로 남아 있기 마련이다.

컴퓨터 시대에 들어와서는 검색하기만 하면 해당자의 각종 정보가 다 떠올랐다. 과거의 시시콜콜한 것으로부터 현재에 이르기까지 모든 정보를 검색할 수 있다. 우리 신문사에서 10년 차 이상 된 기자라면 한국의 내로라하는 인사들의 정보에 대해 줄줄이 꿰뚫을 수 있을 정도가 되었다.

육이오 60주년은 상징적인 의미가 대단히 컸다. 분단 60년은 3대에 걸쳐 육이오의 피해를 입고 있다는 뜻이기 때문에 3대가 공감할 수 있는 비중 있는 기사를 내야 한다. 보도의 관점을 전쟁에 대한 위험으로 잡느냐, 육이오 참전용사들에 대한 보은으로 잡느냐, 정부의 대북정책에 대한 우려로 잡느냐에 따라 보도내용은 크게 달라진다.

우리 신문사는 홍춘식 취재부장의 강력한 방침에 따라 북한과 공조하는 한국기자협회에서 탈퇴했다. 남북정상회담을 통해 비방 보도를 하지 않기로 하고 김정일에 대한 호칭을 김정일 국방위원장으로 깍듯이 대우해야 한다는 점 때문이었다.

건우의 관심은 국가의 장래와 자신의 미래에 쏠려 있다. 국가가 잘 되어야 자신도 잘 될 수 있다는 생각은 비단 건우뿐만이 아닌 전 국민의 보편적인 생각이다. 이런 면에서 보면 건우는 건강한 보통 사람에 속했다. 보통사람이라고 해서 매력이 없다는 것은 아니다. 나름대로의 매력이 출중했다.

건우의 매력은 일하는 데에서 발산되었다. 성실한 태도와 맡겨진 일은 반드시 완결했다. 타인에 대해 험담을 하지 않는 것과 자신의 옳은 판단은 그대로 밀고 갔다. 바른 판단력과 부드러운 성품은 책임감과 함께 매력으로 발산되었다. 그의 책상에는 언제나 메모장과 암기장이 놓여 있다. 암기장에는 명언들과 고급 어휘들이 가득 담겨 있었는데 건우는 매일 그것들을 암기했다. 이 습관은 우리 신문사의 기자가 되기 훨씬 이전인 고등학교 시절부터 만들어진 습관이다. 이 습관이 원인이 되어 연세대 국어국문과를 졸업했다. 해군 제대 후에 우리 신문사 기자 모집에 공모하여 굴지의 우리 신문사 기자가 되었다. 신문사 기자가 되고 난 뒤에도 이 습관은 지켜졌다. 건우는 기사 한 꼭지를 작성할 때에도 단어와 동사 그리고 조사까지 완벽을 기해 작성했다. 이런 이유로 건우의 기사는 한 눈에 들어왔다. 기사의 내용이 긴 기획기사도 마찬가지로 한 눈에 들어왔다. 문장과 문장의 사이가 매끄럽게 물 흐르듯이 연결되고 논지를 풀어내는 해석력은 세련된 고급문장을 사용하여 눈에 박힐 듯 시원하게 들어왔다.

　건우가 우리 신문사의 기자 시험에 합격했을 때, 부친은 아들의 어깨를 두들겨 주며 격려해주셨다. 좋은 글이란 "삶의 자리"에서 나온다고 누누이 강조하며 한 줄의 기사를 써도 반드시 현장을 확인하고 난 연후에 쓰라고 엄히 말씀하셨다. 한 줄 기사에 한 사람과 그 가족들의 운명이 바뀔 수도 있기 때문에 한 줄 기사에 네 생명을 걸고 쓰라고 엄히 말씀하신 교훈은 건우의 뼈골에 박혔다.

　건우의 견해도 홍춘식 취재부장의 견해와 맥락을 같이 했다. 건우는 육이오 전쟁에 참전해 한국의 자유를 지켜 준 미국과 미국민에 대해 감사하는 마음을 가지고 있었다. 이 마음은 의도적으로 만들어 입힌 것이 아니다. 세계의 역사 속에 들어있는 한국의 역사를 현재의 시각으로 관찰하면서 생성된 것이며 역사적 지식을 기반으로 형성된 지식이었다.

비목공원

파로호에 다녀온 후유증은 컸다. 몸에 좋다는 산삼주를 거푸 3잔을 마시고 열꽃과 싸우다가 건우는 마침내 널부러지고 말았다. 아침에 눈을 뜬 수연은 깊이 잠든 건우의 모습을 보고도 깨우지 못했다. 자신도 몸살기운이 있는지 여기저기 안 쑤시는 데가 없었다. 몸살의 원인이 어디에 있는지 잘 알고 있는 수연은 민망한 얼굴이 되어 양쪽 팔의 관절을 살살 주물렀다. 주무르는 부위마다 삐거덕 소리가 들리는 것 같다. 깊이 잠든 건우의 팔을 끌어다가 자신의 머리 아래에 두고 건우의 가슴에 얼굴을 묻었다. 달달한 냄새가 코의 점막을 슬며시 간질이며 건우의 단단한 가슴과 어깨 근육의 팽팽함이 얼굴에 감각되어왔다. 수연은 코를 킁킁거리며 건우의 체취를 탐했다. 짜릿했다. 멈추고 싶은 순간, 몽롱한 기분과 사랑하는 사람이 옆에 있다는 사실에 가슴이 뭉클해지며 감동이 일었다. 온 몸에 힘이 다 빠져 나가서 움직일 수 없다는 듯 그대로 있었다. 팔을 빼앗기고 부자연스러운 힘에 눌려 불편해진 건우가 팔을 빼내가기 전까지 수연은 잠들어 있는 건우의 이마, 코, 입술, 귀, 턱, 턱 아래 수염까지 손가락을 대보며 자세히 관찰했다. 아름다웠다. 어쩜 이렇게 아름다울까. 남자가 이렇게 아름다울 수 있다는 생각은 해보지 못했다. 이런 경험은 난생 처음이었다. 그리고 감동했다. 아쉬움을 살짝 뒤로 물리고 수연은 살며시 일어났다.

봄비. 드리워져 있던 커튼을 젖히고 창문을 여니 상큼한 초록빛 냄새와 아카시아 향기가 낙수소리와 함께 들려왔다. 호반에는 물안개가 피어져 있고 그 위에 봄비가 내리고 있었다. 물안개는 봄비 사이로 주춤주춤 물러나는 듯 하더니 이내 봄비와 하나가 되었다. 수연은 챙이 넓은 모자와 땡땡이 몸뻬바지를 입고 작은 바구니를 찾아 들고 뜰로 나섰다. 보아 두었던 애호박 두 개와 상추 그리고 풋고추 여남은 개를 따서 바구니에 담았다. 지난 번 모임에서 건우가 고추장 수제비에 대한 추억이 있다는 말을 했을 때 가만히 가슴에 담아 두었었다. 그럴 일이 있을지 모르겠지만 정말 언젠가 둘이 있게 되면 고추장 수제비를 맛있게 만들어 주고 싶었다. 바구니에 담고 현관까지 오는 동안 그 짧은 시간인데 수연의 가슴에는 꽃불이 일어나고 있었다. 어떻게 표현할까. 무슨 말로 표현할까. 어느덧 수연의 입에서 콧노래가 흘러나오고 있었다. 비가 그치면 함께 비목공원에 다녀와야겠다. 살며시 팔짱을 껴봐야지. 콧노래의 톤이 높아졌다. 오늘이 월요일인데 이번 주간 내내 휴가였으면 좋겠다. 오빠한테 전화해야겠다. 수연의 입가에 미소가 번졌다.

1964년, 육군 제 6사단의 한명희 소위는 소대원을 이끌고 DMZ의 순찰지역을 순찰하고 있었다. 순찰을 하던 중 잡초가 우거져 있는 이끼 낀 무명용사의 돌무덤 하나를 발견했다. 무덤의 주인이 국군임을 한 눈에 알 수 있었는데 다 썩어가는 나무 십자가 비목과 비목의 옆에는 녹슨 철모가 뒹굴고 있었기 때문이다. 철모는 나무 십자가 위에 올려져 있었던 것인데, 오랜 세월의 풍파에 시달리다가 땅에 떨어져 주인의 신분을 지켜 주고 있었다. 녹슨 철모는 이렇게 말하고 있었다.

'누군가가 내 주인의 무덤을 발견하거든 세계 최강의 군대인 육군 제 6사단 소속 전투병으로서 명예롭게 전사했노라고 주인의 가족들에게 알려 주시오. 주인이 가족들을 얼마나 보고 싶어 했고 사랑했는지 눈을 감지 못했노라고 전해 주시오'

한 소위는 제대 후 동양방송의 PD로 근무하게 되었다. 방송관계로 알게 된 장일남 작곡가는 가곡에 쓸 좋은 가사 하나를 부탁해왔다. 군에 있을 때 보아둔 돌무덤과 비목의 잔상이 가슴 속에 응어리로 남아 있었는지 펜을 잡자마자 무명용사의 한이 잉크로 화해 흘러나왔다. 무명용사의 한, 무덤 속에 가지고 들어갔던 한은 10년이 지나 6사단 후배인 한명희 중위를 통해 "비목"으로 다시 태어났다.

"이곳은 한국 전쟁 가운데 전투가 가장 치열했던 격전지로 세계의 젊은이들이 평화를 지키기 위해 소중한 목숨을 바쳐 산화한 곳으로 무명용사의 돌무덤을 배경으로 탄생한 가곡 "비목"의 발상지이다. 이곳에 세계 평화를 위해 산화한 젊은이들의 넋을 기리고 평화를 갈망하는 인류의 소망을 담아 우리 후손들에게 세계평화. 안보와 인류 공동 번영의 이상을 전승하고자 군민의 정성을 모아 이 탑을 세우게 되었다."

비목탑 앞에 서자 비감한 심정이 되었다. 무엇으로도 표현할 수 없는 비감함은 온몸의 힘을 쭉 빼놓으며 두 다리로 서 있는 것이 죄송하다는 마음이 들게 했다. 오늘 좋은 것을 먹은 것이 죄송하고, 사랑하는 이와 환희의 밤을 보냈던 것이 죄송했다. 숙연해졌다. 저절로 두 손이 모아지며 기도하는 마음이 되었다. 이런 감정의 정체가 뭘까.

잠시 전에 둘러 본 무명용사의 돌무덤과 비목의 잔영 그리고 가곡 비목의 가사내용이 오버랩 되면서 심장의 박동을 욱죄는 것이다. 참담한 기분이 영혼 밑바닥부터 치고 올라오며 분노로 연결되었다.

희대의 사기꾼이며 더러운 살인마 김일성의 야욕 때문에 죄 없는 젊은이들이 자신의 이름 석 자도 남기지 못한 채 돌무덤 아래에서 해체되어 갔다. 그를 기다리고 있던 가족들은 망부석이 된 채 한을 품고 살다가 하나 둘 떠나갔고 떠나가고 있다. 그런데 그들을 위해 아무 것도 해 줄 수가 없고 오히려 희대의 살인마 부자를 도와주고 체제를 유지시켜 주어야 한다는 자들이 금배지를 달고 거리를 활보하고 있다. 대체 이런 나라가 어디에 있나.

건우의 가슴 속에서 무명용사는 녹슨 철모를 반드시 고쳐 쓰고 총을 쥔 채로 늠름한 자태로 웃고 있다. 마치 건우에게 경례를 받겠다는 표정이었다. 건우는 비목탑을 향해 거수경례를 올렸다.

반드시 쓰고 말리라. 세계를 진동시키고 무명용사들의 한을 풀어 줄 스토리텔링을 쓰고 말리라. 영령이여 내게 감응하여 당신의 한이 서린 이야기들을 들려주시오. 그리하면 당신의 억울한 죽음을 세계만방에 고하여 전 세계가 살인귀 김일성 부자를 심판하게 하리이다.

주차장 안으로 한 무리의 학생들을 실은 관광버스 3대가 들어 왔다. 학생들은 버스가 서자마자 서둘러 내리더니 삼삼오오 짝을 지어 흩어졌다. 건우와 수연이 서 있는 비목탑도 금새 이들의 차지가 되었다.

"야 좋은데 다 놔두고 뭐 이런 데로 데리고 오냐, 씨팔. 무슨 공원에 온다고 해서 좋은 덴가 했더니 이게 뭐냐"

"얌마 조용해, 저쪽에 꼰대가 인상 쓰고 꼬려 본다."

"씨팔, 꼬릴려면 꼬리라고 해. 좆같은데 데려다 놓고 뭘 꼬려"

건우는 이들의 말을 들으면서 속에서 울컥 치밀어 오르는 모멸감을 느꼈다. 제 나라의 국사도 선택과목으로 끌어내린 교육, 기초생활법률도 가르치지 않는 교육, 외국의 조잡한 것까지 못 따라 해서 환장한 교육계의 수장과 정치인들. 제 나라 글도 못 깨우친 어린이들에게 원어민

영어교육이라는 미명 하에 국민의 세금을 퍼부어주고 있는 정부. 총체적인 결과가 학생들을 통해 현장에서 적나라하게 나타나고 있다. 대체 이 나라는 무엇을 가르치며 어떤 존재가 되라고 교육하는가?

자랑스러운 한국인을 만들려면 국사를 필수과목으로 가르쳐 자신의 정체성을 확고히 인지할 수 있도록 교육해야 한다. 글로벌인을 만들려면 국제사를 가르쳐 세계를 품을 수 있도록 교육시켜야 한다. 긴 교육 기간 중에 중도 탈락자가 나올 수도 있다. 이들이 불량청소년으로 범죄자가 되지 않도록 기초생활법률을 가르쳐야 한다. 적어도 가르쳐 놓고 책임을 물어야지 가르쳐 주지 않고 책임을 묻는다면 이는 언어도단이다. 이것이 교육의 기본이다. 어떻게 기본 교육도 없이 100년지 대계를 입에 올릴 수 있단 말인가.

나는 너에게 너는 나에게

오후가 되어 월차를 하루 더 냈으면 하고 있는 중에 휴대폰이 울렸다. 편집국장이었다.

"김 기자, 취재할 곳이 있는데 김 기자가 다녀 와 줘야겠어."

"네, 국장님 어디인데요?"

"좀 멀어. 춘천이야. 내일 출근할 것 없이 곧바로 춘천으로 가서 특종 하나 건져와. 시간은 3일 줄게."

국장은 목소리를 통해 표정을 엿보려는 듯 건우의 다음 말에 잔뜩 귀를 기울이고 있는 눈치였다.

"김 기자, 미안하지만 어쩌겠나. 취재비는 출장비 포함해서 넉넉히 청구하도록 하게. 독자의 제보인데 꼭 김 기자가 와야 한다고 자네를 지목했지 뭔가. 그러니 자네가 다녀와야겠어. 괜찮지?"

건우는 무언가가 얽혀 있다는 느낌을 받았다. 지금 있는 이곳이 춘천인데 혹시 국장이 알고 이야기를 하는 것이 아닌가 하는 의구심도 일었다. 좀 더 이야기를 해 봐야겠다.

"네, 국장님 어떤 내용인가요?"

"자세한 내용은 그곳 전화번호를 줄테니 메모하고 그리로 전화해서 취재를 하도록 해. 특종감이야. 자유당 시절 이승만 대통령의 양자였던 이강석씨 사진 몇 컷하고 파로호의 비화에 얽힌 내용과 이승만 대통령이 친필로 작성한 원문이 있다는 거야. 그러니 자네가 취재를 잘해서 특종으로 만들게. 3일을 줄 테니 그곳에서 죽치고 특종을 만들어 오란 말이야. 디카로 찍던지 잘 말씀드려서 원본을 받아 스캔작업으로 파일로 만들어 오면 더 좋고. 3일 후 마감 전에만 파일로 보내주면 되네. 잘 되면 보너스야"

"네, 국장님 잘해보겠습니다. 전화 번호 주셔요."

"그래, 전화번호는 춘천 431-7000 번이야."

"전화번호에서 벌써 냄새가 나는군요. 국장님"

"그렇지? 전화번호로 확인을 해보았는데 정확해. 잘해봐"

"알겠습니다. 최선을 다하겠습니다. 고맙습니다. 특종 주셔서"

"김 기자, 인사는 나중에 하고 특종으로 만들어 오게."

"예, 알겠습니다. 국장님."

"그래, 들어가게."

"네, 국장님. 들어가십시오."

편집국장과 전화 통화를 하고 있는 중에 수연이 커피를 타서 건네주었다. 국장의 전화 내용은 수연이 건네 준 스크랩에 담겨 있는 내용과 일치하고 있었다. 내심 의혹이 일었으나 일주일 동안이나 춘천에 머물게 되었다는 점에서 무척이나 흥분되었다. 그것도 출장비까지 받아가면서 업무까지 보게 되다니 그 맛이 남남하다. 그런데 요거 맛은 남남한데 뭔가 있다. 혹시나 하여 국장에게 전달받은 전화번호로 전화를 걸었다. 신호음이 열세번인가 울리는 동안에도 전화를 받지 않는다.

"전화를 안 받네. 국장님과는 즉시 통화가 되었다고 하던데, 사람 가리면서 전화를 받고 안 받고 하나? 이상하네."

혼잣말로 중얼거리자 수연의 입꼬리가 슬며시 올라간다. 아무래도 무언가가 있지 싶어 수연의 표정을 할금할금 훔쳐보았다. 심증은 가는데 시치미를 뚝 떼고 있으니 섣불리 물어 보기도 찜찜하다. 표정을 통해 단서를 찾아보려는 시도는 접고 정면으로 부딪쳐 볼 작정을 하면서 고개를 드는데 수연이 입을 열었다.

"전화가 안 되어서 걱정되는가 봐요. 내일 아침에 하면 되잖아요. 꼭 지금 하셔야 해요?"

"이게 기자의 생리인가 봐, 미리 약속을 따놓지 않으면 불안해지거든"

"아마 외출했는지도 모르지요. 저녁 늦게 통화해 보세요."

"하긴 그럴 수도 있지, 알았어요. 그런데 참 묘하다. 이제 서울에 가야 하는데, 당신 두고 어찌 가나 걱정을 하고 있는데 전화가 왔지 뭐야. 신기한 일이야. 누가 혹시 약을 바른 것도 아닐 텐데 미리 알고 있었다는 듯 이런 전화가 오다니 횡재를 한 기분이야. 덕분에 오늘 가지 않아도 되겠어."

"그러게 말이에요. 참 신기하다. 나도 휴가를 얻은 기분이 나네요. 휴가. 재밌고 유익하게 보내야지. 좋아라."

"당신이 좋아하니 너무 좋다."

"사람과 사람과의 관계 그러니까 대인관계는 어떻게 설정하세요?"

홍차를 타가지고 와서 수연이 물었다. 스리랑카 산 홍차였다.

"나는 사람과의 관계에서 따져 보는 철학이 있어요. 사상이 같으면 벗이 될 수 있고 거기에 뜻까지 맞으면 지기가 될 수 있고 거기에 배짱까지 맞으면 동역자가 될 수 있다는 철칙이 있어요. 배우자란 거기에 사랑까지 더해질 때 바랄 것이 없다고 생각해요."

"그러면 만약 사상과 뜻과 배짱도 다르다면 사랑 하나로는 결혼이 안 된다는 뜻인가요?"

다소 의아스럽다는 표정으로 듣고 있던 수연이 도전적으로 질문했다. 사랑이 무엇보다 우선 되어야 하는 것 아니냐는 주장을 하고 싶어 하는 눈치이다. 건우는 고개를 설레설레 저으며 대답했다.

"남녀 사이에는 사랑이 최우선이라는 사실은 이미 전제되어 있지요. 사랑을 기본으로 깔고 사상과 뜻과 배짱까지도 맞으면 더할 나위가 없 겠다는 생각이라오."

"좀 더 구체적으로 이야기 해 줘요. 장래에 무엇을 하고 싶은 것인지,

그리고 그것이 당신에게 얼마나 중대한 일인지, 내가 당신과 함께 그릴 수 있는 그림인지를 확인해 볼 수 있도록 자세히 풀어서 이야기 해 줘요."

"그래요. 사상부터 말해 볼게요. 사상은 생각의 틀이지요. 어떤 생각이든지 이 틀 안에서 생각이 나오게 되어 있어요. 보수주의자는 보수적인 성향을 가지고 있어요. 성향이 보수적이면 보수적인 성향을 가지고 있기 마련이지요. 옛것에 대해 존중하고 권위를 부여한다는 점이지요. 자신이 가지고 있는 오래된 보물1호를 간직하고 있는 사람이라면 보수주의 성향을 가지고 있다고 봅니다."

"그렇다면 보수주의를 해서 얻을 것이 무엇인가요? 단순히 권위에 대한 존중에 가치를 두는 것으로 다 되는가요?"

수연은 탐구하는 눈빛으로 열정을 가지고 물어왔다. 자신 있게 준비해서 수업에 임하는 학생처럼 어떤 질문에 대해서도 충분히 답할 수 있는 답을 가지고 있다는 태도로 질문의 방향을 잡고 있었다. 가치를 어디에 두어야 하느냐? 단순히 옛것이라는 것으로 역사적 권위를 부여하고 가치를 인정하느냐 아니면 실용에 가치를 두느냐는 물음이었다. 건우는 수연의 도전적인 질문에 대한 답을 내놓아야 했다. 이쪽으로 가면 좋고 저쪽으로 가면 나쁘다. 왜 나쁘냐 하면 이라는 답을 내놓고 설득까지 해야 했다.

수연의 질문은 학문의 깊이와 자신의 주장을 풀어내는 수준이 얼마나 설득력을 가지고 있느냐에 대한 평가를 내릴 수 있는 상당한 수준의 질문이었다. 과연 네 실력이 얼마나 되는 실력인지 자신의 입으로 입증해 보라는 말로 들렸다. 건우의 가슴은 팽팽하게 긴장되면서 젖꼭지까지 경직되었다.

　　"보수주의의 가치는 단순히 권위에 대한 가치라고 판단할 수 없어요. 보수주의 시각은 보편적인 관점을 가지고 있다는 점이며 보수주의의 생각은 그것을 바탕으로 다음 단계로 간다는 의미입니다. 다음 단계란 창조적 혹은 창의력을 말하는 것이지요. 여기에서 경제창출이 나옵니다. 이를테면 기반은 그대로 두고 그것을 발판으로 더 나은 것으로 발전시켜 가는 것을 의미해요. 개혁 혹은 진보주의란 앞의 것이 잘 못 되었기 때문에 앞의 것을 깨고 그 깬 것 위에 다른 것을 만들어 낸다는 정신이지요. 그래서 개혁이나 진보에서 나오는 것들은 이전 것을 교체한 새로운 것이라는 결과가 나오지만 결국 그것은 발전이 아니지요. 보수주의가 앞의 것을 인정하고 그것을 바탕으로 창조된 새로운 발전을 만들어 내는 것과 비교하면 뒤떨어집니다. 보수주의를 하게 되면 앞의 것도 남아 있고 새로운 것도 만들어집니다. 그러나 진보나 개혁주의를 하게 되면 앞의 것을 무너뜨리고 거기에 새로운 것을 만들어 교체하는 것이기 때문에 앞의 것은 사라지게 됩니다. 결국 짓고 부수고를 반복할 뿐입니다. 공산주의가 망하게 된 원인이 바로 이것 때문입니다. 사람도 마찬가지입니다. 자신의 지난 과거 중 실패한 과거에도 가치를 부여하고 그 실패를 바탕으로 더 나은 발전으로 가져가는 것이 보수주의적 삶이지요. 실패한 과거 혹은 성공한 과거로 돌아가서 그것을 바로 잡겠다는 사고는 진보주의적인 사고입니다. 될 수가 없는 것이지요."

"과거를 그대로 인정하고 새로운 가치를 동력으로 만들어 내는 것이 보수주의이다. 멋진 정의군요. 그래요. 상당히 설득력이 있고 알기 쉽게 풀이해 주셨어요. 고마워요. 도전적인 질문을 멋지게 처리해 주셨네요. 학문적인 깊이가 만만치 않다는 느낌이 들어요. 다음은 뜻이라고 했는데 그것도 설명해 줘요."

"뜻이란 목표를 세우고 성취하는 것을 말하지요. 사명감이 부여되어야 합니다. 이 뜻은 내 뜻만이 아니라 하늘의 뜻이다. 라는 사명감을 가져야 의지가 발생되고 마침내 성취를 이룰 수 있다고 봅니다. 뜻은 사명감을 말해요. 따라서 뜻이 같은 사람은 하나의 목표 아래에서 동역자라는 의식을 가질 수 있지요. 뜻이 같은 사람들을 통해 일이 만들어지고 성취되는 것입니다."

"이제 우리의 이야기를 듣고 싶어요. 사랑이라는 테마로 말이에요. 사랑은 마음인가 봅니다. 마음이 당신께로 향하니 다 정돈이 되니 말이에요. 그런데 맑고 시원해요. 모든 것이 다 맑아 보여요. 이제 살고 싶다는 생각이 들어요. 당신과 함께 예쁘게 살고 싶어요. 당신과 함께라면 자신이 생길 것 같아요. 당신은 우리 장래에 대해 어떻게 생각하고 있는지 궁금해요."

또렷했다. 맑고 깊었다. 그녀의 눈동자는 호수와 같이 깊고 맑고 투명했다. 기대를 듬뿍 담은 그윽한 시선으로 건우의 말을 기다리고 있다. 이제 막 이젤을 펴고 새하얀 캔버스에 밑그림을 그리기 위해 연필로 구도를 이리저리 재보는 화가의 모습이 연상되어 왔다. 연상된 그것은 또 다른 상큼함과 싱그러움이었다. 마치 이슬이 맺혀 있는 장미 꽃잎을 하나 따서 먹는 것과 같은 낯선 싱그러움이었다.

"좋은 드라마를 보면 행복해지지요. 모든 사람은 자신을 비롯하여 남도 행복해지게 해주어야 한다고 생각해요. 나는 자식을 낳게 되면 남에게 주는 사람이 되라고 가르칠 겁니다. 물론 아내도 그렇게 가르치는 어머니여야 합니다. 남을 잘되게 해주는 사람은 자신도 잘 될 수밖에요."

수연은 뚫어져라 건우의 얼굴을 쳐다보았다. 그녀의 표정은 마치 용수철이 잔뜩 눌려 있다가 튕겨 나올 것 같았다. 단 순간에 많은 말을 한꺼번에 쏟아내지 못해 그 답답함에 울음이 터질 것 같은 표정이었다. 무언가 터질 것 같은, 아니 토해낼 것 같았다. 그녀는 잠시 고개를 숙이고 있다가 고개를 들었다. 그녀의 눈에 눈물방울이 맺히기 시작하더니 또르륵 굴러 떨어졌다.

"나도 그런 남편을 기다렸어요. 아마 지금까지 결혼을 하지 못한 것도 건우 씨처럼 말하는 남자를 못 만났기 때문일 겁니다. 당신 절대로 놓치지 않겠어요."

"그랬어요? 의외군요. 나와 같은 생각을 하고 있는 여인이 있다니 말이오. 실은 나도 그런 여자가 없었기 때문에 지금껏 혼자 살고 있는 겁니다. 당신은 나를 깜짝 놀라게 하는 재주가 있나 봐요. 나를 자꾸 감동시켜요. 사랑해요. 수연"

어디선가 페퍼멘트 향기가 코끝을 감돌았다. 그 향기는 다시 장미향으로 바뀌었다. 입 속에서 알싸한 산삼냄새가 뿜어져 나왔다. 2층 창 밖으로 내려다보이는 호반의 수면 위로 별빛이 잘게 쏟아져 내렸다. 달 그림자는 하늘과 호수에 두 개가 떠 있었다. 두 개의 그림자가 입맞춤을 한다. 하늘의 달은 건우, 호수의 달은 수연이었다.

"부족한 게 많아요. 잘 핸들링 해주세요. 잘 따를게요."

수연이 건우의 몸을 부자연스러운 몸짓으로 받아들이며 속삭여 왔다.

소양강 처녀

"오늘은 한우 너비아니를 먹으러 가요."

"소양강 주변에도 그런 곳이 있어? 입맛이 당기네. 좋아요. 휴가를 받아 신혼여행 온 것 같아요. 꿈을 꾸는 것 같아."

"건우 씨만 그런 게 아니라 저는 더 그래요. 행복하구요. 사랑해요. 건우 씨"

"사랑해요. 수연"

차창 밖으로 이제 막 단풍이 물들고 있는 작은 산이 보였다. 산을 끼고 구불구불한 길을 따라 차를 몰아 서울 방향으로 얼마를 달렸을까.

소양호 초입에 있는 갈비집이 보였다. 청기와를 올린 나름의 고풍스런 외풍을 가진 음식점의 이름은 우남정이었다. 우남정에 차를 세우고 종업원의 안내를 받아 방으로 들어갔다. 홀에는 손님들이 가득 차 있었다. 서울에서도 부러 이곳의 음식을 먹기 위해 많이 찾아온단다. 특히 드라마로 방영되고 난 뒤에는 손님으로 미어 터진다고 했다. 너비아니를 주문해 놓고 수연은 짧은 치마를 의식한 듯 방석을 무릎 위에 올려 놓았다.

"불편하지 않아? 홀에서 먹을 걸 그랬나 봐"

"아니 조금도 불편하지 않아요. 오히려 둘만 오붓하게 식사를 할 수 있어서 더 좋은데요. 이쪽으로 와요. 붙어 있게"

"응 그래."

건우는 주섬주섬 방석을 끌고 그녀의 옆자리로 이동했다. 수연은 한쪽 다리를 들어 건우의 다리 위에 걸쳐 놓고는 흡족한 미소를 지었다. 짝짝 붙는 맛이 고소하다. 슬며시 그녀의 허벅지로 손을 넣었다. 수연은 짐짓 모르는 척 방석으로 건우의 손을 가려 주었다. 팬티까지 손이 올라가자 그녀는 움찔하며 방석 사이로 손을 넣어 건우의 손을 끌어내 자신의 무릎 위에 올려놓았다.

"거기까지 가면 안돼요. 밥 못 먹어요. 더 가면 기분이 이상해져요."

그녀는 건우의 귀에 입술을 가까이 대고 달아오르는 목소리로 말했다. 찰나의 생각 같아서는 밥이고 뭐고 뒹굴었으면 좋겠으나 종업원이 너비아니를 가져오고 있는 모습이 눈에 들어왔다. 자세를 고쳐 앉았지만 눈감고 아웅이다. 종업원은 이미 눈치를 챘다는 표정으로 반찬을 내려놓으며 귓불이 붉어진다. 순진해 보이는 외모를 가진 아가씨였다.

"제가 자를게요. 일 보세요."

수연이 건우의 옆 자리에 무릎으로 앉아 서비스 하려는 아가씨를 제지하며 돌려보낸다. 여인 특유의 섬세한 관찰력이 무언가를 눈치 챈 모양이다. 조금은 불쾌하다는 얼굴로 수연은 고기를 불판에 얹었다. 건우는 그녀의 허벅지를 슬며시 어루만지는 것으로 위로했다. 그 때였다. 수연이 뾰로통한 표정으로 말했다.

"누구든지 내 신랑에게 눈길만 줬다간 봐라. 내가 이걸로 요절을 내줄테니"

수연이 쥐고 있던 집게와 가위를 들고 딱딱거렸다. 잠깐 동안에 어처구니없는 수연의 행동에 건우는 빙글거리며 참고 있던 웃음을 터뜨렸다.

"흥, 웃지 말아요."

그녀는 짐짓 골이 잔뜩 난 표정을 짓고 팔꿈치로 건우의 가슴을 찍었다. 건우는 표정 관리를 하며 한껏 인자한 미소를 만들고 수연을 쳐다보았다. 보면 볼수록 신기한 여인이다. 분위기와 전혀 다른 해학이 있는 발상과 유머러스한 동작들이 그대로 수연의 매력으로 발산되고 있다. 신기한 표정으로 바라보고 있는 건우의 옆구리를 찌르며 수연이 말했다.

"어머 웬일, 그 표정은 뭐야. 아이 징그러"

건우는 쩨질린 옆구리를 어루만지며 슬며시 물었다.

"내 신랑이라고 했는데 결심한 거야?"

"어머, 그럼 지금까지 장난한 줄 알아요?"

"아고 이뻐라. 이쁜 내 마눌"

"어머, 어머 마눌이 뭐야. 징그럽게"

수연은 싫지 않은 듯 앙탈을 부렸다. 마눌 마눌 하고 몇 번 되뇌여 보더니 어감이 괜찮은 듯 수연의 얼굴에 웃음이 감돌았다.

"먹어봐요. 아주 맛있게 익었어요."

수연이 젓가락으로 익은 고기를 골라 입 속에 넣어 준다. 그 모습이 마치 신혼부부인 듯하다. 저 쪽에서 주시하고 있던 아가씨는 이내 고개를 돌려 버렸다.

"그러게 아주 맛있다. 입에 짝짝 붙어. 당신도 먹어 봐요."

넣어 주는 고기를 잘 받아먹고 있는 건우를 보면서 수연의 눈꼬리가 기름지게 변했다. 자못 사랑스러워 못 견디겠다는 표정이다. 수연은 건우의 옆얼굴을 자꾸 곁눈질하면서 맛있는 반찬을 골라 입에 넣어 주었다. 그 표정은 건우의 얼굴에 입맞춤을 하고 싶어 못 견디겠다는 표정이 틀림없다. 눈치를 챈 건우가 슬며시 뺨을 들이댔다.

"여기에 뽀뽀"

"남들이 보고 있는데…."

"쪼옥"

수연은 주변의 눈치를 힐끔힐끔 살피다가 보는 사람이 없는지 급하고 강하게 입맞춤했다. 동작이 날래다. 여인들은 가끔 자신의 존재를 각인시켜 주기 위해 때때로 무모한 도전을 하기도 하고 이를 위해 용기를 낸다.

"잘 했어요. 내 뺨을 자꾸 노리기에 기회를 준 거야. 핫핫"

"어쩜 그리 내 속 마음을 잘 알까. 아고 미워"

그녀는 건우의 허벅지를 꼬집다가 이내 보석이라도 되는 듯 살살 쓰다듬었다. 마치 만지기에도 아깝다는 동작이었다.

"식사하고 소양 댐에 가보고 싶은데 집에 들렀다 갈까? 아니면 곧장 소양 댐으로 갈까?"

"음음"

그녀가 음음하며 고민하는 눈치를 보인다. 그러면 집에 들렀다가 가자고 말하려는데 그녀가 먼저 말했다.

"소양 댐으로 그냥 가요."

"왜? 나도 들렀다가 가고 싶은데"

"사실은 소양 댐에 가서 근처 모텔에 한 번 가보고 싶었어요. 수학여행 때에 한 번 가보고 그 후로는 한 번도 안 가 봤어요. 모텔 안은 어떻게 생겼는지 궁금해요."

"그럼 모텔은 안 가 보고 호텔은 가 봤다는 말씀?"

"외국에 갔을 때는 호텔 밖에 없으니까 호텔에서는 자 봤어요. 남들은 어떻게 사랑을 하는지도 궁금해졌어요."

모르고 지냈던 세계에 눈을 뜨니 관련된 모든 것이 죄다 알고 싶은 모양이다. 남은 어떻게 사랑하며 사는지 그것도 알고 싶단다. 두 사람이 지금 사랑을 잘 하고 있는지 못 하고 있는 것인지 아니면 더 잘 할 수 있는 방법이 있는데 놓치고 있는 것은 아닌지 그것까지도 알아보고 싶은 모양이다. 이렇게 탐구력이 많아지면 날이 갈수록 피곤해 질 것이 자명했다.

"그런 것은 적당히 알아야지, 남들이 사랑하는 방법을 알면 어칼라구, 다들 우리와 똑 같은 방식으로 사랑하는 거야."

"으음 그래도 당신을 더 기쁘게 해 주고 싶어요. 당신이 기뻐하는 모습을 보면 행복해져요."

"적당히 행복해지세요. 아가씨"

카드 결제를 하고 소양 댐으로 향했다. 댐 아래 마을 쪽으로 방향을 잡고 내려가다가 다시 거슬러 올라가기를 얼마, 마침내 전면에 수문이 열려 있는 소양 댐이 나타났다. 소양 댐 아래에서는 낚시꾼들의 낚시가 한참이었다. 사진에서 본 것과는 많은 차이점이 있었지만 그 위용은 변함이 없다. 소양 댐은 높은 둔덕 위에 거대한 건축물로 세워져 있다.

"건우 씨, 바로 이 옆에 '소양강 처녀', '소양강', '소양강 댐' 시인으로 알려진 소양시인의 찻집이 있어요. 지난 번 모임에서 당신도 본 사람이에요. 그리 가볼래요?"

"좋아요. 가 봅시다."

말을 해 놓고 난 뒤에 생각해 보니 건우는 수연에게 어떨 때는 반말로 어떤 때는 존댓말을 교차 사용하고 있다는 점에 생각이 미쳤다. 남녀가 살을 섞고 난 뒤에는 말투도 달라지 게 되어 있다는 김진태 기자의 말이 또 떠올랐다. 녀석은 그것으로 남녀 두 사람의 관계를 확인해 볼 수 있다고 했다. 그러고 보니 맞는 말 같다. 괜히 연애박사라는 별명이 붙은 것이 아니구나 싶다.

소양 댐을 거슬러 올라가서 댐 옆에 있는 작은 길로 접어드니 돌담으로 둘러싸인 "소양강처녀"집이 나타났다. 간판이라고 할 것도 없이 청사초롱에 "소양강처녀"라고 까만 글씨로 써 있는 찻집을 겸한 전통주와 파전을 파는 전통카페였다. 문을 열고 들어서니 주인이 반색을 하며 맞이해준다.

"미인 회장님이 예까지 왕림을 해주시니 몸 둘 바를 모르겠습니다.

어서 오세요. 환영합니다."

주인은 반백의 꽁지머리를 질끈 동여매고 개량 한복을 입고 있었다. 마치 색동저고리 같이 요란한 색깔의 한복이었다. 인사를 나누고 방으로 안내하는 것을 극구 사양하며 카운터 앞 의자에 앉았다. 카운터를 탁자로 이쪽은 주인, 이쪽은 손님이 앉는 형태이다. 자리는 다섯 개가 있었는데 두 자리는 벌써 다른 손님이 차지하고 있어서 둘은 입구 쪽 자리에 나란히 앉았다. 주인은 손님들과 함께 소양강의 특징에 대해 열변을 토하고 있던 중이었나 보다. 손님들의 재촉에 소양강의 역사에 대해 이야기를 이어 나갔다.

"잠깐만요. 손님 대접을 좀 할게요."

주인은 밤으로 빚은 밤 막걸리와 해물파전을 내왔다. 주방에는 부인이 요리를 하고 있었다.

"회장님, 이 밤 막걸리는 워낙 공이 많이 들어가기 때문에 몇 번 안 만드는데 행운이 따르는 모양입니다. 한 잔 쭉 들이켜 보세요. 그리고 맛을 평가해 주세요. 아무리 단골이라고 해도 한 주전자 밖에 못 드립니다. 반 주전자만 드시겠다면 도와주시는 것이 되지요. 핫핫"

주인은 밤 막걸리에 자신이 있는 듯 호탕한 웃음소리를 내며 감칠 맛 나는 너스레를 떨었다. 수연은 주전자를 받았다.

"아니 뭐가 이렇게 맛있는 거야."

한 사발을 쭉 들이켜 보니 그 맛이 참 달고 그윽했다.

"소양시인님. 여기에 뭐가 들어가는지 비법을 좀 알려 줘요."

수연이 잔을 내려놓고 찬사를 하니 주인은 그럴 줄 알았다는 듯 흡족한 미소를 지으며 건우에게도 눈으로 물어 왔다. 좀 더 찬사가 필요하다는 제스츄어였다. 건우는 다시 말했다.

"밤 향기가 그윽하고 단 맛이 강하면서도 밤 특유의 맛으로 적절히 절제되어 있군요. 이런 맛은 저도 처음입니다."

주인은 그제야 크게 웃으며 특별히 한 주전자를 더 주겠다고 호기롭게 말했다. 수연은 고마워하며 그것은 집에 가져가서 잘 먹겠노라고 했다. 주인이 전해준 밤 막걸리를 만드는 비법은 다음과 같았다. 밤 막걸리는 7월 하순에 딴 생밤을 저며 밤꿀에 40일 간을 잰 후에 고두밥을 쪄서 백국(종국)과 함께 섞어 보름을 띄운다. 곰팡이가 잘 엉겨 붙어 누룩처럼 되면 그것을 부숴 항아리에 넣고 물을 부어 잘 섞은 후 7일 간을 숙성시키면 발효가 된다. 발효가 되면서 거품이 이는데 다시 저어서 뭉친 것이 없도록 하고 하루를 더 숙성시키면 술이 익는다. 술이 익으면 거품의 정도와 맛을 보아 잘 되었으면 고운 채에 거르고 무명천에 넣어 짜면 막걸리가 된다.

파전의 맛도 훌륭했다. 대파와 부추 사이마다에 홍합과 새뱅이를 많이 넣었는데 먹을 때마다 쫄깃한 감촉과 함께 소라 같은 것이 씹혔다. 주인은 우렁이와 다슬기라 했다. 우렁이는 칼로 잘게 썰어서 넣기 때문에 씹히는 맛도 좋을 것이라 했다. 한 주전자는 대접으로 여섯 잔이 나오는데 둘이서 마시니 각각 세 잔씩 마시게 되었다. 파전과 함께 마신 밤 막걸리는 두 번째 사발을 들이켰을 때부터 취기가 전신을 타고 서서히 퍼지기 시작했다. 주인은 파전을 하나 더 만들어 내왔다.

"김 기자님은 어떤 글을 쓰시고 있는가요? 소양강 이야기를 다루시면 좋을 듯 하오만"

"좋은 소재가 있다면 당장에 다뤄야지요. 좋은 소재를 가지고 있다면 말씀해 주세요."

벌써 한 잔 술에 불콰한 얼굴로 소양시인은 심각한 표정을 지으며 말을 이어 나갔다.

"소양강 전투는 얼마나 치열했는지 모릅니다. 당시 육군 6사단이 중공군 3군단을 맞아서 전투를 벌였는데, 총 9000명이 중공군 10만 명을 떼몰살 시켰지요. 이승만 대통령께서 그 전과에 놀라 중공군 팔로군을 섬멸한 곳이라는 이름으로 파로호로 이름을 지어주고 비를 세웠습니다. 파로호 이야기가 나와서 하는 말인데, 파로호 전투에서 이승만 대통령이 미 8군 사령관에게 화천댐을 반드시 빼앗아 주시오 하고 신신 당부를 했답니다. 화천댐은 서울과 경기도 일원에 전력을 댈 수 있는 수력발전소였거든요. 이 수력발전소가 있어야 전기를 끌어 쓸 수가 있고 이 전기로 한국을 발전시키는데 반드시 필요했다는 이야기지요. 우리 부친이 6사단 연락장교를 지내셨던 덕분에 내가 여기에서 이렇게 한 자리 차지하고 장사라도 할 수 있게 되었는데 말이오. 파로호 전투에서 도망을 친 잔당들이 이곳 소양강 전투에서 전멸을 했지요. 가끔씩 유골과 유품이 나오고 있습니다. 당시의 전투가 얼마나 치열했는지를 말해 주지요. 해골을 비롯하여 당시의 중공군이 신었던 신발이라든지 심지어 방맹이 수류탄까지 나옵니다. 그리고 우리 어머니가 바로 전설의 소양강 처녀 뱃사공이란 말이오. 아 이거 한 잔 하고 나서 이야기를 해 줘야 하겠구만. 당췌 안 믿는 분위기일세, 회장님도 안 믿어지오? 하긴 내가 이 이야기를 꺼낸 적이 없지. 오늘 처음으로 꺼낸 이야기입니다. 내가 자랑하는 것 같아서 지금까지 안 했던 이야기요."

주인은 테이블에 놓여 있는 주전자를 들어 아껴 먹고 있는 밤 막걸리를 한 사발을 따라 마셨다. 건우와 수연은 동시에 서로의 얼굴을 바라보았다. 그 뜻은 누구 것을 마셨느냐 하는 의미의 눈빛이었는데 수연은 자신의 것을 양보했다는 표정을 지었다.

"우리 아버지가 6사단 통신하사였던 이자 천자 길자를 쓰시는 이천길 하사요. 우리 아버지가 부하와 함께 통신선을 복구해서 6사단이 중공군과의 전투에서 승리할 수 있었던 거지요. 그 공로로 아버지는 장교가 되셨고 연락장교로 전역할 수 있었다오. 교과서에도 나오잖소. 내가 바로 그 분의 아들인 이 길성입니다. 우리 아버지가 소양강 전투에서 중공군을 섬멸하게 되었는데, 나루터 위에 외딴집이 있었지요. 그 외딴 집에 틀림없이 중공군이 숨어 있을 것이라고 짐작하고 부하들을 시켜 포위하고 뒤졌는데 중공군이 안 나왔어요. 이상하다고 생각하고 외양간까지 다 뒤졌는데 없더라는 거요. 그 때 외양간에서 조금 떨어진 곳에 나룻배 한 척이 뒤집혀 있었지요. 수리를 하기 위해 굵은 통나무들을 받쳐 놓고 그 아래에는 가마니를 깔아 놓았거든. 부하들이 뒤 돌아서 나가려고 하는 중인데 아무래도 느낌이 안 좋아서 부하 두 명을 손짓해서 불러 놓고 공포를 한 발 쏘고는 벽력같이 외치셨지. 나룻배 속에 들어 있는 줄 안다 손들고 나와라. 안 나오면 쏜다. 그랬더니 '쏘지 마세요. 나갈게요.'하는 여자 음성이 들리더라는 거야. 부하를 시켜서 뒤집어 보니까 중공군 한 녀석이 처녀의 목에 칼을 들이대고 있다가 총부리들이 눈앞에서 철커덕 소리를 내면서 장전하는 소리가 들리니 손을 번쩍 들고 항복한 거야. 아버지가 처녀에게 다친 데는 없냐고 물으니 처녀가 얼마나 놀랐는지 치마에 오줌까지 펑하니 쌌다는 거여. 그리고는 중공군이 자신을 겁탈하려고 하다가 국군이 들어오는 소리를 듣고 자신을 나룻배 속으로 밀어 넣고 자신의 목에 칼을 들이댔다는 거지. 그래서 아버지가 당하지 않았느냐고 물으니까 고개를 크게 저으면서 안 당했다는 거야. 부모님은 안계시냐고 물으니 친척집에 다녀오신다고 가셨는데 전투가 벌어졌으니 못 오실 것이라는 거지.

그 날 저녁에 이런 저런 이야기를 나누다가 보니 그렇게 된 거지 뭐. 아버지가 전투가 끝나면 데리러 올 테니 꼼짝하지 말고 있으라고 했대요. 어머니는 꼼짝도 하지 않고 아버지만 눈이 빠져라 기다리고 있다가 다시 아버지를 만나셨지. 당장에 아버지를 따라 나서서는 아버지 집에 가서 살다가 형님을 낳고 나서 휴전도 되었고 해서 이리로 오신거야.

여기는 없는 사람이 살기에는 딱이거든. 아버지가 온 가족을 이끌고 이리로 와서 터를 잡으셨는데 용문산 전투의 영웅이신 아버지가 여기에 터를 잡으니 나라에서 불하를 내줬거든. 불하 1호지 우리 집이. 아 우리 어머니 이야기가 빠졌네. 우리 어머니는 소양강 나루터에서 소양강처녀라는 별명으로 뱃사공을 했었어. 그래서 소양강처녀 뱃사공이라는 노래가 나오게 된 거지. 우리 어머니가 바로 그 주인공이라니까. 여보 앨범 좀 가지고 나와 봐."

이 길성 씨는 주방 안에서 요리를 하고 있는 부인을 냅다 불러 앨범을 갖다 달라고 떼를 썼다. 부인은 구시렁구시렁 대면서 앨범을 가져다주었다. 그 앨범에는 이 천길 하사가 훈장을 받는 모습과 훈장증 그리고 부대표창을 받는 장면과 장교로 승진된 후에 찍은 사진 등이 있었고 가족사진과 함께 나루터의 모습이 찍혀 있었다. 나루터의 사진들 중에는 나루터 바로 위에 위치한 이 길성 씨의 외가 사진도 들어 있었다. 마당의 풍경과 집안의 풍경을 비롯하여 집 주변의 풍경을 찍은 사진들도 많았다. 이 길성 씨는 사진에 대한 설명에 무척 공을 들이며 자세히 풀이해 주었다. 설명을 하고 있는 그의 표정에는 대견함으로 가득 차 있다.

"김 기자, 그래서 하는 말인데 파로호의 비화를 한 번 써 보시면 좋을 겁니다. 미군의 폭격으로 댐의 수문이 부서지고 중공군의 수공작전이 무위로 돌아갔다는 것과 중공군이 파로호에 수장되었다는 역사를 잘 쓴 책이 없어요. 그러니 그 책을 써 주시오. 내가 한 번 써 보려고 도전을 했는데 영 안 써집디다. 일단 한 잔 더 받으시오. 사람이 먹을 때는 먹고, 마실 때는 마시는 것이 순서외다."

건우가 볼 때 주인장은 평생가도 책을 한 권도 쓸 수 없는 사람으로 보였다. 원래 책이란 배고플 때 쓰게 되어 있는 것이기 때문이다. 기사도 배고픈 기자가 치열하고 꼼꼼하게 잘 쓰는 것이지 배가 부르면 적당히 쓰게 되어 있는 법이다. 주인의 거창한 말은 시간이 갈수록 점점 늘어지고 있다. 이제 대충 듣다 보니 주의력도 산만해지고 인내력도 바닥을 치고 있다. 수연이 슬며시 건우의 허벅지를 꼬집었다. 자신도 따분하니 이제 주인의 말을 그치게 하고 나가자는 신호였다. 건우는 갑자기 꼬집힌 곳이 따끔해서 수연을 쳐다보았다. 수연은 자신이 너무 세게 꼬집었나 보다 하고는 얼굴이 빨개진다. 주인장은 둘의 눈치를 보고는 입맛을 쩝쩝 다시면서 이내 말을 마쳤다. 인사를 하고 자리에서 일어나는 두 사람을 향해 막걸리를 담아 놓은 큰 페트병 두 개를 전해 주면서 파로호에 대한 책을 꼭 쓰라고 당부했다.

수연과 함께 밖으로 나오니 뺨에 닿는 공기가 차갑다. 막걸리라는 것이 원래 마시기에는 부담이 없어도 마시면서부터 은근히 취기가 올라오는 술이 되어 놔서 시간이 갈수록 취기가 올라오게 되어 있다. 옛말에도 낮술에 취하면 어미, 애비도 몰라본다는 말이 있는 데 막걸리에 취하면 그게 그렇게 되어 있다. 취기로 인해 수연과 건우의 뺨은 빨갛게 달아 있었다. 차를 두고 갈 것이냐 타고 갈 것이냐로 골치를 썩일 필요도 없었다. 바로 카페가 있는 골목의 끝에 모텔이 있었기 때문이다.

모텔 안에 들어선 수연은 신기한 듯 이리저리를 살펴보다가 코를 벌름거리며 킁킁거렸다. 방안은 방향제로 냄새를 희석시켰으나 여기저기에 고린내가 배어 있었다. 건우의 코에 느껴지는 곰곰한 냄새는 강렬한 정사의 흔적인 남녀의 끈끈한 체취의 냄새였다. 아마도 지난밤에 격렬한 정사가 있었나 보다.

건우는 은근히 취해오며 심장의 박동소리까지 느끼게 만드는 취기부터 다스려야 했다. 취기에 의해 전신의 힘은 쭉 빠져 버리고 사람의 몰골마저 축 늘어졌다. 우선은 피부에서 발생하고 있는 열기부터 다스려 주어야 했다. 수연의 피부는 상당히 흰 편에 속했다. 우유 빛 피부에 취기가 올라오니 얼굴을 비롯하여 드러나 있는 팔과 다리에 물감을 들인 듯하다. 잠시 침대 위에 큰 대자로 누워 입으로 숨을 쉬던 수연이 못 견디겠는지 옷을 훌훌 벗었다.

"당신 먼저 씻어. 나는 나중에 씻을 게"

건우는 큰 대자로 누워 말했다. 말하고 있는 건우의 입에서도 후덥지근하고 기분 나쁜 입김이 느껴졌다.

"그래요. 내가 먼저 씻을 게요"

샤워기에서 물을 뿜어내는 물줄기의 소리가 쏴하고 들려왔다. 티브이를 틀었다. 화면이 밝아지기도 전에 티브이의 스피커에서는 못된 신음소리부터 흘러 나왔다. 아이구나 뜨거워라. 깜짝 놀란 건우는 스피커의 음량을 줄였다. 아직까지 수연의 취향도 몰랐고 혹시나 이런 유형의 비디오물이나 보는 한심한 사람 정도로 비춰 져서는 안 될 일이다. 물론 이런 유형 저런 유형의 음란 비디오물을 처음 접해보는 것은 아니다. 그러나 아직 방귀도 튼 사이가 아닌 터에 나쁜 선입관을 끼쳐 줄 수는 없는 노릇이다. 채널을 바꾸니 홈쇼핑 채널로 연결되며 비데를 파는 프로가 방영되고 있었다.

달콤한 휴가

　스크랩 해둔 자료를 수연의 컴퓨터와 스캐너를 통해 스캔작업을 하며 기사작성을 시작했다. 이후에 다큐물로 제작될 것을 감안하여 스토리텔링에 준한 내용으로 기사 작성에 들어갔다. 수연은 필요한 것을 챙겨주었다. 본격적인 기사작성에 돌입해야 했다. 수연이 물었다.

　"기사 작성을 하는데 몇 시간 정도 걸려요?"

　"응, 아마도 세 시간 정도는 해야 할거야."

　"그러면 나도 내 일을 좀 하고 올게요. 식물원에 가서 염료를 채취해 두어야 해요."

"응 그래요. 내 걱정은 하지 말고 다녀와요"

"그럴게요. 전화기 가져가니까 연락할 일이 있으면 해주세요."

"응, 그래. 다녀 와. 혹시 내가 도와야 할 일이 있으면 연락 줘"

"알았어요. 멋진 기사를 써서 특종 하세용"

"하하하, 알았어. 고마워."

스캔작업을 한 사진자료들을 분석된 자료에 끼워 넣고 각각의 제목과 해석을 붙이며 기사를 작성했다. 문자 메시지가 들어왔다. 발신자를 보니 어머니다. 급히 전화기의 폴더를 어깨로 열고 메시지를 확인했다.

"아들. 잘하고 있지? 아무리 바빠도 집에는 들어와서 자고 가야 걱정 안 한다. 아버지는 이제 아들이 장가를 갈 때가 된 모양이요. 하셨지만 나는 다르다. 잠은 꼭 집에서 자야 한다. 집에 못 들어오면 꼭 연락을 해야지. 밥은 꼭 먹고 건강 챙겨라. 엄마"

전화를 드려서 상황을 보고했다. 기자의 생리를 잘 아는 어머니는 수화기 너머로 조심스러운 어조로 안부를 물어 오셨다. 아들이 난처한 입장에서 전화를 받는 것 아닌가 하는 조심이었다. 거의 일주일 동안이나 집을 비우고 출장을 간다는 소식에 염려하며 격려를 아끼지 않으셨다.

격려를 받고 감사의 말씀을 전하고 전화를 마쳤다.

그랬다. 멀리 떨어져 있어도 하나의 줄로 연결되어 있다는 느낌이 들었다. 가족이었다. 건우는 든든하고 기꺼운 마음으로 지금까지의 내용을 연결하고 조합하여 기사내용과 스토리를 만들어 나갔다. 삘롱삘롱 소리가 나며 휴대폰으로 문자메시지가 들어왔다. 수연이었다.

"잘 되어 가는가요? 제가 필요하면 언제든지 호출해 주세요."

건우는 슬며시 웃음을 지었다. 니 빨리 호출 안하면 지기뿐다. 이런 뜻이다. 즉시 전화를 걸었다.

"당신 작업은 잘 되어가고 있어? 나는 기사 작성하느라고 머리에서 피를 뽑고 있는 중이야"

"머리에서 피를 뽑아요? 적당히 뽑으세요. 대머리 되면 싫으니까"

"그래. 알았어요. 그런데 언제쯤 마쳐?"

"앞으로 한 시간은 더 있어야 할 것 같아요."

전화를 끊고 나니 수연이 공을 들이고 있다는 천연염료에 대해 부쩍 관심이 높아졌다. 1시간 후에 돌아온 수연에게 천연염료에 대해 질문했다.

"당신이 공들이고 있는 천연염료는 어떤 거야?"

"천연염료는 식물의 뿌리와 줄기 혹은 꽃이나 열매를 가지고 거기에서 염료를 추출해내는 거에요. 식물은 저마다 고운 색을 가지고 있어요. 거기에서 고운 색을 뽑아내는 거지요."

"그러면 상품성도 있어요?"

"그럼요. 경제성이 충분하지요. 색깔이 워낙 곱고 섬세해서 수요가 많아요. 지금도 수요자들에게 공급해 주는 문제로 회원들과 상의를 하고 온 것이구요."

"그러면 그것을 누가 관리하는 거야? 관리하는 사람들을 못 봤는데"

"식물원은 따로 출입구가 되어 있어요. 그 쪽으로 관리하는 분들이 관리를 하고 있어요."

"그렇구나. 그래 수입과 전망은 어때?"

"수입도 좋고 전망도 좋아요. 올케에게 관리를 맡겨 놓았는데 통장으로 꽤 많이 입금시켜 주네요."

"올케는 변호사 오빠 부인?"

"네, 그 언니가 강남 쪽에 붐을 일으키고 있어요. 변호사 부인들 모임에서 총무를 하고 있거든요. 변호사 부인들 중심에서 정치인 부인들에게로 넓혀가고 있대요. 언니는 워낙 정확한 사람이라 50:50 이라는 규정도 잘 지켜주고 지금은 예약을 받아서 출고를 하고 있대요. 식물원을 더 크게 늘리자고 하는데 저는 생각이 달라요. 마을 주민들을 동참시키고 싶어요."

"훌륭한 생각이오. 마을 주민들의 경제를 생각해 주고 있다니 대견한 생각을 하고 있군요. 다시 보이는데요."

"아이, 놀리지 마세요. 당연한 생각인걸요. 방법을 고민하고 있는 중이에요. 어떻게 하면 잘 할 수 있을까를"

"먼저는 동참할 회원들을 모집하고 상품에 대한 기준을 명확히 해서 채집해 오도록 하고 그것을 사 주는 것으로 하면 되지 않겠나 싶어."

수연은 눈을 반짝이며 한 발 가까이 다가왔다.

"회원을 모집하는 일과 상품에 대한 기준 그리고 채집가액에 대해 고민 중이에요. 어떤 방법이 최고로 좋을까요?"

"일단은 어느 지역에서 최상의 식물이 채집되는가를 알아 봐서 그 지역의 면이나 이장을 통해 설명하고 계약을 맺으면 되지 않을까? 가령 어떤 식물의 뿌리나 줄기 아니면 꽃을 채집해 와라. 그러면 얼마씩 주겠다는 내용으로 요구사항과 가격을 알려주면 그쪽에서 반응이 올 거야. 내 생각에는 그 내용을 당신이 운영하고 있는 홈페이지에 올려놓으면 그쪽에 관심이 있는 문인들에게도 경제적 유익이 있을 것같아."

"괜히 회원들에게 잘난 척 하는 인상을 줄까 봐서 못하고 있어요. 또 돈 문제로 얽혀지게 되면 여러 가지로 불편하구요. 사실 제게 오는 수익금의 일부로 회원들의 시집을 발간해 주고 있거든요. 돈에 얽혀지면 추해질 수 있겠다는 생각이 들어서요"

수연은 거기까지 생각하고 있었다. 자신이 가지고 있는 것으로 도움을 주되 까닭 없이 퍼주는 것이 아닌, 진정으로 시를 사랑하고 시인들의 어려운 생활에 직접적인 도움을 주는 방법에 대해 고민하고 있었다. 수연의 속 깊은 행실이 건우를 감동시켰다. 건우는 수연의 얼굴을 다시 쳐다보며 흐뭇한 미소를 짓고 있는데 수연이 말했다.

"건우 씨, 오빠하고 통화를 했는데 오빠가 건우 씨 만나재요. 모레 시간이 나니까 언니하고 함께 이리 오시겠대요. 지난번에 갔던 수육집에서 산삼주를 드시고 싶대요. 당신 괜찮지요? 부담 느끼면 말씀하세요. 나중에 약속 잡아도 되니까"

수연은 건우의 눈치를 살피며 조심스럽게 물어왔다. 그 문제는 이미 각오했던 일이고 어차피 상견례를 치러야 할 통과의례임으로 빨리 만나는 편이 나았다. 이미 마음속으로 수연과 결혼하기로 작정했기 때문에 서두르는 편이 좋겠다.

"응, 그래. 찾아가서 뵈어야 하는데 여기까지 와 주시겠다니 나야 고맙지. 그런데 마음에 안 든다고 하면 어쩌나 걱정이 되기는 해요. 당신이 전적으로 내 편이 되어 주어야 해."

수연은 거절하면 어쩌나 내심 걱정스러운 숙제거리였으나 건우에게서 시원한 답이 나오는 것을 보고 안도의 숨을 내쉬었다.

"그럼, 형님 만나는 문제는 당신에게 맡길게. 그래도 돼지?"

"걱정 마세요. 제가 다 알아서 처리할게요."

수연은 쌩긋 웃었다. 환하게 웃는 웃음이 무척이나 아름답다.

"사실, 오빠는 건우 씨에 대해 이미 알고 있었어요. 오빠가 건우 씨 정도라면 결혼해도 좋을 사람이라고 오래 전부터 이야기 해 주셨어요. 그래서 당신을 새삼스럽게 볼 수 있었던 것이기도 해요."

"그래? 오빠가 나에 대해 어떻게 알았단 말이야? 나는 변호사님들과는 거리가 먼 사람인데 말이지"

"처음에 나온 시집에 당신이 발문을 써 준 것 기억하세요? 그 발문을 오빠가 보고 괜찮은 사람 같다고 하시더군요. 그리고 여러 가지로 관심을 두고 살펴보았나 봐요. 제게 건우 씨와 만날 기회가 있으면 꽉 잡아서 연애도 해보라고 하시면서······."

"그랬구나. 그러면 진즉에 이야기를 해 주지 그랬어."

"그래서 만나자고 문자를 보냈는데 데쉬를 안 하더라구요. 참내 존심 상하게. 그것도 몇 번씩이나"

수연은 손톱을 세우고는 슬며시 다가왔다. 건우는 슬그머니 엉덩이를 빼면서 거리를 유지하려고 애썼으나 한 번은 물려주던지 꼬집혀 주는 편이 낫겠다는 판단을 하고는 엉덩이 빼기를 멈추었다. 한 번 꼬집던지 물던지 해서 상처 입었던 자존심이 원위치 된다면 그것으로 충분한 가치가 있는 것 아닌가.

"커피 한 잔 타올게요. 서방님"

"고마워요. 색씨"

그녀는 한 번 꼬집어서 비틀고 난 뒤에 충분히 만족했다는 표정이 되어 일어섰다. 건우는 오만상을 다 찌푸리고 아퍼 죽겠다는 표정으로 그녀를 즐겁게 해주었다. 그게 그렇게 앙금으로 남아 있었던 모양이다. 앙금이 풀리고 나니 시원하다는 표정과 오버해 줘서 마음에 들었다는 표정을 짓고는 서방님이라고 부르며 애교를 떨어준다. 수연이 커피를 타면서 한 마디 덧붙였다.

"당신이 나를 알면 내게 푹 빠질 거라고 믿고 있었어. 그러니 당신은 내게 잡혀 먹힌 거야. 흥, 그것도 모르고"

"아, 그게 그렇게 된 거구나. 그래 잡아먹으니 맛은 어땠세요? 쫄깃했나용"

"아니요. 질겼어요. 용용"

커피를 가지고 와서는 슬며시 옆에 붙으며 은근히 말했다.

"최고였어요. 지금도 황홀해요."

수연은 마치 그 방면에 대해서 숙달된 조교가 평가를 내리는 것처럼 어마어마한 표정을 지으며 엄지손가락을 치켜 올렸다. 건우는 그 표정을 보며 참았던 웃음을 결국 터뜨리고 말았다. 수연은 자신도 그렇게 말해 놓고 좀 오버를 했나 싶었는지 홧홧한 얼굴을 손부채로 부치고 있다. 내심 어떤 반격이 나올지 불안하기 짝이 없다는 표정이었는데, 건우가 터뜨리는 웃음소리에 당황하며 샐쭉한 표정을 지었다.

"어머, 웬 웃음. 민망하게"

"마치 당신이 그 방면에 숙달된 조교라도 되는 듯이 어마어마한 표정을 지으면서 평가를 내리는데 그 표정이 얼마나 어마어마했는지 내가 도저히 참을 수가 없었어."

"이 살람이……. 말을 하다 보면 좀 과장도 되고 그러는 거지, 그렇다고 그렇게 크게 웃으면 어떡해요. 이야기 했던 사람은 뭐가 되는데요. 흥 최고라고 했던 것 취소에요. 그런 줄 아세요. 요거다 요거"

수연은 새끼손가락을 치켜들었다. 건우는 그 손가락에 자신의 새끼손가락을 걸고 말했다.

"당신이 최고. 내 마눌이 최고야."

"흥, 때는 늦었어요. 최고는 무슨 요거다 요거"

수연은 잡혔던 새끼손가락을 빼내 높이 치켜들고는 뺑뺑 돌렸다. 건우는 그런 그녀를 으스러져라 껴안았다. 수연의 입술이 건우의 입술에 닿았다.

Top secret

　이 변호사는 부인이 운전하는 BMW 745에 동승하여 수육집 주차장으로 들어왔다. 진한 색깔의 선팅이 고급스러운 까만색 승용차였다. 수연은 일어서려는 건우를 제지했다. 자리에 오면 인사해도 된다는 뜻이었다. 부부는 선글라스를 벗고 차문을 열고 수육집 안으로 들어섰다.

　부인은 파란 색깔의 바지와 파란 구두를 신고 있었는데 한눈에 보아도 이름있는 디자이너의 작품으로 보였다. 특히 바지의 색깔은 파란 코발트색으로 실크도 울도 아닌 샤크지로 보였다. 광택이 살아 있으면서도 광택이 드러나지 않는 특이한 옷감은 눈길을 사로잡았다. 바지 아래 신고 있는 파란 구두는 마치 색깔이 있는 유리 구두와 같은 느낌이 들었다. 샤크 바지와 물방울 구두는 완벽한 조화를 이루고 있어 감탄을 자아내며 시선을 위로 끌어 올리게 만들었다. 이런 완벽한 조화를 연출한 주인공이 어떻게 생긴 여인인지 확인하지 않고는 배길 수가 없게 만들었다. 블라우스는 바지 보다 얇아 보이는 샤크지로 완벽한 한 벌로 구성되어 있었다. 단추는 남성복의 소매단추와 같은 사이즈의 단추로 금단추로 보였다. 웬만한 연예인도 소화하기가 힘들 것 같은 옷차림이 완벽한 조화를 이뤄 옷을 입은 주인공의 가치를 높여주었다.

"우리 올케 언니 상당한 멋쟁이지요?"

"그러게 혹시 패션모델 출신 아니야?"

"아니에요. 원래 현대 미술을 전공했는데 워낙 옷을 잘 입어요. 잠시 일어나세요."

수연은 손을 들어 오빠 부부에게 신호를 보내고 일어섰다. 건우도 일어나서 정중히 인사하고는 잠시 기다렸다. 수연의 모습을 발견하고 이 변호사는 곧장 부인과 함께 둘의 자리로 왔다. 워낙 손님이 많다 보니 출입하는 손님의 계층도 다양해서 별도의 객실을 따로 두지 않는 것이 수육집의 철학이라 했다. 밥 한끼 먹으면서 신분고하를 따지는 것이 이 집의 철학과 맞지 않는다는 것이었다. 주인의 이런 철학 때문에 수육집을 찾는 손님들은 누구나 계급장을 떼고 한 끼의 식사에 만족하는 것이었는데, 그것이 더 많은 손님이 찾는 이유가 되었다 한다.

수육에 사용되는 고기는 엄선된 한우로 독점 계약을 통해 공급받고 있어서 품질이 우수하다는 것과 고기의 맛이 한결같다는 장점을 가지고 있었다. 그래서 그런지 몰라도 옛날 장국에 익숙한 옛날 어른들도 자주 찾는다 했다. 특히 병중에 있거나 임종을 앞두고 있는 오랜 단골들이 입맛 돋움용으로 포장해 가곤 했다. 그렇다고 해서 특별히 다른 고기를 준다거나 하는 일은 없었다. 다만 장뇌삼주를 박카스 병에 하나 채워서 보내 드리는 것으로 쾌유를 빌었다.

수연에게서 들은 수육집의 이야기는 작은 음식점에서도 주인의 철학이 반영되고 있구나 하는 생각에 한 번 더 수육집을 둘러보게 만들었다. 덴마크의 미래학자인 롤프 얀센은 "미래는 꿈과 감성이 경제가 되는 스토리의 시대가 도래될 것이며 나이키 하면 나이키의 신화가 떠오르듯 어디 하면 어떤 스토리가 떠오르는 점포, 상가, 시나 도, 국가가 경제를 창출하게 될 것이며 그것으로 미래가 결정된다"고 했다. 이집에 관한 이야기를 들으며 과연 롤프 얀센이 말한 "미래는 스토리 시대"라는 말이 새삼스러워졌다.

"이연우 입니다. 김 기자 이야기는 많이 들었어요. 환영합니다."

"여 가희에요. 아가씨가 무척 자랑스러워하더군요. 만나서 반가워요. 우리 아가씨 잘 부탁 드려요."

"인사드립니다. 김건우입니다. 만나 뵙게 되어 반갑기도 하고 염려가 되기도 합니다. 잘 보아 주시고 후한 점수 부탁드립니다."

이 변호사 부부는 환히 웃으며 자리에 앉고 둘에게 자리에 앉을 것을 권했다. 둘은 그제야 자리에 앉았다. 건우는 부러 무릎을 꿇고 앉았다. 수연이 그러지 말라고 옆구리를 툭하고 쳤으나 건우는 풀지 않았다. 정확히 3분이 지났을 때 이 변호사는 말했다.

"편히 앉아요. 부담 느낀다면 부담감도 풀어요. 이렇게 만나게 되었으니 우선 즐겁게 식사부터 합시다."

주인이 다가와 인사를 하고는 주문을 받았다.

"이 변호사님 부부가 함께 오셨는데 좋은 것을 드리도록 하겠습니다. 늘 주문하시던 대로 드릴까요?"

"네, 그래 주세요. 사장님"

기본 재료가 깔리고 예전에 마셨던 것과 같은 산삼주가 도자기 병에 담겨 나왔다. 사장은 산삼주와 잔을 내려놓으며 당부했다.

"남자 분은 세 잔, 여자 분은 1잔입니다. 꼭 용량을 지켜 주셔야 합니다."

주인장이 나가고 난 뒤에 이 변호사가 입을 열었다.

"수연에게서 개략적인 이야기는 들었습니다. 수연이가 결혼을 하고 싶은 사람을 만났다고 해서 제가 인사시키라고 했습니다. 김 기자는 수연이를 어떻게 생각하고 있는지 궁금합니다. 혹시 다른 생각을 가지고 있다면 기다리겠습니다."

"저도 수연씨와 같은 생각입니다 이왕이면 형님께 좋은 점수를 받고 싶습니다."

"만약에 내가 반대한다면 어쩌겠소?"

"형님이 반대 하신다면 보쌈이라도 하고 싶은 심정입니다."

건우는 반대 이야기가 나오자 자신도 모르게 도전적이 되고 말았다. 물론 하나의 통과의례에 불과한 질문이지만 대뜸 반대 이야기를 먼저 하다니 자신도 모르게 울컥해지고 말았다. 물론 안다. 잽을 넣듯 몇 마디의 말을 툭툭 던져서 자신이 끌어내고자 하는 진술을 받아내는데 일가견이 있는 변호사라는 것을, 왜 모르겠는가. 하지만 변호사 할애비라도 경우에 벗어난 간섭이라면 그냥 당하고 있지 않겠다는 태도를 보여줄 필요가 있다. 이 변호사는 빙그레 웃으며 수연을 바라보고 말했다.

"수연아, 김 기자가 자신이 만만한 모양이다. 너도 그렇게 생각하니?"

수연은 먼저 건우의 눈을 바라보고 난 뒤에 오빠의 눈을 바라보며 말했다.

"오빠, 오빠가 새언니와 결혼했던 때를 생각해 봐요. 오빠가 건우씨를 추천해 주고선.... 건우 씨가 마음에 들면 교제해도 좋다고 하고선 무슨 반대 이야기를 내뇨. 박수를 쳐 주세요. 오빠가 우리 신문의 법률고문인 것도 밝히세요"

수연은 은근히 압력을 넣어 오빠의 뒷말을 막았다. 이 변호사는 약간 서운한 표정으로 술잔을 기울였다.

"아니 형님이 우리 신문의 법률고문님이십니까? 그럼 제보를 했다는 이 변호사님이 형님이시군요. 그렇게 된 것이군요"

그제야 의문점이 풀렸다. 의문점이 일시에 풀리니 눈앞이 시원해지는 기분이 들며 한층 기분이 상승되었다.

"그래, 수연이가 마음의 결정을 단단히 한 모양이구나. 김 기자의 태도도 그렇구. 그래 이쁘게 사랑하고 행복해야 해. 이제부터 김 서방이라고 부르겠네. 김 서방, 수연이를 세상에서 최고로 행복한 여자로 만들어 줄 자신이 있나?"

"어머, 언제는 내가 세상에서 제일 행복한 여자가 되었다고 하더니, 그럼 아가씨는 두 번째가 되셔야 해요. 찬물도 위아래가 있는 법이에요."

가희는 부러 샐쭉한 표정을 짓고 말참견으로 분위기를 돋우었다. 사람의 말이란 참으로 묘해서 한 마디로 분위기를 깨거나 업 시킬 수 있다. 화사한 외모 이상으로 말솜씨도 상당했다.

"언니는 우려먹을 대로 우려먹었으니 1등 자리를 시누이에게 물려주어도 아깝지 않을 거에요. 우리는 이제 시작인데 당연히 1등이 되어야 해요."

수연의 말솜씨도 상당했다. 건우는 불과 이틀 전에 산삼주를 세 잔 마시고 뻗었던 기억이 있는지라 인사치레로 한 잔만 하기로 했다. 이 변호사가 세 잔을 마시는 동안 한 잔을 세 번에 나눠 마셨는데도 온몸이 와글거리며 열꽃이 피어나는 듯 했다. 식사 후 자리를 옮겨야 했는데 이 변호사는 수연이 집에서 약 10분 거리에 있는 고슴도치 섬 주변에 별장을 가지고 있었다. 거기로 간다고 했다. 이 변호사는 부인의 차로 건우는 수연의 차로 집으로 돌아왔다. 기분 좋게 땀을 빼고 난 뒤에 다시 연락한다고 했다.

집에 돌아와 땀을 빼기 위해 자리에 눕기는 했으나 영 잠이 안 온다. 오늘 만났던 이 변호사와 부인에 대해 잠시 생각이 미쳤다. 재물의 정도에 따라 문화권도 다양하게 누릴 수가 있는 것이다. 일단은 경제권이 어느 정도 확보되어 있어야 하고 그에 걸 맞는 사회적 위치도 필요하다. 변호사라는 직업은 양쪽의 조건을 다 충족시키는 직업이다. 그것으로 자신이 원하는 가희와 같은 여인과 결혼을 할 수 있었다. 물론 이것은 이 변호사가 속한 상류사회의 모델일 뿐 자신과는 상관이 없는 일이다. 겨우 저들이 마시는 산삼주를 한 잔 마셔 보았을 뿐이다. 수연의 재산이 얼마나 되는지도 모르겠고 알 바도 아니다. 건우는 자신이 노력해서 번 돈이 아니라면 가치를 두지 않았다.

건우는 매주 로또 복권을 샀다. 로또 복권을 살 때면 사방의 눈치를 봐가면서 달랑 한 장을 자동으로 뺐다. 그저 혹시나 해서 사보는 것일 뿐 당첨될 것이라고는 아예 기대도 하지 않았다. 일종의 기분 전환용 게임이었다. 로또 복권이라는 것이 묘해서 월요일에 사두면 토요일까지가 괜히 기다려진다. 기다려지는 그 무엇이 있다는 것 때문에 로또 복권을 사는 것이다. 지금까지 5천원을 투자하여 5천 원짜리까지는 맞아 보았다. 본전치기이다. 본전치기를 한 복권을 새 복권으로 바꿔놓으면 한 주간은 공짜로 번 셈이다. 가만히 보니 이것도 은근히 중독성이 있어서 안 사면 내 행운을 그냥 놓치는 것 같아 마음 한 구석이 허전해진다. 사람이 쪼잔해서 그런 것인지 아니면 쪼잔한 데다가 소심까지 한 것인지 모르겠다. 어쨌든 건우는 지금까지 자기 자신을 좋아해왔고 대견할 때도 있었다. 특종을 건진 때는 자신이 뭐라도 되는 듯 성취감이 컸다. 또 가끔은 자신이 실망스럽기도 했다. 그런 때는 노력에 비해 결과가 선히 나오지 않았을 때이다.

수연과의 만남은 뜻밖의 행운이었다. 별로 선한 일도, 좋은 일도 하지 않았는데 뜻밖의 행운이 자신에게 얹어 걸리다니, 행운 중의 행운이다. 아마도 부모님이나 조상님 중에 좋은 일을 해 두신 것이 있었는데 자신의 때에 와서 운이 트인 것은 아닌가 하는 생각까지 들었다. 이로 보건데 남자는 결혼을 늦게 하고 볼 일이다. 만약 결혼을 일찍 했더라면 오늘의 행운을 바라 볼 수나 있었을까.

건우는 땀을 빼면서 이런 저런 생각을 하다가 잠이 들고 말았다. 지난번에는 이런 생각은커녕 거의 기절하다시피 잠이 들어 버렸었다. 오늘은 한 잔만 마셨기 때문이리라. 얼마나 잤을까 깨어보니 수연이 소파에 누워 잠들어 있었다. 둘 다 열꽃이 피어나는 통에 함께 붙어 자지는 못했다. 서로가 불덩어리가 되어 있으니 누군가가 건드리면 짜증부터 났다.

수연은 잠들어 있는 건우에게 이불을 덮어주고 자신도 어쩌지 못하고 소파에 누워 이불을 덮고 자고 있었다. 건우는 물수건으로 수연의 이마와 손을 닦아 주었다. 좀 서늘해졌는지 숨소리가 쌔근쌔근하게 들린다. 깊이 잠이 든 모양이다. 숨을 내쉬는 날숨에 진한 산삼의 향이 섞여 나왔다.

샤워를 하고 나서 노트북을 켰다. 이어 자료들을 찾아 짝을 맞추어 연결시키고 그것으로 스토리텔링을 만들기 시작했다. 대체적으로 서너 개의 플롯(plot)을 구성하면 되는 일인데 플롯과 플롯 사이의 인과관계를 설정하는 문제가 가장 까다로웠다. fact에 fiction을 가미하여 faction으로 만들어 내는 작업은 절대로 녹록지 않았다. 상상력을 동원하여 이야기를 만들어 내는 창작 작업이 쉽지 않을 것으로 예견은 했으나 막상 들이대 보니 이야기가 달라졌다. 뼈대가 사실이어야 하기 때문에 사실과 사실 사이에 지어낸 이야기로 양쪽을 연결하여 인과관계를 그럴 듯하게 만들어 내는 작업이 참 까다로웠고 마음먹은 대로 써지는 것이 아니었다. 먼저는 설계도에 버금갈만한 구상도를 머릿속에 그려 놓고 거기에 채색하듯 지어낸 말과 언저리 이야기를 동원하여 공간을 채워나가야 했다. 은근히 까다로운 작업이라 머리를 있는 대로 쥐어짜야 했다.

파로호의 역사를 바탕으로 이야기를 만들어 내자는 것인데 날짜 별로 어떤 사건이 발생했는지 여러 각도에서 접근하여 살펴보아야 하고 구체화되어야 했다. 소환된 내용을 이야기로 조직한다는 것이 여간 까다롭지 않았다. 만만치 않은 작업이고 심도가 깊은 내용이라 은근히 겁이 났다. 건우는 오래 전부터 다큐물 이상이 되는 작품을 쓰고 싶었다. 기왕에 손을 댔으니 파로호의 비화에 담긴 내용을 알기 쉽게 이야기로 풀어 써서 교육적 자료로 사용될 수 있도록 쓰고 싶은 마음이다. 끙끙 머리를 쥐어줬다. 기자 생활 7년째에 임자를 제대로 만났다는 압박감이 몰려왔다.

수연도 일어나 거실에서 작업을 하고 있는 건우의 모습을 확인하고는 욕실에 들어가 샤워를 하고 있다. 샤워기에서 쏟아지는 물소리가 시원하게 들린다. 시원하게 들려오는 물소리에 건우의 귀가 활짝 열렸다. 마침 머리가 복잡하여 꾀가 나던 중이었다. 그렇다고 수연이 샤워를 하고 있는 데 문을 열고 아는 척 하기도 그렇고, 샤워를 한 지 얼마 안 되는 몸으로 함께 샤워를 하자는 핑계로 물을 맞는 것도 망설여진다. 다시 노트북과 자료들을 눈으로 훑어보며 어떤 방식으로 플롯을 구성해야 되는가를 고민하기 시작했다. 이왕 쓰는 것 잘 써서 파로호의 역사를 모르는 후배들에게 자랑스러운 선배들의 위대한 업적에 대해 가르쳐 줄만한 책으로 만들어야 한다. 물론 중, 고등학교 교과서에 나오는 내용과 겹치는 부분도 있다. 하지만 파로호의 전설은 전 세계 전쟁사의 비화로 소개될 정도로 희귀한 사례인데 우리나라의 책으로는 소개가 되어 있지 않았다. 특히 좌파 역사가들의 시각으로 저술되어 있어서 아군의 업적은 높이 평가된 반면 미국의 업적은 상대적으로 약화시킨 측면이 있었다. 이런 식으로 교과서가 기술 되어서는 안 될 일이다. 역사란 좌우수평이 정확해야 하며 무게 중심 추는 정확하게 중앙에 위치해 있어야 한다. 편향된 역사책은 편집된 소설책에 불과하다. 역사가 역사로서의 가치를 가지려면 정확한 사실을 토대로 근원부터 결과까지 충실하게 기록이 되어 있어야 권위가 선다. 이런 의미에서 볼 때 파로호의 전설은 속히 책으로 나왔어야 할 가치가 있는 내용이다.

가치는 충분한 데, 이 가치를 알아보고 스토리로 구성해 내려는 저자는 부실하니 야단이다. 플롯을 구성하기 위해 고민하고 있는 데, 샤워를 마친 수연이 차를 한 잔 내왔다. 건우는 평계 김에 볼펜을 내려놓고 커피 잔을 기울였다.

"오늘 잘하셨어요. 오빠는 좀 잘난 체가 심해서 은근히 자신을 높이는 좋지 못한 습관이 있어요. 가끔 한방씩 먹여 줘야 해요."

"사실 오빠는 훌륭한 분이야. 어려운 사람을 위해서 무료변론을 해주는 비율이 상당히 많아. 인기 유지나 언론 플레이를 위한 차원에서 무료 변론을 하는 것이 아니라는 방증이지. 훌륭한 분이야."

"그렇게 생각해 주고 있다니 참 고마워요. 그런데 당신 작업은 잘 되어가요? 어디까지 했어요?"

"응, 이게 생각대로 잘 안 되네. 머리가 지끈거리고 자꾸 꾀가 난단 말이지. 당신이 뭐를 하고 있나 여기에만 관심이 가고 말이야"

"히유, 완성되기는 틀렸나 보다. 큰 소리만 벅벅치더니……."

수연은 눈꼬리를 찢으며 염려가 된다는 말투로 압박해 왔다. 그것도 하나 제대로 못 쓰고 무슨 최고의 기자가 된다는 소리이냐 라는 뒷말을 참고 있는 듯하다. 하지만 건우는 지금까지 플롯 작업이 이렇게 힘들다는 사실을 몰랐다. 프로 작가들도 플롯 구상에 최소한 몇 달, 어느 때는 몇 년씩이나 걸릴 때도 있다. 다만 건우는 이 좋은 자료에 좋은 내용을 가지고 뭔들 못 써 낼까라는 열정과 자신감만 앞섰을 뿐, 치밀한 구상과 내용을 채워나가는 치열한 작업이 더 중요하다는 사실을 깨우치지 못했다. 쉽게 생각했지만 막상 붙어보니 플롯 구성은 예상 외로 힘에 부치는 작업이었다. 새삼 작가들이 부럽고 존경스러워졌다.

"나는 장편소설을 쓰는 작가들이 참 존경스러워. 장편소설을 쓰는 작가들은 존경을 받아야 된다고 생각해"

"그 작업이 그렇게 힘이 들어요? 무척이나 힘들어 하는 것 같아요"

"나도 글 깨나 쓴다고 속으로 자부심을 가지고 있었지만 막상 창작을 하려니 어떻게 글줄을 잡아야 하는지 오리무중이야, 오리무중. 머릿속에서만 빙빙 돌고 글로 나오지 않으니 미치겠다."

"그러니까 첩첩산중에도 들어가고, 여행도 다녀오고, 노숙도 해보고 하면서 쓴다지 않아요. 그저 단순한 이야기를 줄줄 써서 장편소설입네 하고 내 놓은 작품들은 영양가가 없는 작품이구요. 수백 년을 가도 기억에 남을 수 있는 작품은 쉽게 나오지 않을 것이라는 생각이 들어요. 그만큼 깊이 있고 치열하게 써낸 작품이니까 수백 년씩 독자들을 감동시켜 주는 것이지요. 나는 그렇게 생각해요. 쉽게 써서는 절대로 안 된다고 말이에요. 특히 작가 자신이 못해 보았던 것들에 대해 한풀이를 하듯 꾸며내는 이야기들은 가치도 없는 것이라고 생각해요. 그러니 당신이 쓰려고 하는 파로호에 관한 이야기는 충분한 가치가 있는 작품이 될 거라고 믿어요. 열심히 해 보세용."

수연은 격려의 표시로 건우의 뺨에 뽀뽀해 주었다. 건우는 고마운 마음에 덥석 수연을 안았다. 그녀의 부드러운 가슴의 촉감이 뭉클하게 전달되었다. 샤워를 하고는 브레지어를 착용하지 않은 모양이다. 수연의 가슴에 손을 넣어 촉감을 음미했다. 하복부에 뻐근하게 힘이 실려지며 욕구가 불타올랐다.

"저녁은 이리로 와서 먹으면 어떨까요. 아가씨"

"언니가 저녁을 준비했어요?"

"오래간만에 실력을 발휘했으니 뻥하고 가지는 말아요. 홋홋"

"고마워요. 언니. 그럼 입만 가지고 갈게요."

수연은 이마에 맺힌 땀을 전화기를 쥔 손으로 슬쩍 닦았다. 마치 아무런 일도 없는 것처럼 능청을 떨며 전화를 받아야 했다. 다행히 결정적일 때가 아니라서 민망함은 면했다. 건우는 수연이 전화를 받는 동안에는 하던 동작을 멈추고 숨소리마저 자제했다. 전화를 끊고 나서 수연이 말했다.

"이럴 줄 알았으면 새언니에게 미리 전화를 해 둘 걸 그랬어요. 아이 민망해라."

"민망은 뭐, 이제부터 2부 순서인거야. 2부 순서는 1부 순서보다 더 열심히 해야 하는 것이지."

둘은 샤워를 마치고 수연의 앙증맞은 차로 이동을 했다. 앙증맞고 귀

여운 미니쿠퍼는 겉보기와 달리 속은 넓고 쾌적했다. 가끔 도로에서 마주치거나 잡지나 드라마 등에 나오는 바로 그 차이다. 앙증맞은 자태로 시선을 확 끌어당기는 매력이 있다. 차량 가액이 국산 대형차 값과 엇비슷해서 같은 값이면 대형차를 타지 구태여 요런 차를 왜 탈까 하는 생각이 들곤 했었다. 그런데 막상 타보니 물방게 같이 생긴 폭스바겐보다 훨씬 넓고 기능도 탁월했다.

"당신 키가 얼마지?"

"좀 작은 편이에요. 165에요. 그런데 갑자기 키는 왜?"

"응 당신 키에 이 미니쿠퍼가 아주 잘 어울린다는 생각을 했어. 그래서 물어 본거야"

"그랬군요. 새언니가 이 차를 타야 한다고 우겨서 오빠가 이 차로 바꿔 주었어요. 이제 3개월 되었어요. 따끈따끈한 차예요. 작지만 사업체를 운영하는 데 외제차가 유용할 수 있다고 차를 바꾸라고 하더라구요. 돈 없어서 못 바꾼다고 버팅겼더니 기가 막힌지 내 얼굴을 잠시 보더니 누가 네 돈으로 사라고 했니. 내가 바꿔주고 싶어서 그런다. 하고는 그 날로 바꿔 주시더라구요. 웬일인가 했어요. 캐물으니까 새언니 꿈에 내 차가 박살나고 내가 큰 부상을 입었다는거예요. 이 차가 꽤 딴딴하거든요. 이왕이면 새언니처럼 BMW 7시리즈로 바꿔줘요. 그랬더니 언니 표정이 샐쭉해 지더군요. '결혼해서 남편에게 사 달라고 하세요.' 라는 말이 나올까 봐 얼른 이 차를 타겠다고 했어요. 그러니까 두 분 표정이 단번에 밝아졌어요. 맑은 코발트 색상에 펄이 들어가 있어서 약간 신비로운 느낌도 주고 깔끔하니 한 눈에 이차구나 했어요. 키 달래서 그냥 끌고 와 버렸어요. 그랬더니 오빠가 전화로 그 차는 전시용이라 안 되고 똑 같은 차로 일주일 내에 빼준다는 데 기다려 볼래? 하는 데 옆에서 대리점 사장이 거기까지 가지고 가셨으면 그냥 타시라고 하십쇼, 하더라구요. 그래서 이 차가 제 발이 되었어요."

"그렇게 해서 이 차를 타게 된 거구나. 이런 색상의 미니쿠퍼는 처음 봤어. 아주 죽여주는 색상이다. 깔끔하니 질리지도 않고..."

사연을 듣고 나니 새삼스러워졌다. 건우는 시트를 새롭게 만져 보고 차 내부를 이리 저리 둘러보았다. 차체가 낮은 차창 너머의 파란 하늘에 뭉게구름이 움직이고 있는 모습이 보였다.

"호호호호 제가 이 차를 아끼느라고 꼭 차고에 모셔두잖아요. 저 쪽에 있는 별도의 차고에 모셔두고 있어요. 당신이 쓰는 차고는 원래 아버지께서 쓰시던 차고구요"

"그랬구나. 유서가 깊은 차고에 내 똥차를 넣어 놔서 어쩌나"

"무슨 소리에요. 오래된 차는 나름대로 개성도 있고 익숙해 있어서 운전하기에 편하잖아요. 더구나 기자는 얌전한 차를 못 탄다면서요, 당신 직업에는 당신 차가 딱이에요. 무쏘도 참 좋은 차잖아요. 사실 이 차로 바꾸기 전에 탔던 차가 무쏘였어요. 무쏘타고 산골짝에 올라가서 염료를 채취하고 그것으로 연구해 보고 했어요. 그래서 당신 차도 내게는 정겨워요. 옛 친구를 보는 듯해요. 색상도 같은 색이고 참 좋은 차였어요."

"응, 그랬구나. 혹시 내 차를 타고 갈 일이 있으면 말해. 아니면 비상 키를 가지고 있던가."

"당신이 매일 같이 있는 것도 아닌데 번거롭잖아요. 가끔 필요하기는 해요. 이 차는 산에는 못 끌고 다녀요. 바디가 아주 낮아서요. 그럴 때마다 무쏘가 생각나요. 다 왔어요. 저기가 오빠 집이에요. 오빠 집은 새언니가 유산으로 물려받은 집이에요. 새언니 부친께서는 왕년에 국회의원을 지내신 분이구요."

수연이 눈으로 가르치는 집은 규모가 큰 집이었다. 담장이 넝쿨로 둘러쳐진 웅장한 모습이 수연의 집과 엇비슷했다. 문은 활짝 열려 있다. 수연의 차가 들어가자 문이 닫혔다. 문 옆에 차고가 있었다. 차고에 차를 두고 나오자 현관문에서 이 변호사 부부가 나와 반갑게 맞이해 준다.

"어서 와요. 환영합니다. 수연아 오는 데 힘들지는 않았니?"

"불러 주셔서 고맙습니다."

꾸뻑하고 인사를 하니 한 손으로는 건우의 손을 잡아 이끌고 다른 한 손으로는 수연의 어깨를 두드려 준다. 이 변호사의 표정과 태도는 오랜 친구를 만나는 것처럼 자연스러웠다. 그 자연스러움이 첫 방문으로 긴장해 있는 건우의 마음을 편안하게 해 주었다.

식사는 안심 스테이크와 감자를 으깬 것과 양상치 샐러드 그리고 김치와 미역국이 곁들어져 있었다. 가희가 손수 준비한 것 같았는데 독특한 소스를 사용하여 그 향이 독특하고 맛이 좋았다.

"어때요, 입맛에 맞아요? 솜씨를 좀 부려 보았는데 맛이 괜찮으면 칭찬해 주세요. 더 드릴까요?"

"고기 맛과 소스의 맛이 절묘합니다. 아주 맛있어요. 여분이 있으면 더 주십시오."

"언니 밥도 좀 주세요. 이 사람은 빵보다는 밥을 더 좋아해요. 밥심으로 산다는 사람이에요"

"어머 그러시구나. 그럼 아가씨가 밥통에서 밥을 좀 퍼 드려요. 혹시 굴비 좋아하시면 오븐에 구워드릴게요."

"고맙습니다. 굴비 주시면 잘 먹겠습니다."

수연이 일어나 냉장고에서 굴비를 꺼내 가희에게 내주고 밥을 퍼왔다. 잠시 후 오븐에서 타이머 소리가 들려왔다. 가희가 오븐 장갑을 끼고 굴비를 꺼내 접시에 담아 왔는데 알배기 굴비가 실한 것으로 세 마리나 되었다.

"진즉에 내놓을 것을 그랬나 보다. 맛있게 들어요. 오늘은 언니가 두 사람에게 손수 식사를 대접하겠다고 해서 일체를 맡겨 두었지 뭔가. 다음에는 수연이가 언니 거들어서 멋진 잔칫상을 마련해 봐라. 김 서방하고 내가 뒤로 넘어가 줄테니"

이 변호사는 양식이 별로 성에 안 찼는지 좀 아쉽다는 말투였다. 실상 점심을 잘 먹어서 저녁을 안 먹어도 될 뻔 했으나 수연이 남자를 선뵈 준 것이 고마워서 식사를 준비한 것이다. 첫 만남에서 댓바람에 산삼주를 마시고 뻗었으니 이런 저런 이야기 거리에 미련이 남아서 청한 일이다. 사람이라는 것이 한 번 만남이 어렵지 두 번째 만남부터는 끌리는 정도에 따라 만나는 횟수도 늘어나게 되어 있는 것이어서 저녁에 호출된 것은 좋은 징후였다.

큰사람일수록 성실하고 정직한 것이 가장 큰 매력이라고 건우는 믿어왔다. 성실하면 반드시 결과물이 나오게 되어 있고 정직하면 진실 되게 되어 있다. 진실 된 사람은 변하지 않는 법이다. 사람이 조석에 따라 달라지면 피곤해서 같이 살 수가 없다. 언제나 한 그루의 거목처럼 그 곳에 묵묵히 있어 주는 사람이 최고이다. 변하지 않는다면 상대방도 변할 필요가 없이 그대로를 유지하게 되어 있다. 그것이 편한 관계이다. 사람과 사람의 관계에서 늘 긴장해야 한다면 그것은 고문을 당하는 것과 같다. 잘하면 잘했다고 격려해 주고 못하면 그저 알아들을 수 있는 표정이나 태도면 충분하다. 잘 못 한 사람은 잘 못 한 것을 알기 있기 마련이다. 만약 반복적인 실수를 하게 된다면 그 때 가서 한 마디 해주고 그래도 반복되면 내가 맞추는 것이 상책이다. 사람더러 변하라고 하는 것만큼 힘들게 하는 일도 없다. 그가 변하지 않으면 내가 그것을 받아들일 수 있도록 변해주면 그 뿐이다. 여기에 상식이니 자질이니 자격이니 교육을 잘 받았네, 못 받았네 하는 말은 독약과 같다. 그러려니, 그런가 보다 하고 내가 용납을 해주면 일이 만들어지지 않는다. 그것을 초장에 잡아야 하니, 자존심 대결에서 밀리면 뒤가 편안치 못하니 등으로 전투의식을 갖는 것만큼 위험한 일도 없다. 실상 부인이 되었던지 남편이 되었던지 간에 내가 키운 것도 아니요 다 되어 있는 사람을 데리고 오는 것인데, 얼마나 고맙고 감사한 일인가.

"김 서방, 수연이 말로는 감 서방이 파로호 비화에 관심이 있다고 들었네. 글은 잘 써 지는가?"

치바스 리갈을 한 잔 따라 주면서 물어왔다. 톡 쏘는 향기가 독하면서도 부드럽게 콧속의 점막을 자극했다. 이 변호사는 이 술을 즐겨 마시는 편이었다. 건우는 이 변호사가 따라준 술잔을 받고 슬쩍 코에 가져다가 향기를 맡아 보았다. 노란색 액체의 술이 얼음조각을 녹이면서 기하학적인 형태로 퍼져나갔다. 높은 순도를 가지고 있는 알코올이 얼음을 녹이면서 녹은 얼음의 물을 덮쳐가는 노란색의 알코올은 기묘한 형태로 융합하기 시작했다. 향취는 얼음물에 냉각되면서 더욱 그윽해지고 부드러워졌다. 건우는 코를 벌름거리면서 향취를 깊이 들이마시고 나서 말했다.

"비화에 관한 내용을 시간대와 연결하여 플롯을 구성하고 있는 중입니다. 이 작업에서 진도가 못 나가고 있습니다. 여러 각도로 구상 중인데 이것이다 하는 반짝 떠오르는 구상이 없어서 고민 중입니다. 형님"

"흐음 그렇다면 내 서재로 가보세. 혹시 도움이 될 만한 것이 있는지 모르겠네. 여보, 수연이와 함께 이야기를 좀 나누고 있어요. 내 김 서방하고 서재에 올라갔다 올게"

"그러셔요. 그런데 여보. 당신 김 서방, 김 서방 하고 노래를 부르는데 서방님한테 빠진 거에요?"

"응? 거 뭐 앞으로 지켜봐야겠지만 우선 호칭이 좀 그렇잖아. 이 기회에 말뚝을 꽉 박아 놓을 필요도 있구 말이지. 껄껄껄"

"그러세요. 그럼 나도 이 기회에 말뚝을 박아 놓아야겠네요. 서방님 우리 아가씨 많이 사랑해 주세요."

"네, 알아 모시겠습니다. 감사합니다. 말뚝 쳐 주셔서요."

"네, 호호호호"

이 변호사 서재에는 희귀자료 원본과 당시의 원서와 외교문서들이 보관되어 있었다. 문서에는 "TOP-SECRET"이라는 빨간색의 고무인이 선명했다. 고무인이 찍혀 있는 문서는 영문타자기로 작성되어 있었다. 시간이 많이 흐른 탓인지 선명치 못한 점은 불만스러웠다.

"형님, 일급비밀문서가 그대로 보존되어 있다는 점이 놀랍습니다. 그 동안 보관해 두기에 어려움이 많았을 텐데 원형대로 보존되어 있다니 놀랍습니다."

"이 기밀문서들은 이승만 대통령의 가방에 담겨 있던 문서들이네. 4.19가 일어나면서 비서였던 외할머니의 손에 들려주셨던 가방 안에 들어 있었어. 어쩌면 이 문서들 때문에 외할머니를 미국으로 보내신 것 아닌가 하는 생각이 들어. 만약 이 문서들이 북한에 넘어가면 의외의 결과까지 만들어질 수 있으니 목숨같이 보관하라는 명령을 내리셨다 했네. 외할머니가 나중에 이 대통령님을 만나 뵈었을 때, 대통령께서 '자네에게 준 선물이니 자네 것일세' 하셨다네. 할머니는 이 서류로 책을 하나 만들어 보라고 어머니께 선물로 주셨는데 어머니가 돌아가셨으니 꼼짝없이 우리 남매의 숙제가 되고 말았어. 보아하니 연이가 자네에게 그 숙제를 떠넘긴 모양이구만. 그래 자네가 이 숙제를 해결해 주게. 이제는 공개해도 되는 시기이고 또 이 문서를 바탕으로 감춰져 있던 역사의 비극이나 비화들이 바른 역사를 위해 공개되어야 한다고 봐. 그대가 이 일을 한다고 하니 더욱 안심이 되고 신뢰도 되네. 여기 있는 이 자료들로 바른 역사를 세워주게나"

"그렇게까지 생각해 주시니 고맙습니다. 형님. 위대한 역사를 바로 세우는 데 힘을 다해 보겠습니다."

노크 소리가 들리며 이내 문이 열렸다. 차를 쟁반에 받쳐 들고 가희와 수연이 잇달아 들어왔다.

"잘 되어 가나요? 커피 한 잔씩 드시고 하세요."

가희가 생글거리며 커피 잔을 책상 위에 올려놓았다. 커피 잔을 들고 이야기를 계속했다.

"구상은 역사에 대한 스토리텔링으로 방향을 잡았으면 좋겠는데 김서방 자네의 뜻은 어떤가?"

"네, 저도 그렇게 생각하고 있습니다. 자료가 방대하고 찾아보기 힘든 희귀자료가 많으니 자료물을 통해 방증하는 형태의 역사실록이나 비록으로 구성해도 좋겠다는 생각입니다."

"서방님이 손을 대면 아주 훌륭한 작품이 나올 것으로 믿어져요. 워낙 글을 잘 쓰시잖아요. 혹시 표지가 필요하면 말씀해 주세요. 멋지게 그려 드릴게요."

두 사람의 대화를 들으며 커피를 마시고 있던 가희가 치고 들어왔다. 여기에서 가희의 존재는 0순위이기 때문에 언제라도 대화에 끼어들 수 있었다. 이 변호사는 자신의 주장을 거들어 주고 있는 아내가 대견하다는 표정으로 신뢰의 눈빛을 보냈다.

수연은 미국 프린스턴 대학에서 기독교윤리학을 전공했다. 격동의 세월에서 자신과는 상관없이 굵직한 사건의 주인공이 되어 버린 충격은 한국을 떠날 수밖에 없도록 만들어 놓았다. 어린 나이에 한국을 도망치듯 떠나 미국으로 건너가서 공부해야 했던 수연은 삶과 죽음에 대한 관심이 높았다. 그것 때문에 윤리학을 공부했다.

"아가씨가 윤리학을 전공했기 때문에 영문해석에도 큰 도움이 될 거에요. 고급언어와 문장을 남들보다 더 많이 알고 있으니 말이에요. 서방님은 든든한 조수를 둔 것이나 마찬가지랍니다. 호호호호"

가희의 청아한 웃음소리와 함께 수연의 웃음소리도 함께 어우러졌다. 건우는 수연이 윤리학을 전공했다는 사실에 한 번 더 놀랐다. 그러고 보니 수연에 대해 아는 것이 없다. 건우는 자신의 불찰을 새삼스럽게 느끼며 수연을 바라보았다.

"윤리학을 전공했다면 고급언어와 문장들에 대해 깊은 이해가 있을 것이니 큰 도움이 되고도 남지요. 수연 씨 어려운 공부하느라고 수고가 많았어요."

수연은 건우의 말에 미소로 답했다. 그런 수연을 보며 자신도 미소가 지어졌다. 그랬구나, 윤리학을 전공했기 때문에 다른 여성들과는 차이가 있는 행동을 보인 것이구나. 자신이 책임을 질 수 있을 때에 행동으로 가져가는 마치 윤리 선생님과 같은 느낌을 받은 것이 바로 이것 때문이었구나. 그 면에 있어서는 건우도 남 못지않았다. 자유란 책임이 전제 되어야 한다는 윤리관이 건우의 윤리관이었다. 따라서 두 사람이 2년 동안이나 서로를 마음으로는 원하면서도 행동으로 옮기지 못한 원인이 설명되었다. 건우가 수연의 윤리관에 대해 수긍한다는 표정을 짓자 수연도 건우의 윤리관에 대해 인정한다는 표정으로 답했다. 한 층 더 깊은 신뢰와 이해의 층이 생성되었다. 이해의 층은 서로가 함께 살아가는 동안에 어렵고 힘든 고비가 생길 때에 표현할 수 없는 위력을 발휘하여 두 사람의 연결고리를 더욱 견고하게 해 줄 것이다.

"형님, 이 내용은 처음 보는 내용입니다. 이런 내용이 있었나요?"

"어떤 내용인데, 한 번 줘 봐. 으음 이런 문건이 있었나?"

이 변호사는 건우가 내어 미는 문건을 한 번 읽어 보더니 고개를 갸웃거리면서 자세히 읽어 보았다. 그리고는 관련 자료가 있는지 문서철을 뒤적이기 시작했다. 이 승만 대통령이 미8군 사령관에게 보낸 치하의 공문이었다. 계속해서 미 해군 7함대 사령관 그리고 미드웨이호 함장에게 보낸 치하의 공문이 발견되었다. 영문으로 작성된 공문으로 이 승만 대통령의 서명이 들어 있었다. 손수 작성한 내용의 공문이 틀림없었다.

"김 서방, 이 내용으로 글을 쓰면 어떻겠나. 좋은 작품이 나올 것 같은 데, 김 서방 생각은 어때?"

"상당한 내용입니다. 이 내용을 바탕으로 스토리텔링을 만들어 보겠습니다."

가희는 내용을 보고 고개를 갸웃거렸다. 이게 무슨 대단한 내용이냐는 표정이었다. 하지만 수연은 달랐다. 그 내용을 읽어보고 난 뒤에 잠시 생각에 잠기는 듯 하더니 입을 열었다.

"폭탄과 어뢰, 상당한 차이가 있는 내용이군요. 기대가 되네요. 혹시라도 제 번역이 필요하면 말해 주세요. 오빠 이 서재를 개방해 두세요. 필요한 내용이 있으면 언제라도 볼 수 있게 말이에요."

"그러렴. 방열쇠도 가지고 있고 현관 비밀번호도 알고 있지 않니. 언제라도 쓸 일이 있으면 써도 된다. 새삼스럽게 허락씩은 무슨"

"어머 새삼스럽기는요. 저만 쓰는 게 아니라 이 사람도 함께 써야 하니까 미리 허락을 받아 두는 거지요."

"기쁜 마음으로 허락했으니 언제라도 쓰도록 해."

"형님, 소양강 장원에 대단한 사연이 있는 것 같아 보이던데요. 팔당에 있는 정약용 선생 생가의 풍치도 대단한데, 소양강 장원과 비교해 보면 확연히 떨어집니다. 유래가 궁금했었습니다."

"화선대 말인가? 대단한 유래가 있는 곳이지 그곳이…. 조선시대에는 수비대가 있던 곳이고 육이오 당시에는 K.L.O 훈련지였었네. 휴전이 되고 난 뒤에 이기붕 의장께서 그곳을 대통령 별장으로 조성한 곳이야. 화천발전소 탈환 기념식에 참석하신 이승만 대통령께서 그곳을 보시고 풍광이 참 좋다고 칭찬하셨거든. 그래서 이기붕 의장이 군부대를 동원하여 별장터를 넓히고 수중에 방어망을 치고 선착장을 만들었어. 대통령께서 한 차례 사용하셨는데 공식적으로 고성에 대통령 별장을 따로 만들게 되면서 이기붕 의장이 당시 대통령 비서였던 할머니 명의로 등재를 해두었네. 등기 문제에 대해 대통령께 보고 드리니까 할머니 앞으로 해 두라고 하셨다네. 이기붕 선생과 할머니는 고종 사촌 간이었어. 이기붕 선생의 부친이 할머니의 작은 아버지셨거든. 대통령께서 할머니를 미국으로 피신시키셨을 때 가방 안에 등기가 들어있었어. 대통령께서 화선대는 자네 것이네 라는 메모를 남겨 두셨어. 대단한 역사를 가진 곳이지. 할머니께서 어머니께, 어머니는 수연에게 주신 곳인데 수연이를 한국에 보내시면서 등기도 수연이 앞으로 해 주셨다네. 자네도 그 곳을 대단히 사랑하게 될거야"

이 변호사는 건우를 바라보며 흐뭇한 미소로 말했다. 건우는 고개를 숙여 고맙다는 뜻을 표하고 내심 이 내용을 바탕으로 스토리텔링을 만들면 어떤 내용이 될까 하는 생각에 사로잡혔다.

건우가 집중적으로 살펴 본 내용은 이승만 대통령이 남긴 1.4 후퇴와 맥아더 사령관에 관련된 내용이었다. 이 내용은 파로호 사건의 배경이 되기도 하고 파로호 사건을 풀어낼 수 있는 열쇠였다. 이승만 대통령이 남긴 기록에는 당시의 중대한 사건에 대해 보고된 보고서와 처리를 명령한 내용이 메모 형식으로 담겨 있었다. 짤막짤막한 내용들이었으나 결정적인 근거를 제시하고 있는 내용물이었다. 이 내용들을 종합해 보면 하나의 그림으로 연결되었다. 연결된 그림의 컷을 두고 논리적으로 추적해 들어가니 장면 하나 하나에 당시의 촉박했던 사정과 처지가 또렷해졌다.

중국은 유엔군의 38선 이북 진격에 대해 우려를 표명하며 유엔군이 더 이상 진격을 감행할 경우 참전하겠다고 경고해 왔었다. 미군의 북한 진입은 중국의 안전에 대한 중대한 위협이기 때문에 미군의 도발에 중국은 결코 좌시하지 않겠다고 연합군 측에 선전포고에 가까운 경고를 통첩했다. 워싱턴과 합동참모본부는 이 문제를 놓고 심각한 고민 끝에 중국군 과의 전면전을 피한다는 내부적 결정을 내렸다.

그해 10월 21일 합동참모본부로부터 맥아더 사령관에게 전통이 하달되었다. 워싱턴과 합동 참모본부는 중국과의 전면전을 원치 않고 있다는 점을 명확히 했다. 중국군의 개입 가능성이 있음으로, 북한과 중국 동북부지방의 전력을 공급하고 있는, 수풍 수력 발전소나 함경북도 공업도시인 나진에 대해 일체의 폭격을 금지하라는 명령이었다.

그러나 맥아더 사령관의 판단은 달랐다. 중국은 내부사정으로 인해 북한에 군사지원을 할 수 있는 입장이 되지 못했다. 따라서 밀어붙이면 승리한다는 확신을 가지고 있었다. 맥아더 사령관은 자신의 견해를 합동참모본부에 보고하며 중공군의 집결지에 원폭투하를 재차 요청했다. 맥아더 사령관의 요청에 대해 워싱턴과 합동참모본부는 이를 중대한 도전이자 항명으로 받아 들였다. 미국의회는 자국군의 피해가 늘어난 책임을 묻고 트루먼 대통령에게 휴전을 압박하며 맥아더 사령관의 교체를 요구했다. 맥아더 사령관은 결국 "노병은 죽지 않는다. 다만 물러날 뿐이다"라는 명언을 남기고 한국전 도중에 하차해야 했다.

이 대통령은 맥아더 장군을 통해 트루먼 대통령에게 원폭 2발을 사겠다고 제안했었다. 그 값으로 제주도에 핵잠수함 기지로 활용할 수 있는 미군 전용 기지를 주겠다고 약속했다. 그러나 이 제안은 맥아더 장군의 하차로 묵살 당했다. 이에 대해 이승만 대통령은 트루먼 대통령과 미의회의 처사에 극히 분노하며 이때부터 핵무장을 계획했다. 기록에는 재미 교포 과학자 2명의 이름과 지원계획까지 담겨 있었다.

건우는 교포 과학자의 이름을 보고 심장이 멎을 만큼이나 놀랐다. 재미교포이며 세계적인 핵물리학자인 닥터 제임스 김의 의문사가 떠올랐기 때문이다. 닥터 제임스 김의 이름은 이 대통령의 명단에 들어 있는 이름이다. 그렇다면 미국이 이승만 대통령의 계획을 눈치 채고 사전에 차단을 했다거나 아니면 이 문서의 내용이 외부로 유출되었거나 둘 중의 하나였다. 등골이 오싹해졌다. 세월이 이만큼이나 지났고 북한이 핵무장을 했으니 문제될 것은 없겠으나, 만약 이 문건이 4.19 때에 유출되었다면 피바람이 불었을 것이 분명했다. 어떻게 이런 문건이 여태까지 살아남아 있을 수 있었는지 생각할수록 불가사의 했다.

스토리텔링

　스토리텔링이라는 용어는 실상 한국에서는 생소한 단어였다. 덴마크의 미래학자인 롤프 얀센이 "미래는 스토리의 시대이며 꿈과 감성이 있는 스토리가 돈을 만들고 미래를 창출 할 것"이라는 주장이 소개되고 난 이후에 부쩍 스토리에 관심을 가지게 되었다. 얀센은 나이키의 예를 들며 나이키가 가지고 있는 이미지에 스토리가 입혀짐으로 꿈과 감성을 자극하여 주머니를 열게 만들어 낸 것이라고 예를 들어 설명했다. 얀센의 설명은 감성을 자극함으로 구매 욕구를 불러일으켜 매출과 연결되었다는 설명이다. 이 설명을 들은 한국인은 모든 제품에 스토리를 입히는 작업에 들어갔다. 그리고 이것을 스토리텔링이라는 이름을 붙였다.

　원래 스토리텔링이라는 말은 "기존에 있던 전설, 역사, 문화, 예술 등을 소재로 이야기를 덧붙이는 작업"을 말한다. 어떤 이는 "생산자에 의해 창작되거나 기존에 있던 이야기를 수용자의 욕구 충족을 위해 효과적인 담화형식으로 가공하는 것"으로 말했다.

건우는 파로호의 비화를 스토리텔링의 형태로 써내려 가는 것이 가장 이상적이라는 판단을 내렸다. 이야기 형태로 서술하는 편이 독자의 부담감과 피로감을 덜어 줄 수 있는 최적의 방식이었기 때문이다. 또 구태여 스토리텔링 방식으로 파로호의 비화를 서술하려는 데에는 한국 전체의 역사에서 파로호의 비화가 차지하고 있는 분량이 아주 작다는 데에 대한 반성도 있었다. 전후 50년이 넘어가면서 육이오 동란의 책임이 북한에 의한 남침이었다는 사실까지도 희미해져 가고 있다. 휴전 중인 현재에서 전쟁은 없을 것이라는 안이한 국민의 태도도 문제이다. 대체적으로 전쟁은 어느 한쪽의 힘이 약해져 양쪽의 힘의 균형이 무너질 때에 일어나는 것이 정설이다.

전후 북한 측 발표에 의하면 UN군 손실은 한국군 58만, 미군 39만, 기타 UN군 3만 등 100만 명이었다. 미군 측 통계에 의한 UN의 발표에 따르면 북괴군 사상자는 52만, 중공군 사상자는 90만 명이나 되었다. 이렇듯 현재의 휴전선이 완성되기까지 양쪽 합쳐 250만 명의 군인들이 희생되었고 민간인 450만 명이 사망 내지는 부상을 입었으며 1000만 명의 이산가족이 발생했다. 이런 유형의 전쟁은 다시는 일어나지 말아야 한다.

건우가 이 변호사로부터 빌려 온 자료는 수연이 말끔하게 해석해 놓았다. 건우는 원본 복사본과 해석본을 함께 정리하며 스토리텔링 작업에 들어갔다. 당시의 내용을 보고한 보고서에는 세세한 내용까지 기록이 되어 있어 작업의 속도가 빨라졌다.

"그 자료는 이쪽에 붙여 줘."

커다란 스케치 북에 사본이 붙여지고 그 옆에 해석본이 딱풀로 붙여졌다. 그 아래와 옆에는 포스트잇으로 자료의 내용에 대한 간편 요약을 붙였다. 이로써 자료와 자료는 서로 연결되어 양쪽을 해석해 주는 연결고리가 만들어졌다. 자료가 일목요연하게 정돈되자 한눈에 논지가 어떻게 전개될 것인지 가늠할 수 있을 정도로 한눈에 들어왔다. 이 내용을 가공하지 않고 이대로 파워포인트로 작성해도 충분하겠다는 직감이 들었다. 파워포인트로 작성하여 가공하면 멋진 작품이 나오겠다는 기대감이 들었다. 더하여 정규 다큐물로 제작하면 큰 물건이 될 것이라는 예감이 들었다. 자신도 모르게 책상에 바짝 다가앉았다.

목차를 쓰면서 본문에 채워질 내용들이 뇌리에서 하나 둘 궤를 맞추며 정돈되기 시작했다. 목차가 정돈됨에 따라 본문 내용의 깊숙한 부분까지 스파크가 일어나듯 뇌리에서 불꽃이 일면서 용접되었다. 본문 내용의 세밀한 부분까지 아귀가 들어맞는다. 이대로 결론까지 일사천리로 써내려 가고 싶은 욕망이 뭉게구름처럼 피어 올랐다. 연결점을 찾지 못해 벽에 부딪친 논리는 실타래가 풀리듯 술술 풀리며 저절로 짝을 맞추어 끼워졌다. 윤곽이 잡혀지자 블랙홀에 빨려 들어가듯 본문 속으로 빨려 들어갔다. 마치 자신이 그 주인공이 된 것처럼 서서히 근육이 조여져 왔다.

긴장감은 머리끝부터 시작되었는데 어느 덧 얼굴을 붉게 물들이며 등골을 타고 내려왔다. 허벅지에 전달되고 장딴지에 전달되면서 다리가 팽팽하게 긴장했다. 눈동자는 질 좋은 먹처럼 짙고 깊은 담채색으로 변했다. 눈동자의 크기는 초점이 완벽하게 맞았을 때의 크기로 정지되었으며 초점은 더욱 또렷해졌다. 등골부터 흘러내리듯 퍼진 긴장감은 팔과 다리에 적당한 힘이 들어가게 했으며 이 힘들은 손과 머리에 집중되었다. 가슴이 팽팽히 긴장되며 젖꼭지는 단단해졌으며 심장의 박동은 점차 빨라졌다. 한 순간 타임머신을 타고 그 시대로 돌아가 있는 것 같은 착각이 들 정도였다.

건우는 자신의 심장박동소리를 스스로 느꼈다. 호흡은 점점 더 가빠지며 전쟁의 포화 속으로 던져진 것 같은 느낌을 받았다. 콧속으로 비릿한 화약 냄새가 맡아졌다. 사방에서 끼쳐지는 전쟁냄새. 온몸 속으로 화약 냄새가 들어왔다. 화약 냄새는 포성이 자욱한 6사단 2연대 1대대가 치열하게 방어하고 있는 용문산 자락 고지에서 피어 오르고 있었다. 짙은 화약 냄새는 건우의 심장을 자극하고 허파를 욱죄었다. 심장의 박동은 빨라지고 숨은 거칠어졌다. 팽덕회가 음흉한 미소를 짓고 손을 내밀어 한국인 처녀들의 벗은 몸을 훑고 있다. 처녀는 높은 비명을 지르며 사시나무 떨듯 떨고 있다. 장도영 사단장의 피를 뿜어내는 절규가 천하를 가르며 공격명령을 내린다. 장도영 사단장을 측은한 마음으로 바라보다가 발길을 돌리는 벤 프리트 사령관의 모습이 스쳐간다. 갑판 위에서 항공대 가죽 자켓을 입고 까만 바다 저편을 바라보며 향수에 젖어 있는 스트러블 제독의 입에 물고 있는 파이프에서 파란 담배 연기가 하늘을 향해 피어 오른다. 제독의 발 뒤로 항공대 정비요원들이 땀을 흘리며 조심조심 스카이레이더 기에 어뢰를 장착하는 모습이 보인다.

"차 한 잔 들고 하세요."

수연이 찻잔을 내려놓으며 건우의 표정을 읽는다. 사뭇 긴장되어 핏발이 설만큼 모니터를 뚫어지게 바라보고 있던 건우가 감정이입에서 벗어나 현실로 돌아왔다.

"휴우, 고마워요."

"한숨 소리가 깊은 것을 보니 무언가가 구체적으로 잡힌 것 같군요. 긴장을 풀고 어떻게 쓸 것인지 말해 줘요."

"그러게 내가 많이 긴장했나 봐. 당신도 글을 쓰게 될 때 그 장면과 동기화 되는 그런 경우를 경험했지? 마치 내가 전투를 하고 있는 것 같이 느껴져."

"그런 투지가 생긴다면 구도가 잡혀졌다는 것을 뜻하는 것이겠군요.

이제 구체적으로 잘 써 나가는 일만 남았다는 느낌이 들어요. 이왕이면 여기에 계시는 동안에 완성시켰으면 좋겠어요."

수연의 말에 이모션 현상에 빠져 들었던 건우는 깊은 한숨을 내어 쉬며 현실로 돌아왔다. 사지가 나른해지며 피곤이 엄습해왔다. 감정에 몰입되어 있던 시간은 타임머신을 타고 과거로의 시간여행을 한 것과 같아 머리까지 핑 돌았다. 마치 최면에 빠져 있었던 것처럼 몽롱하다. 고개를 흔들고 기지개를 켜며 팔과 어깨의 관절을 풀었다. 관절에서는 우두둑 소리가 났다. 우두둑 소리와 관절이 비틀리면서 뻐근한 아픔이 느껴졌다. 아픔을 느끼니 그제야 사물이 또렷해진다.

그러고 보니 어느 덧 일주일이 훌쩍 지나가고 있다. 모레는 금요일이고 출근을 해야 한다. 편집국장은 특종 이상의 내용이라면 보너스로 하루를 추가해 주겠다고 했다. 그렇다고 해도 내일까지 이틀 동안의 시간에 완성을 시킬 수 있을까. 아무리 생각해 보아도 그것은 무리이다. 다만 골격을 세우는 일과 대체적인 윤곽을 맞추고 본문 작성에 들어가는 일까지는 될 것 같다. 어쨌든 서둘러 작업을 진척시켜야겠다.

건우는 특집용 기사를 뽑아 놓는 작업을 따로 했다. 이 작업이 하루를 벌어 줄 수 있을 것으로 믿어졌다. 스토리텔링 작업과 다큐물 제작에 들어갈 내용은 보고서 형태로 작성했다. 아무래도 브리핑을 해야 할 것 같았기 때문이다. 편집부 회의에서 반응이 좋게 나오면 상부에 정식으로 건의하여 다큐물로 제작하고 책으로 출판할 생각이다. 그렇지 않아도 모 방송국에서 다큐물로 제작할 만한 문건이 있으면 공동 제작하자는 제의가 들어와 있다. 방송사와 손잡고 다큐물을 공동 제작하는 것은 신문사 입장에서 볼 때 상당히 매력이 있는 작업이며 영상물로 남길 수 있다는 점에서도 매우 고무적이었다. 건우는 이 내용이야 말로 다큐물 제작에도 크게 기여할 수 있다는 자신감을 가졌다.

"오빠가 오늘 점심 같이 하재요. 건우 씨 몸보신 시켜 줘야 한다고 염소탕 집으로 나오래요. 뭐라고 할까요?"

"형님이 나오라는데 당장 가야지 토를 달 게 뭐가 있어. 가겠다고 전해 줘요. 챙겨 주셔서 고맙다는 말도 붙여 줘"

"그렇게요. 오빠가 건우 씨가 무척 마음에 드는가 봐. 만사를 제쳐놓고 고기를 사 주러 오신다니 말이에요. 건우 씨 그럼 그렇게 전해 드릴게요."

건우는 타이핑을 하던 손길을 멈추었다. 그리고 그제야 생각이 난 듯 전화를 마치고 돌아온 수연에게 물어 보았다.

"전부터 물어 보고 싶었던 것이 있어. 수연 당신은 누군가에게 철저히 교육과 훈련을 받은 사람처럼 느껴져. 가정교육이 엄해서 그런 것이야? 아니면 가정교사를 따로 두고 살았던 거야?"

"어머, 그렇게 느껴져요? 어떤 면에서 그렇게 느껴졌어요?"

수연은 깜짝 놀랐다는 듯 눈이 커졌다. 그리고는 자신의 옷매무새를 훑어보고 나서 고개를 갸우뚱거리며 정색했다.

"응, 당신에게서는 다른 사람과 다른 기품이 느껴져. 차원이 다른 교육을 받은 사람일 것이라는 느낌. 왜 있잖아. 외국의 귀족들이 집사에게 교육을 받으면서 성장한 그런 것 말이야."

"그래요? 그런 것이 눈에 드러나는가요? 아니면 단순히 그럴 것 같다는 느낌으로 느껴지는가요? 맞아요. 나는 어릴 때는 유모에게서 초등학교 다닐 때에는 가정교사인 집사에게서 교육을 받았어요."

"그래, 맞어. 그래서 온몸에서 느껴지는 기품이 남달랐던 거야. 무언가 보통 사람들에게서는 전혀 느낄 수 없는 그런 기운 같은 것이 있어 당신에게는"

"잘 봐 주신다면 고맙겠어요. 갑자기 무서워지려고 해요. 날카로워요. 그런 것을 끄집어내다니……."

"아니, 아니 전혀 아니야. 무서워하라고 하는 뜻이 아니야. 그런 것 때문에 내가 쉽게 접근을 못 했던 것이라는 생각이 들어서 확인해 보고 싶었던 거야. 그러니 긴장 풀어요. 오히려 그런 교육을 받았다는 것이 당신의 장점이고 큰 재산인거야. 2세 교육은 확실하겠어."

"아가? 아이 교육은 솔직히 자신 없어요. 유모하고 집사님이 없었으면 했던 때가 많았거든요. 걷는 것까지 간섭을 하니 귀찮기도 하고 눈치도 보이고 그래서 싫어했어요. 왜 그래야 하는지 이유도 모르면서 가르쳐 준 대로 따라서 해야 한다는 것은 고욕이었거든요. 나는 아이들 가르치는 것이 두려워요. 옛날의 내 생각이 나서 진땀이 다 나요."

"하지만 사람은 만들어지던지 만들던지 둘 중의 하나는 반드시 통과해야 해. 리더도 마찬가지이고 누구나 다 그런 과정을 거쳐야 해. 나는 제멋대로 스스로 만들어진 사람은 아니라고 봐. 누군가가 만들어주지 않는다면 자기 스스로 스스로를 만들어 내야 한다고 생각해. 당신은 만들어질 수 있는 환경을 누릴 수 있었기 때문에 인정받는 기품을 가질 수 있게 된 것이야. 당신처럼 그렇게 만들어 질 수 있는 환경을 가진 사람은 대한민국 안에 몇 사람 안 될 것이라는 생각이 들어. 기껏해야 수백 명에 불과하다고 생각해. 당신은 어디에 내어 놓아도 스스로를 발광시킬 수 있는 기품이 만들어져 있어. 그리고 그 기품에 대해 누구든지 인정을 하게 되어 있구. 당신은 행운아야"

"그렇게 봐 준다니 고마워요. 생각하지 못했던 것인데 깨우쳐 주네요. 더욱 조심스럽게 잘 하라는 뜻으로 받아들일게요. 그리고 앞으로는 그런 점에 대해서는 칭찬을 하지 말아줘요. 지금까지 그래왔던 것처럼 살고 싶어요. 스스로에게 부담감을 주게 되고 정말로 내가 특별한 사람인가 하는 교만기가 고개를 들면 자신을 용납하지 못할 것 같아서 그래요. 그러니 이대로 봐 주시고 잘 못 하는 거나 요구사항이 있으면 말씀해 줘요. 당신에게 잘 적응하도록 노력할게요."

건우는 수연의 말을 들으며 고개를 끄덕였다. 수연의 매력은 내면에 갈무리 되어 있는 기품이었고 당당한 실력에 있었다. 보면 볼수록 담채색의 흑진주와 같이 영롱한 빛을 발하는 사람이다. 이런 여자도 있구나.

"김 서방, 연이와 장래계획은 세워 보았나?"

이 변호사는 고기를 권하면서 넌지시 물어왔다. 휴가를 마치고 일상으로 돌아가기 전에 확실히 매듭을 져놓고 싶어 하는 눈치였다. 수연은 잠잖고 건우의 입을 주시했다. 수연도 확인하고 싶어 하는 눈치이다.

"네, 형님. 집에 가서 부모님과 상의 드리고 인사를 시키겠습니다. 그렇지 않아도 서울에 가면 그 문제로 형님 사무실로 찾아 뵈려고 마음먹고 있었습니다. 수연 씨와 형님 내외분과 인연이 된 것은 제 생애에 있어서 최고의 행운입니다."

"그렇게 생각했다니 고마운 일이네. 우리 연이와 인연이 된 것이 최고의 행운이라는 말은 맞는 말일거야. 거기에 우리 부부까지 끼워 주니 고맙네. 김 서방도 시인이라서 그런지 말을 참 맛깔스럽게 하는구먼. 핫핫핫 좋다."

이 변호사는 시원하게 웃으며 테이블 너머로 몸을 기울여 건우의 어깨를 두드렸다. 수연은 조그맣게 웃으며 환한 얼굴로 건우의 얼굴을 쳐다보았다.

"그런데 말이야. 자네 부모님이 연이를 좋아하실지 슬며시 걱정이 되네. 어떨 것 같은가?"

"저희 부모님이 원하는 며느리 상에서 넘치는 사람이니 조금도 걱정 안 하셔도 됩니다. 형님"

"서방님, 부모님께서도 우리 아가씨를 보시면 아주 기뻐하실 거에요. 같은 여자가 봐도 우리 아가씨는 매력이 철철 흘러 넘치는 여자에요. 그렇지요?"

"그럼요. 아주머니. 100점 짜리입니다."

가희의 말에 건우는 상기된 기분으로 맞장구를 쳤다. 이 변호사 부부는 처음에 만났던 그 차림 그대로 나왔다. 그것은 아마도 상대방에게 다른 분위기를 주지 않으려는 배려인 듯하다. 그래서 그런지 편한 마음이 들었다. 옷차림 하나에도 배려가 숨어 있다는 것을 느끼며 건우는 속으로 고개를 끄덕였다.

"그렇게 하세. 부모님과 상의해서 편한 날에 뵐 수 있도록 통보해 주게. 사흘 전에만 통보해 줘"

"형님, 그러면 아예 다음 주 토요일로 정하면 어떨까 합니다만, 형님 스케줄은 어떻게 되는지요."

"다음 주 토요일에? 좀 빠른 것 아닌가? 연이가 가서 자네 부모님 마음을 훔칠 시간이 필요할 텐데 괜찮겠어?"

"네, 수연씨는 이번 주 토요일에 부모님께 인사를 시켜 드리려고 합니다. 그 다음 주 토요일이면 좋을 것 같아요. 아직 수연 씨에게는 이야기를 안 했습니다만 그렇게 하는 것이 좋을 것 같습니다."

"흐음, 그래 연이야, 네 뜻은 어떠냐?"

"네. 그렇게 할게요."

"그럼 되었다. 어차피 상견례는 우리가 모셔야 하니까 워커힐에서 상견례를 했으면 좋겠네. 자네 집이 홍제동이지?"

"네, 형님. 시간은 어떻게 잡을까요?"

"저녁 시간이 좋을 것 같지? 점심때에는 좀 꼬치꼬치 따지게 되어 있거든, 그러니 저녁 시간으로 하세."

"네, 형님 그렇게 알겠습니다."

"시간은 6시로 하고 일식 좋아하시나? 아니면 이태리 음식도 괜찮고"

"일식당이 좋을 듯합니다. 혹시 기요미즈의 찌라시스시를 염두에 둔 것 아닌지요. 아버지와 어머니께서 좋아하시는 메뉴입니다. 가격이 좀 되어서 자주 모시지 못해서 아쉬웠는데 기요미즈에서 만나는 것으로 하면 좋겠습니다."

"그래? 좋아하셔? 그렇다면 내가 자주 모시도록 하지. 그리고 남동생은 미국에 살고 있기 때문에 아마 결혼 때에나 보게 될 것 같고, 장인 장모님을 내가 부모님처럼 생각하고 있으니 장인 장모님을 모시고 나가도록 하겠네. 물론 집 사람도 함께 갈거야. 김 서방. 어르신들과 형제분들도 다 모시고 나오게."

"네, 형님. 상의해 보겠습니다."

"김 서방, 가족 분이라면 많이 나오실수록 좋네."

"그렇게 하겠습니다."

"작업은 잘 돼 가나?"

"수연 씨가 원문을 제대로 해석해 주어서 진도가 빨리 나가고 있습니다. 조만 간에 완성이 될 것 같아요."

"그래? 연이의 실력이야 이미 정평이 나 있는 실력이지. 기대가 많이 되네. 완성되면 내게도 보여 줘야 하네."

"그럼요. 여부가 있겠습니까. 형님께 먼저 보여 드리겠습니다."

"우리 연이가 많이 외롭게 자랐네. 자네가 채워 주어야 하네."

"고맙습니다. 형님. 미욱한 사람인데도 귀애해 주시니 고맙습니다."

"자네 참 매력 있는 사람이야. 연이와 아주 잘 어울려."

"오빠, 고마워요. 바쁜 데도 일부러 시간까지 빼서 보살펴 주시니....... 그냥 고맙다고 할게요."

"그래, 연이야 네가 행복해 하는 모습을 보니 나도 더불어 기쁘고 행복해진다. 예쁘게 살아라. 하늘나라에 계신 아버지 어머니가 기뻐하시도록......."

차마 말을 잇지 못하고 이 변호사는 슬며시 고개를 아래로 숙였다. 수연의 눈자위가 빨개지면서 이슬이 맺힌다. 아버지. 어머니. 불러 보기만 해도 눈시울이 붉어지고 말았다.

"김 서방, 연이를 데리고 가서 반드시 결혼 허락을 받도록 하게. 상견례에서 결혼 날짜를 받을 수 있도록 해야 하네."

"네, 형님. 저도 그렇게 생각하고 있습니다."

"그렇게 하게. 연이야. 시부모님께 인사 잘 드리고 눈에 들어야 한다. 혹시 시부모님이 김 서방과 함께 자고 가라고 하면 김 서방 방에서 자고 확실히 영역표시를 해 두어야 한다. 껄껄껄"

"어머, 오빠는…."

수연의 뺨이 빨갛게 달아오르며 화끈거렸다. 수연은 두 뺨을 감싸고 어쩔 줄 몰라 쩔쩔맸다. 일동은 크게 웃었다.

우리 신문 편집국

　출근하자마자 국장실로 올라간 건우는 취재 내용을 국장에게 보고했다. 취재 내용을 보고 받은 조성호 편집국장의 입이 귀에 걸리며 함박웃음이 터져 나온다. 어지간히 반갑다는 표정이다. 국장은 건우의 취재보고 내용에 지극히 만족하다는 표정을 짓고는 격려를 아끼지 않았다. 조 국장이 넌지시 물어왔다.

　"그래 자네의 춘심을 흔든 여인이 누구인가? 자세히 아주 자세히 말해 보게"

　조 국장은 탁자 앞으로 바짝 다가오며 건우의 입을 주목했다. 건우를 볼 수 없었던 일주일 동안 건우의 신변에 무슨 일이 일어났었는지, 단서가 될 만한 변화는 없는지를 관찰하려는 조 국장과 이를 피하려는 건우

사이에 묘한 신경전이 벌어졌다. 단서를 주지 않기 위해 슬며시 의자 뒤로 몸을 빼는 건우의 몸 쪽으로 조 국장은 머리를 디밀고 냄새라도 맡겠다는 듯 코까지 쿵쿵거리며 쫓아왔다.

지난 한 주간은 참으로 길었다. 건우의 월차 요청에 흔쾌히 허락했었다. 월차가 끝나는 날, 이 변호사의 제보 전화에 어쩔 수 없이 춘천으로 3일 동안의 취재 출장을 보내야 했다. 미안한 마음에 기사 내용이 좋으면 보너스로 하루를 더 주겠다고 약속까지 하면서 출장명령을 내렸다. 건우가 송고한 기사 내용은 50년 역사를 털어낼 수 있는 기가 막힌 특종이었다. 이에 고무되어 약속대로 보너스로 출장 휴가를 주었다. 이래놓으니 일주일이 훅하고 지나가 버렸다. 편집부 취재기자가 일주일 동안이나 자리를 비운다는 것은 이례적인 일이다. 하지만 어쩌겠는가, 타이밍이 절묘하게 맞아 떨어진 것을....

조 국장은 기자의 직감으로 건우의 신변에 상당한 일이 생겼음을 직감했다. 어쩌면 건우의 일에 신문사의 고문 변호사인 이 변호사도 개입되어 있을 것이라는 예감도 들었다. 하지만 개연성은 없어 보였다. 이 변호사는 중요기사 제보를 하면서 취재기자로 건우를 지명했다. 이 변호사는 우리 신문사의 법률고문이었다. 구태여 이 변호사가 지명하지 않아도 춘천 건의 제보내용은 건우가 적임자였다. 여기에 이 변호사의 강력한 추천이 뒤따르자 조 국장은 망설임 없이 건우를 춘천에 보내기로 결정했다. 김 건우 기자는 결혼할 여자가 생겼노라고 월요일에 월차를 달라고 요청했었다. 여기에 이 변호사는 화요일부터 취재를 할 수 있도록 조처해 달라고 주문한다. 마치 건우의 동선을 꿰뚫고 있는 것 같이 화요일부터 취재하면 좋겠다는 이 변호사의 주문이 묘한 여운을 남겼다. 건우가 월차를 요청했을 때 흔쾌히 허락했었다. 여기까지다. 여기까지는 아무 것도 없다.

건우가 월요일에 월차를 허용해 달라고 요청한 것을 보면 토요일부터 월요일까지 어딘가로 놀러 갔을 것이 분명해 보인다. 어쨌든 화요일은 출근을 해야 하기 때문에 어디에 있던지 월요일 저녁에는 집으로 들어가겠지. 하여 월요일 저녁에 전화로 이 변호사가 제보해 준 춘천 건에 대해 설명을 해 주고 춘천 출장을 명했다. 춘천 출장을 명하고 난 뒤, 여기에서부터 요상한 냄새가 난다. 그리고 일주일이 훅하고 지나갔다.

총각이 결혼을 할 처녀를 만났다는 데 무슨 대단한 일이겠는가 하겠지만 상대가 건우라면 이야기는 달라진다. 건우는 수컷적인 욕망도 가지고 있지 않은 묵은 구렁이 총각으로 인식되어 있었기 때문이다. 때문에 건우의 월차 휴가 청원은 의외였고 결혼할 여자가 생겼다는 말도 충격적으로 들려졌다. 그 동안 숨겨 놓았던 우렁각시가 있었다든지 아니면 그새에 뭘 만들었다는 이야기가 아닌가. 여기에 이 변호사가 건우를 지명했다. 이거 어째 뭐가 자꾸 배배 꼬인다. 그렇다고 해서 이 변호사와 건우를 연관시켜 보는 것도 애매했다. 이 변호사야 건우의 이름을 알고 있을 수도 있겠지만 건우의 입장에서는 이 변호사의 이름을 알고 있을 이유도 없다. 자신도 겨우 이름을 알고 있을 정도이다. 업무상 마주 칠 이유가 없기 때문이다.

큰 그림으로 그려놓고 보면 틀림없이 연관성이 있다. 하지만 정작 각각 떨어뜨려 놓고 보면 전혀 개연성이 보이지 않는다. 분명 뭐가 있기는 있는데 정체를 알 수가 없다. 혹시 이 변호사가 자기 누이동생과 건우를 연결시켜 주었나? 이것 참, 이것 참 하다가 일주일이 훅하고 지나가 버렸다. 틀림없이 뭐가 있기는 있다. 기자 특유의 감각기관이 묘한 냄새를 맡았다는 신호를 조 국장의 뇌리에 끊임없이 펄스파로 전달하고 있었다.

조 국장은 기대 속에서 건우가 출근하기 만을 기다렸다. 하긴 이게 얼마 만인가. 남의 연애사에 이렇게 흥미를 가지게 된 것이 말이야. 참 오랜만이구나 하는 생각까지 들었다. 조 국장은 토씨 하나도 놓치지 않겠다는 태도로 건우의 턱밑에 바짝 다가앉았다.

"국장님, 이번 주 토요일에 부모님께 인사 드리기로 했습니다. 인사 드리고 난 후에 국장님께 따로 인사를 드릴 예정입니다. 괜찮지요?"

"뭐야 그럼 다음 주나 되어야 그 처자를 볼 수 있다는 거야? 너무 묵히면 군내 난다."

조 국장은 볼멘소리로 토를 달았다. 서운한 기색이 역력했다. 하지만 국장님께 따로 인사시키려면 춘천에서 왔다가 다시 가야 한다는 문제가 컸다. 건우는 나름대로의 계획이 있었다. 부모님께 인사를 시키면 거리가 멀기 때문에 집에서 자고 가라고 할 것이 분명하고, 하룻밤을 자고 나면 이틀 사흘도 문제가 아니다. 홍제동에서 여기까지 택시를 타고 오던지 지하철을 타고 오던지 퇴근 무렵에 와서 인사를 드리고 함께 퇴근하면 되겠다는 계획이었다. 지금 당장은 국장님이 서운해 하시지만 이해하실 것이다.

조 국장은 보수주의 사고와 전통에 대한 가치를 크게 생각하고 있는 사람이었다. 사회부 취재기자로 시작하여 날카로운 정치 감각을 인정받아 정치부 기자로 자리를 옮겼다. 자리를 옮기자마자 특종을 터뜨렸다. 특종 중에는 전직 국회부의장의 스캔들을 파헤친 특종 기사와 최근에는 환경부의 일본산 석탄재 수입 사건에 얼룩진 비리 등의 굵직굵직한 특종들이다. 일본산 석탄재 수입 사건을 취재하여 특종을 내기까지에는 우여곡절이 있었다.

조 국장은 얼마 전 평수를 늘려 새로 입주한 아파트에서 3개월을 사는 동안 날마다 두통에 시달렸다. 혹시나 하여 거금의 사례비를 주고 수맥전문가를 초청하여 진단까지 받아 보았다. 수맥 전문가는 수맥이 흐르고 있기 때문에 다른 아파트로 이사를 가야 한다는 진단을 내렸다. 수맥 때문에 두통이 생기는 것이라는 진단에 아야 소리 한 번 못하고 이사를 결정해야 했다. 불만은 있었다. 대체 아파트 8층에 수맥이 흐르고 있다는 말에는 이해는 커녕 동의도 할 수 없다. 과학적으로 맞는 말이 아니기 때문이다. 하지만 그렇다는 데야 어쩌겠는가. 그리하여 그 좋은 아파트를 헐값에 전세를 주고 몇 년이나 된 허름한 아파트로 부랴부랴 이사를 해야 했다. 그런데 이것이 일본산 석탄재를 사용했기 때문에 벌어진 일이랴? 생각하면 생각 할수록 괘씸하고 분노가 치밀어 올랐다.

집들이를 했던 날이 생각났다. 다음날 출근을 한 직원들이 머리가 아프다고 했다. 평수를 늘려 이사를 가면서 집들이를 하는 것은 그만큼 발전하고 성공했다는 칭찬을 듣기 위함이다. 조 국장도 과시적인 집들이를 했었다. 그런데 집들이를 하고 난 뒤에 참석했던 손님들이 하나같이 두통을 호소해왔다. 그 때만 해도 그 원인이 술을 많이 마셨기 때문에 생긴 숙취 정도로 생각했었다. 하지만 일본산 석탄재의 문제와 연결해 보니 빈틈없이 맞아 떨어졌다.

이게 이렇게 된 것이구나. 조 국장은 분노감에 휩싸여 기사를 제보한 환경운동가인 최 선생과 만났다. 최 선생은 환경부 당국에 대해 한이 맺혀 있는 사람이었다. 상당시간 동안 이 문제에 대해 추적하고 조사하는 과정에서 드러난 공무원들의 비리에 대해 일일이 열거하며 분노를 표출했다. 개인이 공익을 위해 많은 돈을 들여 연구기관에 성분검사까지 의뢰하며 연구하는 일은 드문 일이다. 하지만 최 선생은 그렇게 했다. 연구기관에 의뢰하여 나온 일본산 석탄재의 성분 검사내용을 하나하나 짚어나가며 구체적인 설명을 곁들였다. 일목요연하게 정리되어 있는 자료들은 최 선생의 주장과 일치했다. 국내의 화력발전소에서 배출된 석탄재는 좋은 시멘트의 원료가 될 수 있음에도 불구하고 전량 악성 폐기물로 분류되어 처리비용을 들여가며 폐기 처분했다. 반면 일본산 산업폐기물인 석탄재는 암을 유발하는 성분들로 가득 찬 최악의 산업쓰레기 임에도 불구하고 시멘트의 원료로 사용하도록 허가를 내주었다. 심지어 제철소의 고로에서 배출된 슬러지와 고로의 잔재 그리고 암을 유발하는 중금속이 대량으로 포함되어 있음에도 말이다. 이는 시멘트의 원료로 사용할 석탄재를 수입한 것이 아니라 산업폐기물을 수입했다는 뜻이다. 당국자의 묵인 없이는 될 수 있는 일이 아니다. 기자 특유의 감각에 구린 냄새가 진동을 할 정도로 역겨운 비리가 감지되었다.

조 국장은 최 선생이 가져온 시료 몇 가지를 대학연구실에 보내 정밀검사를 의뢰했다. 이어 일본에서 활동 중인 환경단체와 연결하여 일본의 석탄재가 어떤 방식으로 한국에 수출되는지 위해성의 정도가 얼마나 되는지를 알아보았다. 일본의 환경단체에서는 자국의 유해한 석탄재가 산업폐기물로 폐기되지 않고 한국에 수출되고 있다는 사실에 대해 도덕적으로 상당한 책임의식을 느끼고 있으며 이로 인해 갈등하고 있다고 답해왔다. 더구나 유해한 성분이 포함되어 있는 석탄재를 한국에서 시멘트의 원료로 사용하고 있다는 점에 대해 심각한 우려를 표명했다. 말미에 자국의 쓰레기를 한국이 처리해 주고 있다는 점에 대해 윤리적인 문제와 애국심의 문제에서 갈등하고 있다고 했다.

이제 남은 일은 한 가지이다. 조 국장은 단단히 결심을 하고 취재진을 꾸려 최 선생과 함께 일본으로 건너갔다. 일본의 환경성 관리들과 환경단체의 활동가들을 만나서 취재를 한 결과 한국의 환경부 담당공무원 몇의 비리 혐의가 포착되었다. 귀국하여 검찰에 고발하는 한편 국회환경위원회의 국정감사 자료로 제출했다. 이 일로 인해 관련 공무원들이 옷을 벗었다.

발로 뛰는 기자로 알려진 조 국장은 특종을 위해서라면 일주일 정도의 밤샘은 아무 것도 아니었다. 특종 한 건을 건지기 위해서 수개월을 투자하기도 했다. 조 국장은 특종을 위해 철저한 조사와 작업을 해내면서도 기본 기사도 충실히 써냈다. 때문에 특종을 따라잡고 있다는 냄새도 풍기지 않고 슬며시 특종을 터뜨리곤 했다. 이러한 이력의 소유자였기 때문에 특종에 관해서 남다른 감각을 가지고 있었다.

조 국장은 건우가 취재한 파로호에 관련된 내용과 스토리텔링 작업을 하겠다는 구체적인 계획을 듣고 나서 특종이 될 것이라고 확신하고 적극적인 지원을 약속했다.

파로호의 침묵

이승만 대통령이 친필로 작성한 영문판 난중일기가 있다는 사실은, 확인되지 못한 채 소문만 무성했었다. 부인인 프란체스카 여사의 한글판 난중일기가 있었기 때문에 적극적으로 찾지 않았던 때문이기도 하다. 소문은 당시 소통령으로 불렸던 이강석의 육군사관학교 졸업 및 임관기념으로 이 대통령이 선물했다는 소문이 가장 유력했다. 이강석 씨가 보관하고 있다가 자살하고 난 뒤에 국방부에서 수거해 문서고에 보관 중이라는 소문이다. 하지만 국방부 자료실에서도 그런 문서가 존재하는지 확인되지 않았다. 만약 문서고에 보관되어 있었다면 색인 작업에서 발견되었을 것이고 국방부에서는 대단한 보물을 발견했다는 식으로 발표했을 터이다.

파로호에 관련된 건우의 기사가 나가자 전국의 이목이 우리 신문에 집중되었다. 소문으로만 떠돌던 이승만 대통령의 난중일기가 발견되었다는 우리 신문의 보도는 완전 특종이었다. 자료공개 요청과 출판사의 출판제의가 쇄도했다. 기사를 타전한 김건우 기자에 대한 단독 인터뷰 요청도 많았다. 국장은 편집회의를 주재하고 특종건이니 만큼 기획기사 완료까지 일체의 인터뷰는 없다고 못 박았다.

파로호에 관련된 건우의 기사가 나간 후, 6월 호국의 달을 겨냥하고 근사한 다큐물 제작에 목말라 있던 S방송국에서 합작 제의가 들어왔다. 조건은 파격적이었다. 조 국장은 사장실에 올라가 업무 보고를 하면서 합작 건에 대해 일체를 위임한다는 허락을 받아냈다. 사장에게 허락을 받은 조 국장은 7층 사장실에서 내려오면서 건우를 4층 자신의 방으로 불러 올렸다.

"S 방송국에서 자네의 기사를 보고 연락이 왔네. 다큐물로 제작하자고 아주 좋은 조건으로 합작하자고 제의해왔단 말이지. 방금 사장실에 올라가서 사장님께 허락을 받고 내려오는 길일세. 잘했네. 수고 많았어."

"그렇습니까? 잘 되었네요. 국장님. 그럼 제가 해야 할 일은 무엇인가요?"

"곧 S방송국 측에 실무진이 꾸려질거야. 그 때가서 협력하면 되지. 아마 자료를 요구할 걸세. 필요한 것이 있으면 청구하도록 하고"

"네, 알겠습니다. 국장님"

다큐물의 성패는 얼마나 충실한 내용이냐에 따라 판가름이 나게 되어 있다. 때문에 S방송국 측에서도 사전 조사를 통해 기사 내용과 인용되어 있는 사진자료 등에 대해 면밀히 살펴보고 내린 결정이었다. 다큐물 제작자들의 검토 결과에 의하면 현재까지 일반에 전혀 공개된 바 없는 역사적, 교육적 가치가 있는 중요한 사료라는 점에 제작진의 의견이 일치했다. 방송국에서 구상하고 있던 목적과도 일치했다. 다만 시간적으로 그리 여유가 많지 않았다. 혹시라도 타 방송사와 합작을 하기 전에 서둘러 계약해 두어야 했다. 이런 사정에 대해 잘 알고 있는 조 성호 편집국장은 S방송국 측에서 합작을 제의했을 때 서두르지 않았다. 조 국장은 건우가 취재한 기사를 특집으로 내보내면서 방송사로부터 섭외가 들어 올 것이라고 예상하고 있었다. 때문에 S방송국에서 합작을 제의했을 때 덥석 물지 않았다. 오히려 막후교섭을 통해 S방송국과 M방송국이 경쟁하게 했다. 몸이 달은 S방송국에서 파격적인 조건을 제시하자 못 이기는 척 S방송국을 낙점하고 사장에게 보고했던 것이다. 사장의 결재가 떨어지자 국장은 S방송국에 결정사항을 통보했다. 행정적인 절차에 따라 신문사와 방송사 간에 계약이 이뤄졌다.

계약 성사에 대한 보도가 나가고 난 다음 날 제작 담당자인 김 인영 PD와 박 선희 작가가 쳐들어 왔다. 명목상으로는 편집국장께 점심을 대접하겠다는 흐뭇한 명분이었다. 국장은 못 이기는 체 하며 오버액션까지 취해가며 이들을 맞았다. 원래 이 사람들의 목적은 기사를 쓴 김건우 기자를 만나보고 싶다는 데 목적이 있다. 절차상 자신을 가운데 두고 양쪽에서 기본적으로 요구할 요구사항에 대해 증참자가 되어 달라는 뜻이다. 실무 작업에 들어가게 되면 이것저것 부딪칠 것들이 많이 있기 때문에 최소한 기본적인 입장은 분명히 하겠다는 의도를 가진 방문이었다. 국장은 적당히 이야기를 나누다가 건우를 불러 올렸다.

"편집국장님 부르셨습니까?"

"어서 와 김 기자, 이리 앉게"

편집국장은 손님과 함께 대화 중이었다. 손님은 S방송국의 김인영 PD와 박선희 작가였다. 직무 상 여러 번 마주친 적은 있었으나 함께 자리 잡고 앉아서 대화를 나눈 적은 없었다. 구면이기는 하나 통성명은 아직 없었다.

"반갑습니다. 김 기자님. 김인영입니다."

"저도 반갑습니다. 김 PD님."

"안녕하세요. 김 기자님. 박선희 입니다."

"어서 오세요. 박 작가님. 반갑습니다."

통성명을 하고 나서 자리에 앉았다. 안선영 기자가 종이컵에 담긴 커피를 한 잔씩 테이블에 올려놓고는 목례를 하고 자기 자리로 돌아가 앉았다. 대화는 자연스럽게 다큐물 제작에 관련된 내용으로 흘러갔다.

"오늘 국장님과 김 기자님에게 점심대접을 하고 싶어서 왔어요. 혼자서 오기는 뭐해서 김 PD님과 동행하게 되었답니다. 잘 부탁드려요."

"잘 했소. 이제부터는 한솥밥을 함께 먹어야 할 처지가 되었으니 내가 밥을 사야지 무슨 소리야. 안 기자. 우리 식권 4장 부탁해요."

국장은 인사차 들렀다는 박선희 작가의 태도가 마땅하다는 표정을 지었다. 그에 대한 답례로 구내식당에서 밥을 사겠다고 호기를 부리고 있다. 건우는 기가 막혀 피식하고 웃었다. 김 피디와 박 작가는 얼떨떨한 표정을 지었다. 건우는 자신이 나서야 할 때임을 깨달았다.

"국장님, 오늘은 처음으로 만나는 날이니 구내식당 보다는 조용한 식당에서 식사도 하고 일에 대한 이야기도 나눠야 할 듯 합니다. 제가 이번에 출장비를 거하게 받았으니 제가 쏘도록 하겠습니다. 김 피디님과 박 작가님은 손님으로 오셨으니 다음에 내십시오."

"아 그래? 김 기자가? 역시 우리 김 기자는 대장부답게 시원시원해서 좋아요. 대장부야 대장부"

"어머, 저는 요?"

"아, 안 기자는 식권 4장으로 배터지게 먹으면 되지"

국장의 농담에 안 기자의 표정이 뾰로통해졌다. 건우가 재빨리 말했다.

"안 기자가 나 없는 사이에 얼마나 수고가 많았는데 안 기자를 빼겠어. 안 기자가 먹고 싶은 메뉴로 점심을 할 테니 안 기자가 골라 봐요"

식사는 안 기자의 민첩한 전화 예약으로 신문사 건너편 첫 번째 골목에 위치하고 있는 일식집 "다도"로 정했다. 정통일본식 인테리어와 일본 도자기를 식기로 사용하고 있어서 왜식문화에 향수가 있는 이들에게 인기가 높은 식당이다. 특히 주방장을 겸하고 있는 주인은 일본에서 정통스시를 공부한 일식전문가였다. 주방장의 솜씨는 매웠다. 감각이 예민하고 손끝이 민첩하였는데 마치 손끝에 눈이라도 달린 듯 그의 손끝은 규격이 일정하고 모양이 좋은 요리를 탄생시켰다. 그 요리는 한 눈에 들어오는 정돈된 깔끔함과 감성을 자극하는 모양으로 맛에 대한 기대감을 이끌어냈다. 정통일본도자기를 고집하는 주인은 도자기의 구성과 용도에 맞춘 것과 같은 최적의 요리를 담아냈다. 그리하여 도자기 접시에 담겨 나오는 음식들 마다 굉장한 예술작품을 대접받는다는 느낌이 들며 만족감으로 즐거워졌다.

"대략적인 일정은 어느 정도로 예상하고 있습니까?"

김 피디가 건우에게 물었다. 건우는 자신에게 일제히 쏟아지는 눈길을 의식하며 일단 물로 입안을 헹구고 나서 대답했다.

"앞으로 한 달 정도는 걸릴 것 같습니다."

"그러면 작업이 끝나는 대로 박 작가와 상의해서 컨셉을 잡으면 되겠군요. 박 작가, 김 기자의 원고를 시나리오로 만들려면 얼마나 걸릴까?"

"아마도 2, 3개월은 걸린다고 봐야죠. 원고 내용이 작업하기에 편하다면 1달 정도는 단축할 수도 있을 거에요. 하지만 그렇다고 못을 박아 놓으면 곤란해요"

"그래. 그렇다면 시나리오가 나와서 크랭크 인 할 때까지 3개월을 잡으면 된다는 뜻이군요. 알겠습니다."

식사를 마친 편집국장은 자신이 해야 할 역할은 이미 다 한 것으로 판단했다. 이 사람들은 여기에서 업무에 대한 이야기를 계속하는 편이 훨씬 나을 것이라는 판단도 들고 해서 안 기자에게 눈짓을 하고 자리에서 일어섰다. 계산은 이미 건우가 마쳐 놓았다. 국장이 일어서자 안 기자도 따라 일어섰다.

"편히 앉아서 업무 이야기를 계속하세요. 우리는 먼저 가는 것이 도와주는 일이니 먼저 일어납니다."

"선배. 잘 먹었어요. 그럼 두 분 좋은 시간 보내시구요. 다시 뵙겠습니다."

잠시 일어서서 배웅을 하고 다시 자리에 앉았다. 작업에 대한 이야기기는 더욱 구체적으로 연결되었다. 총 제작 시간을 얼마로 잡아야 하느냐의 문제부터 공동 작업에 들어가게 되면 건우가 해 주어야 할 몫까지 구체적으로 논의되었다. 건우는 브리핑 자료와 스토리텔링 작업에 대해 입을 열었다. 박 작가의 눈이 크게 떠졌다. 김 피디도 상당히 흥미롭다는 듯 관심을 보였다. 사실 원작 소설을 시나리오로 만들어내는 것도 일종의 스토리텔링이었다.

제목은 "파로호의 침묵"으로 정해졌다. 거대한 파로호의 수문 안쪽에 깊숙이 담겨 있을 그 날의 이야기들을 이제야 조명하게 되어 미안하다는 뜻과 태고 때부터 흘렀을 북한강의 역사가 수문에 가둬져 있어 수문이 열릴 때마다 이야기를 흘려내듯 강물을 흘려 냈던 북한강의 역사가 입을 연다는 뜻을 담았다.

"건우 씨, 이번 주말 특별한 약속이 있어요?"

"아니, 스케줄 잡힌 것은 없어"

"잘 되었네요. 오빠가 건우 씨 보고 싶대요. 저두 그렇구요. 호호호"

수화기를 타고 밝게 웃는 수연의 청량한 웃음소리가 들려왔다. 그렇지 않아도 주말이 되면 춘천으로 날아갈 생각을 하고 있었는데 수연의 전화는 건우를 즐겁게 했다. 건우는 한결 고조된 기분이 되어 수연에게 말했다.

"나도 오빠하고 당신이 보고 싶었어. 금요일 오전에 마감하고 오후에 갈게"

"좋아라. 오빠에게 그리 말씀드릴게요. 지금도 막 보고 싶어"

수연이 수화기에 대고 쪽쪽 소리를 연발한다. 건우는 빙그레 미소를 짓고 수연이 하는 대로 다 받아 주었다.

"주말에 갈 게"

"응, 일찍 와요"

전화를 끊고 나니 가슴에 설레임이 파도처럼 밀려왔다. 수연의 사랑스러운 몸짓과 말투 그리고 가슴에서 뭉클하게 감동을 주며 눈에 박히는 그녀만의 사랑스러운 표정이 떠올려지며 가슴에 격랑이 일었다.

눈. 수연의 눈은 커다란 흑진주와 같이 그윽하고 담담한 흑채 색이었다. 선한 눈매에 담겨있는 수연의 눈동자는 또렷했다. 흰자와 눈동자의 경계가 선명했다. 수연의 눈동자를 보고 있으면 소양호의 잔잔한 물결이 연결되었고 희고 맑은 눈자위는 이른 아침 소양호 수면에 자욱하게 피어나는 물안개를 보는 것과 같은 촉촉한 감정이 피어났다. 뒤이어 그녀의 은은한 우윳빛 피부에 대한 감촉이 떠오르며 손끝에 감지되듯 감각까지 새로워졌다. 수연은 절정에 도달하면 신비로운 모습으로 변했다. 신비로운 모습으로 변할 때마다 건우는 수연에게 온 몸이 빨려 들어가는 것 같은 아찔함을 느꼈다.

수연은 일단 시동이 걸리면 클라이맥스에 도달하기까지에는 얼마 걸리지 않았다. 그것은 순간에 엄청난 속도로 끔찍하도록 강렬하게 찾아왔다. 마치 시동이 걸린 자동차의 엔진 내부에서 발생한 동력이 멈춰 있던 크랭크의 축을 한 순간에 돌리고는 머플러를 진동하며 지면을 박차고 달려 나가는 것과 같았다.

수연은 카멜레온처럼 클라이맥스에 도달하면 순간적으로 신비롭게 변했다. 아찔할 정도로 격렬해지는 몸동작은 일시에 경직되었다가 서서히 풀리며 긴장되었고 찰나에 다시 경직되는 동작이 반복되었다. 처음으로 수연의 온몸이 경직되며 건우의 온 몸을 조여 올 때 건우는 깜짝 놀라 눈을 뜨고 수연을 보았다. 찰나에 그녀의 눈은 번쩍 떠지며 꽃불을 터뜨리더니 질끈 감기며 온몸의 털까지 곤두세우며 건우를 조여왔다. 그녀의 말초신경과 감각은 오직 한곳으로 집중되었고 온몸의 세포는 활짝 열렸다. 수연은 무의식중에도 클라이맥스에 도달하기 위해 온몸의 세포 하나하나를 활짝 열고 집중하는 듯 했다. 그럴 때면 신호처럼 그녀의 턱 아래 목살이 달달 떨리며 목에서 끄르륵거리는 소리가 흘러나왔다. 마치 출산이 임박한 산모처럼 아랫배에 온 힘을 주며 그 힘의 여운으로 사지는 덜덜 떨렸다. 수연의 하복부가 팽팽하게 당겨짐과 동시에 엉덩이가 세차게 튕겨 올려지며 온몸에는 경련이 일어났다. 울컥, 울컥 몇 번씩 거듭되는 절정의 경련. 몇 번의 세찬 경련과 이후에 이어지는 잔 떨림은 그녀의 몸 한 곳에서 간헐적이며 지속적으로 일어났다.

그럴 때마다 건우는 수연의 몸을 통해 전달되는 경련의 몸부림에서 엄청난 희열을 맛보았다. 그 희열의 맛과 그 때의 자신의 몸동작은 뇌리 속에 깊숙이 박혔다. 얼마 후 건우는 자신의 몸이 수연에게 최고의 희열을 줄 수 있는 최고의 몸이라는 뿌듯한 만족감에서 오는 희열을 맛보았다. 그것은 상상조차 할 수 없었던 희열이며 쾌감이었다. 최고의 남자가 최고의 여자로부터 맛볼 수 있는 고도의 희열이며 만족감이었다.

깊은 숨을 들이 쉬며 흥분을 가라앉히고 의자를 당겨 앉았다. 컴퓨터의 화면에는 작업 중인 "파로호의 침묵"이 떠있었다. 작업량은 중반을 넘어서 종반을 향해 치닫고 있는 중이다. 마스터 작업이 끝나야 대본을 쓸 수 있기 때문에 방송국 측에서는 원본을 미리 달라고 보채고 있었다. 하지만 결론에 들어갔어도 수정해야 할 부분이 생기면 초반의 플롯도 수정해야 하는 문제가 발생한다. 때문에 완성되지 않은 원본을 미리 내 줄 수는 없다. 드라마라면 반전이라는 입체적인 기술을 사용할 수 있기 때문에 별로 문제가 되지 않는다. 하지만 스토리텔링이나 소설과 같은 경우에는 이럴 경우 처음부터 다시 뜯어 고치는 수밖에 없다.

드라마 작가로부터 다시 전화가 왔다. 몸이 달았는지 부탁과 당부 그리고 반협박성 발언으로 보챘다. 건우의 손길도 덩달아 빨라졌다. 건우의 뇌리에 사진으로 보았던 흥남부두의 아수라장이 되어 있는 모습들이 그려지기 시작했다. 그것은 살면서 목도했던 삼풍백화점 참사나 성수대교의 참사와는 비교조차 되지 않았다. 가장 근접해 있는 참사는 대구지하철의 참사로 비견할 수 있을 정도였다. 건우는 대구지하철 참사의 현장의 모습과 흥남부두 철수의 모습을 겹쳐 연상했다. 하지만 현대의 옷차림과 1.4 후퇴 당시의 옷차림에서 오는 괴리를 해결할 수는 없었다. 목숨을 연명하기 위해 삶의 터전인 고향과 가족을 떠나 허름한 옷차림으로 뼛골까지 시린 추위 앞에 노출되어 있는 피난민의 고통은 아무리 해도 묘사가 되지 않았다. 아직까지 뼛골이 시린 추위를 경험해 보지 못한 탓에 당시 피난민들이 얼마나 고통스러웠을까를 추측하여 묘사하는 일은 아무리 해도 한계였다. 건우는 창가에 놓은 서양난에서 움트고 있는 난의 꽃봉오리에 시선을 주고 잠시 그렇게 덩그마니 서있었다.

다큐멘터리 파로호의 침묵

다큐멘터리 "파로호의 침묵"은 60분 분량으로 총 4회로 제작되어 방영되었다. 마지막 4회 분에서는 당시 화천댐 수문을 폭파했던 베닛 예비역 중령을 초청하여 화천댐을 돌아보고 당시의 상황을 증언하는 형태로 구성되었다.

인천국제공항에 도착한 베닛 중령은 벌어진 입을 다물지 못했다. 한국의 발전은 상상한 것 이상이었다. 그 동안 자신이 참전하여 작전에 성공했던 화천댐을 둘러 보고 싶은 생각이 없었던 것은 아니었다. 그렇지만 이 모양 저 모양으로 한국을 방문할 기회를 놓쳐버렸다. 한국전이 휴전을 하고 난 이후 눈부신 발전을 거듭하여 "한강의 기적"을 이루고 "아시아의 세 마리 용"으로 국제 사회에서 주목을 받는 위치로까지 성장하더니 1988년 서울 올림픽을 성공적으로 개최하였다.

베닛은 과거 자신이 참전했던 한국이 현재 눈으로 보고 있는 이 한국인지 혼란에 혼란을 거듭했다. 고 박정희 대통령이 일본의 국채보상금과 월남파병 장병의 월급 등을 재원으로 경부고속도로를 건설한다는 뉴스가 나왔을 때만 해도 베닛은 반신반의했었다. 전쟁의 참화로 처절하리만큼 파괴된 도시와 산하는 경제를 일으킬 수 있는 환경이 전혀 아니었다. 구제품도 얻지 못해 아비규환을 이뤘던 그 국민들이 아니던가. 누런 코를 매달고 머리에는 기계충이 덕지덕지 한데다 다 떨어진 누더기 구제품을 입고 지프 뒤를 매달리듯 따라오면 "헬로 쪼꼬레트 기브 미"를 외쳐댔던 그 아이들이 아니던가. 그 아이들이 성장하여 1988년 하계 올림픽까지 치를 수 있는 국민이 되었다? 과연 그 한국이 지금의 한국인가? 불과 50년 남짓한 세월에 이렇게 될 수는 없는 노릇이다. 베닛은 기적이라는 말 외에 다른 말로 표현할 수가 없는 실상에 넋이 나갈 지경이 되었다.

"어뢰 두발이 갖는 의미는 한국전에서 맥아더 사령관의 인천상륙작전과 쌍벽을 이룬다는 의미가 있습니다. 맥아더 사령관의 인천상륙작전이 있다면 리지웨이 사령관의 화천댐폭파작전이 있습니다. 맥아더 사령관의 인천상륙작전의 성공으로 전세가 바뀌졌고 리지웨이 사령관의 화천댐폭파작전의 성공으로 한국전이 끝난 것입니다. 세계사에서는 맥아더 원수의 인천상륙작전의 성공을 크게 다루고 있으나 전쟁에 참전했던 우리들의 입장에서는 두 작전의 비중이 같다고 봅니다. 더구나 지상에서 두발의 어뢰로 작전을 성공시킨 것과 그것으로 한국전을 끝낼 수 있었다는 점은 인천상륙작전의 성공과 견주어 조금도 뒤처지지 않습니다. 리지웨이 사령관의 발상은 오랜 전투 경험을 가진 최상위 지휘관에게서나 나올 수 있는 경이로운 발상입니다. 하나님의 은혜입니다. 하나님께서 대한민국을 사랑하셔서 리지웨이 사령관을 통해 기적을 베푸신 것입니다."

파로호를 향하는 차 안에서 인터뷰가 이뤄졌다. 베닛 중령은 카메라를 응시하며 어뢰 두발의 의미를 재확인했다. 차창 앞에서 뒤로 스쳐가듯 지나가는 짙은 초록의 가로수를 베닛은 그윽한 눈으로 바라보며 회상에 젖었다. 가끔씩 위치를 확인하려는 듯 차창 밖으로 고개를 내밀고 엄지와 집게손가락으로 하늘과의 각도를 살피곤 했다. 차는 어느 새 파로호 초입에 진입했다.

"저기입니다."

꿈에서도 잊지 못하던 과거의 기억은 베닛의 감성을 자극하여 이모션 상태로 끌고 갔다. 베닛은 당시를 정확히 기억하고 있었다. 베닛은 파로호의 특정한 장소를 기억하며 과거의 기억과 현재가 일치되는 장소에서는 온몸을 떨거나 턱을 떨며 흥분하며 외쳤다.

베닛의 기억력에 고무된 제작진은 다음날부터 유람선을 통째로 빌려 촬영에 투입하기로 결정했다. 과거의 전투기 조종사가 유람선을 타고 화천댐 수문 폭파작전이 진행되었던 과거의 흔적을 찾아 설명과 함께 증언을 곁들이는 형태로 콘티를 짰다. 원래 제작진의 의도는 파로호 주변을 대형보트를 타고 돌아보면서 과거를 회상하는 형태로 제작하려고 했었다. 하지만 베닛이 이모션 상태에 빠져드는 것을 본 제작진은 계획을 바꿔 유람선을 통째로 대여했다.

다음날 새벽, 유람선을 탄 베닛은 당시의 장면을 회상하면서 이모션 상태가 되고 말았다. 이모션 상태에서 당시의 정황을 그대로 재현해 냈는데 마치 조종석에 앉아 어뢰를 투하할 때의 긴박하고 두려운 압박감을 표정을 통해 완벽하게 재현해 주었다. 뜻밖의 수확이었다. 시나리오는 중지되고 베닛에 맞춰 자연스러운 즉흥 시나리오로 전환되었다.

"여기에서부터 우리는 고도를 낮춰 수면 위에 바짝 붙으며 수면과의 수평을 유지하고 전투기의 속력을 최대한 낮추었단 말이야"

베닛은 양쪽 산봉우리가 맞닿아 마치 지붕 아래로 댐의 물이 흘러가는 것 같은 위치에서 급히 외쳤다. 베닛이 외치며 손으로 가리킨 곳은 오른 쪽 산자락 끝의 돌출된 부분이었다. 산봉우리 자락이 깎아지른 절벽을 이루었는데 왼쪽으로 급격히 틀어지면서 물길의 방향을 왼쪽으로 돌리고 있었다. 물은 굽어지면서 안쪽으로 물결을 만들어 냈다. 왼쪽에 있는 산은 완만하고 온순한 형태로 마치 물주머니를 감싸고 있는 것처럼 보였다. 두 개의 산을 사이에 두고 흐르던 강물은 화천댐에 가둬져 긴 호리병과 같은 형태를 이루고 있었다. 그것은 하키의 스틱과 같은 모양이었다.

"여기야 여기 저 앞에 수문이 살짝 보이지? 여기에서 어뢰를 투하 했어. 양쪽 산봉우리에서 불을 뿜어내던 중공군의 대공포는 우리 전투기가 너무 고도를 낮추고 파고들듯 들어오니까 포의 각도를 못 맞추고 허둥댔지. 그냥 허공에 대고 쏘는 거야. 우리 머리 위로 쌔앵 하는 소리를 내며 포탄이 날아갔지"

베닛은 잠시 호흡을 가다듬었다. 그때의 장면 속으로 빨려 들어간 듯 숨이 가빠졌다.

"어뢰를 투하하고 1초, 고도를 최대한 높이고 급상승 했어. 바로 댐 앞에서 급상승 하여 댐을 넘어간 거지. 아주 위험했지. 아주 위험했어"

제작진은 숨을 헐떡이며 당시의 장면을 회상하며 서술하고 있는 베닛의 말에 넋을 빼앗기고 침을 꿀꺽 삼켰다. 마치 전투기의 꼬리가 댐에 걸려 두 동강이가 나는 모습이 상상되듯 흠칫 몸을 떨어야 했다.

"급상승을 하면서 내려다보니 수문이 번쩍하면서 요란한 소리를 내며 무너지는 거야. 수문이 깨지고 물이 저 계곡 아래로 폭포수처럼 쏟아져 내려갔지."

"허허허허, 얼마나 통쾌하던지 물이 거품을 일으키면서 계곡으로 쏟아져 내려가는 데 시원하더라구. 이제야 고백하는 데 내가 얼마나 긴장하고 놀랐던지 바지에 오줌을 쌌더랬어. 오줌을 말이야. 핫핫핫핫"

베닛은 큰 소리를 내며 웃었다. 가슴을 졸이고 있던 제작진 모두가 와 하는 함성과 함께 박수를 쳤다. 묘한 감동이었다. 머리끝이 쭈뼛하고 일어서며 등골에 전율이 흘렀다. 벽안의 노신사가 당시를 회상하면서 감정이입이 된 상태로 서술하는 이야기에 제작진 전원이 동시에 몰입되고 말았다. 베닛이 오줌을 쌌다고 말하는 대목에서는 슬며시 자신의 바지를 손으로 만져 보았다. 설마 그럴 리는 없겠지만 자신도 모르게 나온 행동들이다. 어쨌거나 얼굴은 이미 붉어지고 말았다.

"내가 발사한 어뢰가 맞았는지 아니면 칼슨 편대장님이 발사한 어뢰가 맞았는지 아직도 모르겠네. 이를 말인가. 어뢰를 발사하자마자 급상승을 해야 했으니 확인을 할 수가 있어야지. 또 전투기 2대가 똑 같이 하나의 목표물에 어뢰를 발사했으니 누가 쏜 어뢰가 맞았는지 모르지. 어쨌든 우리는 이 작전의 성공으로 일 계급씩 특진을 했단 말이야"

눈앞에 수문이 크게 들어왔다. 3개의 대형 철제 수문 중 2개는 나머지 1개의 수문과 확연히 달라 쉽게 구분을 할 수 있었다. 그렇다면 2개의 수문이 어뢰로 파괴되었다는 뜻이 분명하다.

"저것과 이것이 박살 났고 저쪽에 있는 수문은 수문을 지지해 주던 지지대가 떨어져 나가서 다행히 수문은 건질 수 있었어. 어떻게 항모로 귀대했는지 기억이 가물가물해. 멍한 상태에서 선두기의 꼬리만 붙잡고 간 거야. 얼마나 긴장했었는지 모르네."

댐을 양쪽에서 받치고 있는 해발 천 미터에 가까운 산들은 대단한 위협이었다. 어뢰를 투하하는 각도와 속도는 대단히 중요했다. 더구나 진입로에서 탈출로 주변에 산악에 즐비하게 대기하고 있는 중공군 대공 포대들도 문제였다. 어뢰 발사가 성공하려면 이런 요소에 더해서 파로호의 좁은 수면과 얕은 수심도 또 다른 제한 요소였다. 이런 한계점을 극복하고 어뢰가 제대로 작동하게 투하하는 것은, 강한 정신력과 기술 외에 행운이 따라야 했다.

"어뢰는 참 민감한 물건이었어. 너무 높은 고도에서 발사하면 물속으로 머리를 박고 해저로 수직 돌진 해 버리고 말지. 또 너무 낮은 고도에서 투하하면 수면에서 튀어 버리기도 하고 말이야. 그리고 조준도 중요하고 어뢰를 발사하는 항공기의 속도를 최대한 줄이는 것도 중요하지. 항모가 가진 어뢰는 여덟 발이 전부였는데 그것으로 작전임무를 완수해야 한다는 명제는 굉장한 압박이었어."

촬영을 마친 베닛은 간절한 표정으로 당부했다.

"부탁이 있소. 이 다큐멘터리의 마지막 부분에 화천댐 폭파작전을 지휘한 칼슨 대령과 편대원 그리고 한국전에 참가했던 연합군의 모든 영웅들에게 경의를 표한다는 글을 꼭 넣어 주시오."

"네, 그렇게 하겠습니다. 베닛 중령님."

베닛은 카메라를 향해 힘찬 거수경례로 경의를 표했다. 거수경례를 하고 있는 베닛의 손가락들이 부르르 떨렸다. 한국의 자유를 지켜 주기 위해 산화한 미군 및 유엔연합군의 영령들에게 최고의 경의를 표하는 베닛 중령 역시 무공이 찬란한 전쟁 영웅이었다.

"자, 자, 식사하고 합시다."

김인영 PD가 확성기를 통해 외쳤다. 김 PD의 말에 박선희 작가가 반색을 하며 좋아라 박수를 치며 즐거워했다. 김 PD를 향하는 박 작가의 뺨에 만족스러운 미소가 피어났다. 박선희의 눈길과 마주친 김 PD도 고개를 끄덕였다. 대성공이라는 예감이 들었다.

늦은 점심 겸 저녁은 거창한 회식으로 준비되어 있었다. 화천군수가 참석하여 육이오참전 용사인 베닛 중령을 환영하는 자리로 명분을 만들었다. 통째로 빌린 강변 음식점에는 화천군에서 특별히 준비해준 한우를 비롯하여 각종 생선회와 매운탕 그리고 송이버섯이 들어있는 산채에 민물장어구이까지 총동원되었다. 무엇을 아끼겠는가.

"원더풀"

베닛이 회식 장소에서 엄지손가락을 치켜들며 즐거운 표정으로 말했다. 베닛의 푸른 눈동자는 에메랄드 바다 속에 떨어져 있는 사파이어의 색깔과 같았다. 중후한 풍채에서 뿜어 나오는 기운과 함께 눈동자에서는 신비로운 빛이 발산되고 있었다. 승자에게서만 볼 수 있는 빛이었다. 박선희 작가는 베닛을 보며 지금까지의 질문에 대한 답을 얻었다.

이역만리 타국에 와서 목숨을 바쳐 산화한 미연합군의 전사자 수는 474,000명에 이른다. 당시 한국군 전체의 수가 590,911명에 불과했다. 과연 이들이 단순히 UN 정신에 의해 한국전에 참전했을까. 참전국 대부분이 영국의 식민지였던 국가들이었고 미국과 관련을 맺고 있던 국가들이었다. 과연 자발적으로 참전했을까? 그리고 이들이 전사했을 때 가족들이 당한 고통과 슬픔의 양은 얼마나 되는 것이며 그 가족들은 어처구니없는 죽음이라고 생각하지는 않았을까. 이라크와 아프가니스탄에 군대를 파병했을 때, 박 작가는 육이오전쟁에 참가하여 목숨을 바쳐 산화했던 유엔장병들의 죽음을 떠올렸었다. 미국의 요구이기에 어쩔 수 없이 참전하기는 했으나 전사자가 발생할 경우 과연 이들을 의로운 죽음이라는 의미를 둘 수 있을까 하는 문제에서 상당히 갈등했었다. 할 수 있다면 한국전에 참전했던 베닛 같은 이들에게 꼭 물어 보고 싶었던 내용이었다. 그것은 자신의 아버지가 상이용사 출신이기 때문이었다.

박선희 작가의 아버지 박 무월 중사는 낙동강 전투에서 북괴군의 포탄에 맞아 중상을 입고 다리를 절단하고 나서야 간신히 목숨을 구했다. 부상으로 제대한 후, 다리병신이라는 소리를 듣지 않으려고 군복을 입고 살았다. 구파발 너머 삼송리로 들어가는 방향에 동산리 라는 곳이 있었다. 이곳에 상이 용사촌이 있었는데 박 작가는 그곳에서 출생했다. 이곳은 박정희 대통령이 만들어 준 곳이다. 박 대통령은 상이용사들에게 정착촌을 만들어 주었고 팔이나 다리를 잃은 상이용사에게는 의수와 의족도 만들어 주었다. 하지만 그것도 1970년대에 들어와서이다. 그 이전까지 상이용사는 거추장스러운 애물단지와 같은 존재로 살 수밖에 없었다.

 상이용사의 딸로 태어난 박 작가는 사춘기 시절에 하나의 명제를 뇌리에 담고 살았다. 뇌리에 박혀 둥지를 틀고 있는 명제는, 국가와 개인의 가치에 대한 우선순위와 존재 증명의 방법이었다. 국가가 개인에게 무엇을 어떻게 어디까지 해 주어야 하는가? 하는 질문과 개인이 국가에 무엇을 어떻게 어디까지 해 주어야 하느냐? 하는 답을 구하는 것이 명제였다. 헌법에 규정된 답은 국가는 국민에게 국민은 국가에게 해야 할 것을 해 주면 된다는 답이었다. 하지만 이 답에 도달하려면 중간에 끼어있는 정부라는 거대한 조직이 촉매가 되느냐 아니면 장벽이 되느냐에 따라 답이 달라진다는 사실을 알기까지에는 얼마 걸리지 않았다.

 국민이라는, 헌법상의 가치로 선거를 통해 창출한 정권들은 합법성을 갖자마자 청와대 직속 위원회를 설치하고 홍보실과 정책 방송국을 신설하는 등으로 각종 세금의 의무를 지웠다. 더불어 각종 공과금은 치솟았고 공무원의 수와 급료 또한 상승폭이 컸다.

 정권이 국가라는 이름을 빙자하여 국민을 억압하는 또 다른 독재를 행사하고 있는 것 아니냐는 생각이 들기 시작했을 때, 우리 신문사의 김건우 기자가 쓴 기획기사를 보게 되었다. 눈에 확 들어왔다. 무엇보다 기사의 내용에는 지성인의 고민이 담겨 있었다. 빈자에 대한 동정심과 서민의 애환을 직시하는 흔적도 보였다. 기사를 통해 설득력과 호소력을 담아내는 김건우 기자의 탁월한 문학적 소양도 좋았다. 마치 그의 책을 선물 받아 기뻐하며 살포시 품에 안아 볼 때 느껴지는 새 책의 냄새처럼 신선했다. 사실 이런 배경 때문에 건우의 기사 내용을 근거로 특집 다큐멘터리를 계획했던 것이다.

아버지, 상이용사. 기억의 저편에 넣어두고는 까마득하게 잊어 버렸던 과거의 명제가 떠 오른 것은 베닛을 보고 난 뒤였다. 그것은 국가와 개인이라는 우선순위를 저 멀리 따돌리고 유유히 창공에서 빛을 뿜고 있는 태양이었다. 밤마다 같은 시각에 나타나서 빛을 발하고 있는 별이었다. 그것은 자유라는 이름으로 불렸다.

자유. 자유. 자유.

인간의 존엄성을 자유라는 이름 외에 달리 표현할 말은 없었다. 한국인의 자유를 찾아주기 위해서 그들은 이역만리 먼 곳에 와서 기꺼이 죽어 줄 수 있었다. 그들은 한국에 와서야 한국이라는 국가가 동쪽에 있다는 사실과 압록강과 두만강을 사이에 두고 중국과 맞붙어 있는 작은 나라라는 사실을 알았을 뿐이다. 그리고 동쪽의 작은 나라에서 이름도 없이 빛도 없이 죽어주었다. 그 이유는 단 한가지 국가나 개인의 보편적 가치 보다 더 우월한 자유라는 가치 때문이었다.

베닛은 한국인에게 자유를 찾아주고 대신 떠난 옛 전우들에게 경외심에 가까운 최고의 존경심을 표했다. 마치 자신이 살아남은 것은 옛 전우들이 대신 죽어주었기 때문이라는 듯 베닛은 존경심을 다했다.

한국인의 자유를 찾아 주는 대가로 자신의 목숨을 바친 한국 하늘의 별들. 이 분들의 가치는 인류를 위해 대신 죽어주신 예수 그리스도의 가치에 비교될 만큼이나 위대한 것이었다.

첫 회 방송은 1부와 2부로 나눠 방영되었다. 홍제동 화장터에서 형체를 알아 볼 수 없을 정도로 훼손된 유엔군의 시신을 화장하는 장면부터 방영되었다. 화장장에 유엔군의 시신을 실은 앰블런스가 도착하자 누더기를 걸친 소년들이 "할로 쪼꼬렛트 기브 미"를 외치며 달려들었다. 새까만 얼굴에 머리는 이리저리 엉겨 붙고 누런 코를 흘리고 있는 아이들이 유엔군들에게 껌과 초콜릿을 받아 들고 와아 하며 떠들며 몰려다니는 모습이 방영되자 소름이 확 끼치며 저절로 눈살이 찌푸려졌다. 소독차를 따라 다니는 아이들, 초등학교 운동장과 길거리에서 고무장갑을 낀 손으로 DDT를 뿌려주는 미군 앞에서 서서 머리와 팔 그리고 사타구니까지 맡기고 서 있는 한국인들, 고무줄 홑겹 바지를 입고 있던 처녀들이 미군이 바지를 벌리고 DDT를 뿌려 넣자 깜짝 놀라며 다리를 움츠리는 장면들이 적나라하게 펼쳐지고 있었다.

2부에서는 고아원에서 아이들에게 분유와 옥수수 죽을 먹이는 장면들과 남대문 시장에서 구제품을 파는 장면, 함정에서 내리고 있는 세계

각국의 구제품과 구호물품이 하역되고 있는 장면들이 연이어 등장했다. 휴전 직후에 기록된 자료라는 자막이 떠 있었다. 이어서 낙동강 전투의 모습과 이승만 대통령과 국군을 시찰하며 격려하는 장면이 등장했다. 낙동강 전투에서 죽어가는 국군의 손을 부여잡고 울부짖으며 기도하는 민간인 군목들의 모습도 인상 깊게 방영되었다.

과연 2회에서는 어떤 내용이 방송될 것인가 국민의 관심이 모아졌다. 이 방송의 테이프는 유엔 참전국들에 한해 무상으로 제공되었다. 필름의 복사본을 받은 유엔 참전국들의 공영방송국은 교양프로그램 시간을 할애하여 방송했다.

1회 방송이 나가자 참전용사들의 편지가 쇄도했다. S방송국과 각국의 대사관 앞으로 발송된 참전용사들의 편지는 자신들을 잊지 않고 기억해 준 한국에 대한 고마움과 한국의 발전상에 경의를 표한다는 내용과 함께 자신이 참전하였던 전투장면들에 대한 구체적인 내용들이었다. 오랫동안 간직하고 있었노라고 희귀한 사진 자료도 보내왔다. 이에 해당 대사관측에서는 외교부 당국에 보고서를 통해, 참전용사들을 국내로 초청하여 거국적인 위로회를 개최하는 것이, 한류바람에 도움이 될 것이라는 내용으로 보고했다. 이에 당국은 초청비용과 체류비용을 놓고 고민에 빠져 들었다.

★

에필로그

1.4 후퇴 때, 평양고녀의 여학생들 60명은 흥남 부두에서 눈물로 찬송가를 부르고 있었다. 손에 손에 십자가를 꼭 잡고 자신들을 남한으로 피난 시켜달라고 간절한 호소를 담아 찬송가를 불렀다. 마지막 LST는 철수하는 국군을 승선시키고 있었다. 전투에 지친 국군들이 힘겹게 LST안으로 빨려 들어갔다. LST에 국군이 다 타면 이내 출발할 것이고 저 배에 타지 못하면 우리는 꼼짝없이 죽는다. 절망과 한 치 사이로 마주보고 있는 여학생들이 할 수 있는 일이라곤 없었다. 눈물로 부르는 찬송가는 허공으로 흩어질 뿐이었다. 그 위로 모진 눈보라가 쏟아지고 있었다.

"엄마, 엄마"

한 소녀가 허물어지듯 그 자리에 무릎을 꿇고 국군의 마지막 행렬이 LST 안으로 빨려 들어가듯 들어가는 모습을 보며 간신히 참고 있던 울음을 터뜨렸다. 절망이 소녀의 어깨를 눌러 쓰러뜨리자 소녀의 입에서 신음처럼 엄마 소리가 비어져 나왔다.

포기였다. 이제 LST의 육중한 문이 닫히면 소녀들은 얼마간 울다가 연기처럼 흩어져 어딘가로 발걸음을 옮겨가야 한다. 그 길이, 그 모습이 아득하여 뒷생각이 따라 붙지 못하고 절름절름 떨어졌다 붙었다 했다. 발밑이 꺼져 끊임없이 떨어져 내려가는 것 같은 아득함이 온몸을 훑고 지나간다. 마치 아무도 없는 학교 운동장에 발가벗긴 채로 팽개쳐진 것 같은 두려움에 소름이 돋으며 추위가 엄습해왔다. 두 팔을 늘이고 아무렇게나 앉았다. 두 눈은 눈물 사이에 감겨 있었다. 엄마. 엄마아. 시린 입술 사이로 엄마를 부르는 처절한 신음소리가 흘러나오고 있다.

그때 부두 앞쪽이 잠시 소란해지면서 별을 단 지프차가 나타났다. 한국군의 철수작전을 지휘하던 1군단장 김백일 장군의 지프차였다. 소녀들은 지프차를 에워싸고 남한으로 데려가 달라고 울며 호소했다. 원산기지 사령관인 남상휘 중령은 여학생들이 이틀 동안이나 손에 십자가를 쥐고 찬송가를 부르며 남한으로 피난시켜 달라고 호소하고 있다고 보고했다.

김백일 장군 앞에 한 소녀가 눈물로 호소했다. 친구들은 울음이 담긴 목소리로 찬송가를 애절하게 불렀다. "나 같은 죄인 살리신 주 은혜

놀라워"라는 찬송가였다. 장군은 여고생들의 합창에 흠칫 몸을 떨었다. 전쟁터에서 여학생들의 합창을 듣게 된 현실이 믿어지지 않는다는 표정이었다.

김 장군은 여학생들의 살려달라는 호소를 뿌리치지 못했다. 사령부로 돌아가 즉시 군복 60벌을 챙겨 부두로 보냈다. 소녀들은 군복으로 갈아입고 LST에 오를 수 있었다. 함선의 격실은 아주 따뜻했다. 그제야 눈이 감겨왔다. 닻이 올려지고 기관실의 엔진 소음이 들리며 스크류가 돌아가는 소리가 들려왔다. LST는 남쪽으로 선수를 돌렸다. 그제야 소녀들은 잔뜩 웅크리며 서로 잡고 있던 손을 슬며시 풀 수 있었다. 김백일 장군이라 했다.

소녀는 은인의 이름을 가슴에 고이 담았다. 반드시 보은하겠다는 각오로 하늘의 별을 바라보았다. 눈발이 흩날리는 겨울 하늘은 별이 보이지 않았다. 이듬해 3월 김백일 장군이 대관령 상공에서 순국했다는 소식이 들려왔다. 소녀는 소복으로 갈아입고 하늘을 보며 7일 동안을 슬퍼했다. 이 소녀가 수연의 외할머니이며 이승만 대통령의 비서였던 이혜원 여사이다.

"감동은 순간을 움직이나 감사는 일생을 움직인다." 이혜원 여사가 수연에게 유언으로 남긴 말씀이다.

終